太阳鸟文学年选

2023 中国杂文精选

丛书主编　阎晶明

主　编　李建永

# 生如拉链

辽宁人民出版社

**图书在版编目（CIP）数据**

生如拉链：2023中国杂文精选 / 李建永主编. —沈
阳：辽宁人民出版社，2024.1
（太阳鸟文学年选 / 阎晶明主编）
ISBN 978-7-205-10955-4

Ⅰ. ①生… Ⅱ. ①李… Ⅲ. ①杂文集—中国—当代
Ⅳ. ①I267.1

中国国家版本馆CIP数据核字（2023）第228346号

出版发行：辽宁人民出版社
　　　　　地址：沈阳市和平区十一纬路25号　邮编：110003
　　　　　电话：024-23284300（发行部）
　　　　　http://www.lnpph.com.cn
印　　刷：辽宁新华印务有限公司
幅面尺寸：145mm×210mm
印　　张：9.5
字　　数：198千字
出版时间：2024年1月第1版
印刷时间：2024年1月第1次印刷
责任编辑：刘　明
装帧设计：丁末末
责任校对：冯　莹
书　　号：ISBN 978-7-205-10955-4

定　　价：58.00元

# 让文学闪烁出更加多彩的光泽

◎ 阎晶明

辽宁人民出版社的太阳鸟文学年选丛书又要跟读者见面了。

以体裁划分类别，以年度为选编范围，为正在发生的文学进行优中选优的筛选，这是一件读者需要、文学界人士热心为之的工作。各类年选纷纷推出，它们绝不属于选题重复的原因是，当下中国，每一年发表和出版的文学作品不计其数，只有"海量"一词可以作为"定量"描述。即使再热心的读者，哪怕是专业的文学工作者，要从中立刻识别出优与劣，筛选出有价值、可称上乘的作品，也绝非易事，特别是那些散见于文学刊物及报纸副刊的作品，很多人恐怕连接触的时间和机会都没有，文学的年度选本于是应运而生。从众多报刊中选出若干作品，提供给为工作而忙碌、为生活而奔波，却又愿意为文学腾出一点时间、从文学中享受阅读快乐的人们，就是这种年选工作的目的。通过集中阅读与欣赏，读者又可由此打开一个更大的界面，去阅读、欣赏更广泛的文学作品。辽宁人民出版社坚持做这项工作已逾二十年，在读者中建立起了良好的信誉。继续做好这一工作，努力做到优中选优，为读者负责，是编委会的共同责任。

新出版的太阳鸟文学年选，分散文、杂文、短篇小说、小小说、随笔共五卷。承担每一卷编选工作的编委，都是从事文学创作、评论、编辑工作的专业人士。他们具有广阔的阅读视野，是文学动态的及时追踪者，对所选门类的创作有较多介入和较深理解。当然，即使如此，要完成好这一任务也非轻而易举。编选者必须对本年度文学创作全局具有广泛了解和全面掌握，同时还必须具有专业眼光，从大量的作品中寻找出确实能够代表本年度创作水准的作品来。他还应具有公正的态度，处理好个人审美趣味与兼顾不同艺术风格的关系，能够在一个选本里多侧面地呈现和反映过去一年中国文学发生的变化及其多样性。出版社也是基于这些考虑而聘请并组成编委会的。我们希望这些选本能够为读者喜欢和认可，让这些浓缩的精华可以最大程度地展现出中国作家取得的最新创作实践，最大程度展现文学创作的新风貌。

我们正处在一个急剧变化的时代，生活总是展现着新的、更新的一面。经济社会在发展，人们的生活方式在变化。中国与世界的联系越来越紧密，同时也出现许多新的复杂现象和问题。科学技术的迅猛发展极大地改变着我们的生活。全面、深入地了解时代，反映现实，饱满地、准确地描摹生活中的变与不变，绝非易事。但我们仍然要相信，文学是最能够形象生动反映时代生活的艺术。作家是时代脉搏最敏感的感应者，是时代生活的生动记录者。作家从广泛的素材积累中凝练题材主题，通过个人的情感过滤来抒怀，从个人的思想出发对所描写的人与事作出评价，表达态度。这一切的过程中，又无不烙印着时代的痕迹，刻写着社会发展的趋势。从小中总会看出大，小我总是交融于大我之中。党的二十大报告指出，文学艺术要"坚持以人民为中心的创作导向，推出更多增强人民精神力量的优秀作品"。"增强人民精神力量"，就成为对优秀文艺作品的本质要求。文学总是作用于人们精神的，根本上应该是积极的、向上的，满怀着理想和执着信念，给人以力量的。在作家创作与读者需求之间，如何便捷地、快速地嫁接起这种沟通的桥梁，让作家的表达和读者的心声形成呼应，产生精神上的共振，编辑在其中发挥着重要的、不可替代的作用。而我们这些从已发表的作品当中再进行筛选的编选者，同样承担着重要职责。我们希望自己的工作能够体现出这样的真诚，能够让读者感受到这种责任意识。当然，我们更希望的是，读者从这些选本中读到一个特定时期中国当代文学的优秀作品，从中看到一个广阔、丰富的人生世界和情感世界，获得广博的知识和信息，得到美好的艺术享受。

太阳鸟在阳光照耀下展现着精美而多彩的羽毛。愿我们的文学闪烁出更加多彩的光泽！

是为序。

阎晶明

2022 年 10 月 18 日

# 有意思与有意义

◎ 李建永

生活在信息时代、云时代，似乎只要动动你发财的手指头，划拉划拉手机屏幕，想看啥文章，就能随时查阅到啥文章，那还需要什么文章——譬如杂文——选本吗？然而事实上，越是信息爆炸时代，越想读到高品质的文章，就越需要"精彩而精确"的选本，就越需要"经读而经济"的选本。

就杂文而言，从网络上即时查阅到的文章，或者手机上随机推送"投喂"你的文章，多属于"杂而不文"，不少是碎片化、鸡汤化、浅薄化、粗鄙化、同质化的，而且还有标题党、倾向性、喷子式的急就章和流量文，如此等等，未必是你要看且想看的杂文，更未必是同类题材中的精品杂文。这就需要在大量同类体裁或题材的文章中，作出"专家视角"的归类、比较和选择。选择，孕育在比较之中；没有比较，就没有鉴别。而普通读者，不仅缺乏归类、比较和选择海量文章的充裕时间，也未必具有长期性专业训练、专业研究的"专家视角"。这就很需要阅读在某个方面、某个领域具有权威性的专家的选本。

在下不敢妄称具有"专家视角"。不过，在近四十年阅读杂文、研究杂文、写作杂文的编辑生涯中，对于如何选择好杂文，有一些粗浅的体会与认识。传统的说法，一般是既有文学性，又有思想性，这样的杂文就是好杂文。我想强调的是，好杂文不仅具有文学性与思想性，同时更要具有创新性与原创性——所谓文学创作，最根本的就是原创与创新。所以，我选杂文的时候，主要看四点：既要有意思，还要有意义；既要有新意，更要有深意。

所谓有意思，其中也包含着有新意，了无新意的文章还能有多少意思呢？故有意思，体现的是杂文的文学性与创新性。

西汉刘向讲过"意思横生"，即相当于妙趣横生。意思，说浅显一点是意趣、意味，说深刻一点则是意象、意境。王国维讲："何以谓之有意境？曰：写情则沁人心脾，写景则在人耳目，述事则如其口出是也。"杂文不仅仅有议论，也有述事、写情与写景，俗话常说"摆事实，讲道理"，不"摆事实"的"讲道理"，很容易"放空炮"。强调有意思，就是强调杂文的趣味性和感染力；当然，也可以"沿波讨源"，考察一个作家的表达力与表现力。魏文帝曹丕《典论·论文》讲得好："文以气为主，气之轻浊有体，不可力强而致。"对于"气"，历来学者阐释为作家的"气质"与"素质"。那么"文以气为主"，则似乎可以诠释为，不同"气质"与"素质"的作家，通过其作品所表现出来的特色鲜明、卓尔不群的"风格"与"风骨"——这就是文学作品所必须具备的独特性之本质要求。

我对杂文的定义是"政论的诗"，因而好杂文具有诗性之美，具有诗的品格。宋人张戒《岁寒堂诗话》对不同"风格"的诗及诗人举例阐明："阮嗣宗诗，专以意胜；陶渊明诗，专以味胜；曹子建诗，专以韵胜；杜子美诗，专以气胜。然意可学也，味可学也；若夫韵有高下，气有强弱，则不可强矣。此韩退之之文，曹子建、杜子美之诗，后世所以莫能及也。"风格即人，风骨迥异，"八仙过海，各显其能"，正所谓"气之轻浊有体，不可力强而致"。不过，张戒严格地将阮籍、陶潜、曹植、杜甫的诗，分别定义为"意胜""味胜""韵胜""气胜"，不免有些主观片面，胶柱鼓瑟。"风格"是整体，不是点面。"风格"是学不来的。苏东坡晚年倾心所作的若干首和陶诗，与陶诗之韵味美感相去甚远，即证明"味可学也"大谬不然。无他，东坡与渊明之"气质""风格"大不同也。同理，那些有意思、有韵味、有特色、有气象的杂文，各有各的"风格"与"风骨"，各人呈现着一个独特的自我，都是文学创作中的"这一个"，都是学不来的。诚如网络流行语所说的："好看的皮囊千篇一律，有趣的灵魂万里挑一。"这也正是文学创作的"难能可贵"之处。

所谓有意义，其中也包含着有深意，没有深意的文章还能有多大的意义呢？故有意义，强调的是杂文的思想性与深刻性。

唐代韩愈《答侯继书》云："仆少好学问，自五经之外，百氏之书，未有闻而不求，得而不观者；然其所志，惟在其意义所归。"韩愈所讲的是，自己青少年时期"好学问"，广泛涉猎经史子集，就是为了了解其价值内容，领会其思想含义。韩文的"意义"指价值与含义。东晋葛洪《神仙传·蓟子训》记述："（蓟子训）性好清澹，常闲居读《易》，小小作文，皆有意义。"葛文的"意义"指的是思想与道理。意义，简而言之，就是价值、含义、思想和道理。我国古代的哲学家和文学家，常把高妙而深奥的"意义"概括为"道"。就文学创作而言，历代文章巨擘及文论大家，莫不极言"道"对于文章的至关重要性。刘勰讲"文原于道"，韩愈讲"文以载道"，柳宗元讲"文以明道"，欧阳修更是主张"大抵道胜者，文不难而自至也"。我说杂文是"政论的诗"，"诗"及其诗性属于意思范畴，侧重于意趣和意境，即南宋严羽《沧浪诗话》所谓"诗有别材，非关书也；诗有别趣，非关理也"；而"政论"则侧重于阐说文章之观点和意义，是一个"讲道理"的过程。"讲道理"就是把"道"条理化、逻辑化、圆融化、合理化，是"意匠惨淡经营中"的整个杂文创作的营构过程。实质上，所谓文学创作，就是一个"文以畅道"的过程。

　　杂文是立论的文体，创作是创新的工程。对于杂文创作来说，最难最关键的就是新观点、新意义的发现。举一劣例吧。记得1998年1月，在下写了一篇小文《每逢佳节倍思官》，说逢年过节，有些人老是琢磨"领导"家里还缺点啥，总想着去作"奉献"呢。此文在《中国妇女报》发表后，呼啦一声不少报纸上出现了"倍思啥"的杂文，其实，有些写手只盯着那一点新意"倍思官"，别的不免于老生常谈。如果写一篇杂文，没有新观点、新意义的阐发，跟风是毫无意义的，"生吞活剥"更有污于品格。杂文存在的独特价值，还在于它是"批判的武器"，鞭恶就是扬善，激浊也是扬清。所以我一直以为，杂文创作是一个"文以畅道"的过程，把善的与恶的人或事物乃至于故事中的深刻含义、深邃哲理和深美价值（审丑也是审美不可或缺的组成部分）挖出来，讲明白。当然，最好要阐说得流丽，表现得精美。

对于创作状态中的作家来说，"分"而言之，意思是情愫和趣味的赋予，意义是思想和价值的赋予；"总"而言之，则只有把意思和意义水乳交融地糅合到一起，作出来的杂文才会寓意深远，发人深省，出人意表，给人启迪，才能真正做到"小小作文，皆有意义"。

当下，对于杂文选家来说，最难的不是对好杂文的判断，而是对好杂文的选择。值此瞬息万变的信息时代，如今纸媒正在急剧萎缩，而在"生命力旺盛"的一丛报刊中，特别是不少报纸的副刊园地中，杂文这一品种正日益萧索。好在，"但肯寻诗便有诗"，总有那么一众在副刊园地精心种植"金蔷薇"的坚守者，总有那么一些令人惊喜的散发着"玫瑰香"的好杂文，成就了这本杂文年选《生如拉链》。杂文，是具有中国传统文化特色的一种短小精悍的文体。鲁迅先生说它是时代的"感应的神经，攻守的手足"。这部年选里的大多杂文，均是从小道理中生发大道理，从小故事里开掘大意义，以小见大，融古贯今，言近旨远，韵味深长。这也属于用中国故事讲中国道理，从而展现精深的中国文化，褒扬淳厚的中国精神。

2023 年 10 月于京东果园"南书坊"

# 不必为孩子的阅读设限

◎ 祝晓风

小学生课外该读什么书，是现在家长们比较关心的一个问题。要聊这个话题，首先要借此呼吁一下——尽管这种呼吁多半也不会有什么实际作用——那就是多给孩子们一点真正的课余时间。我的观点是，不要低估小学生的阅读能力，不必为孩子们的阅读设限。这句话的意思是，从范围上讲，不要人为地、刻意地为孩子们去划什么范围；从难度和深度上讲，则不必为孩子们担心，孩子自会选择，他能读到什么程度，就让他去读到什么程度。

举几个例子。大作家孙犁，小学时就读《封神演义》《西游记》，他读《红楼梦》是十岁左右，读到第三十三回，贾政揍贾宝玉，贾母和贾政母子对话那一段，孙犁"很受感动"。与孙犁不同，小孙先生九岁的舒芜，小学时读的则是新文学，他自己说，新文学各个流派代表作家的主要作品，比如鲁迅、周作人、茅盾、巴金、郭沫若、徐志摩、冰心、陈梦家等作家的书，他都看。还是小学生的舒芜，不仅看小说、诗歌，还看理论书，比如朱光潜的《给青年的十二封信》，梁实秋的论文集《浪漫的与古典的》。黄药眠上小学时，也是爱看小说，开始看《唐传征东》，后来就看《三国志演义》。朱东润在回忆录里也讲，他小学时除了爱看《三国演义》，也看《柳宗元文选》。中国民俗学的大学者钟敬文先生，小时候醉心于诗与诗学，除了读诗词小令散曲，读惠特曼、马雅可夫斯基，还读《石林诗话》，读亚里士多德的《诗艺》，那可是艰深的纯理论著作。

有的朋友会说，你这说的都是大学者大文人的童年，这恐怕没有什么可比性。那就举一个普通人的例子。

我九岁那年，因为生病，休学在家，前后有一年多。那时"文化大革命"结束不久，市面上的新书很少，长篇小说最火的就是姚雪垠的《李自成》。姚的这部小说在1976年之前，就出版了第一卷上下册；到了1978年，第二卷上中下三册就出来了。《李自成》整部作品还有第三卷，是又过了若干年才出齐的，我就没有再看。当年中央人民广播电台每天中午十二点半的长篇小说连播节目就播《李自成》。当时大家都在看这部小说，我父母亲也买来一套。我一个三年级小学生，在家待着，就这么一本一本，一个人把五大厚本书读完了。读完之后，又从书架上找出《水浒传》来看，就是人民文学出版社最通行的那个版本，又一回一回，读完了三大厚本。里面当然有许多不认识的字，念不出来，但毕竟从头到尾地看完了，而且印象很深。除了这两部大部头儿的长篇小说，我在十岁那年，还读了李希凡等人撰写的《四部古典小说评论》——人民文学出版社1973年版，秦牧的《艺海拾贝》——上海文艺出版社1962年版。这种看来并不适合小学生读的理论书，我居然看进去了，而且津津有味，甚至对我以后从事文学和文字工作都产生了影响。在休学前，我读三年级上学期时，语文课上刚开始教作文，是老师给出八到十个词，让我们连缀成句，由句再连成篇。可是，当时我连由词连句都很吃力。不承想，在家病休之后，再回到班上，我的作文就经常被老师当成范文在班上念。

可见，小孩子在小学阶段，其实差别并不大。而不设限的阅读，确实对训练理解力、对写作有很大帮助。即使是长篇的深度的阅读，对小孩子也是有益的。

（原载《羊城晚报》2023 年 5 月 30 日）

# 须知慈母是先生

◎ 范国强

假日清理藏书，从书柜里找到早年读过的一本《列宁的母亲》，此书作者为苏联的叶·维奇托莫娃。文字很好读，竟情不自禁又读了一遍，一时多有感触。列宁的母亲玛丽亚·亚历山大洛夫娜，虽然未能受到正规的学校教育，但从其父那里学会了三种外语，并阅读了大量书籍。她在教育孩子上很有独到之处，比如她想出了一套受孩童欢迎的学外语的好办法，在规定的日子里，孩子们见了她只许讲德语或法语。她要求孩子们彼此之间第一天说俄语，第二天说法语，第三天说德语，周而复始。这为列宁以后精通这几门外语打下了良好的基础。她会弹钢琴，常常自弹自唱传统歌曲和抒情歌曲，列宁从小耳濡目染，终生都保持着对音乐的爱好，而且非常善于鉴赏音乐。她爱好体育，这也使列宁一生中对体育也有着广泛的兴趣。她喜爱读俄国文学名著，列宁一生从未间断阅读屠格涅夫、托尔斯泰和车尔尼雪夫斯基等人的作品，甚至在被流放的时候也不忘读普希金。作为伟大革命家的列宁，他的刚毅的意志、坚强的性格、无穷尽的人生乐趣，可以说都是从他母亲那里继承下来的。

由列宁的母亲让我不禁想到朱德的母亲，朱德曾在写给母亲的祭文《回忆我的母亲》中，说到他母亲勤劳一生的许多往事。

他母亲没有文化，却在用身体力行影响和教育着自己的儿女如何做人。朱德四五岁时就很自然地在旁边帮她的忙，到八九岁时不但能挑能背，还会种地了。朱德充满深情地写道："我应该感谢母亲，她教给我与困难作斗争的经验。我在家庭中已经饱尝艰苦，这使我在三十多年的军事生活和革命生活中再没感到困难，没被困难吓倒。母亲又给我一个强健的身体，一个勤劳的习惯，使我从来没感到劳累。""我应该感谢母亲，她教给我生产的知识和革命的意志，鼓励我以后走上革命的道路。在这条路上，我一天比一天更加认识：只有这种知识，这种意志，才是世界上最可宝贵的财产。"

去年刚刚跨过百龄的著名科学家杨振宁，在三十多年前的一次接受新加坡《联合早报》记者采访中，曾经这样说到他的母亲对他的熏陶和影响。他母亲幼年丧父，中文阅读能力都是靠自学而来的。杨振宁是母亲为他中文启蒙的。这基础使他在后来的1945年春天在昆明的西南联大读书时，曾经给一群美国的军官和士兵教中文，一个星期教三小时，每个月可赚到100美金，这在当时是一笔很大的数目，对家里的经济很有帮助。母亲八十年如一日的刻苦勤俭作风，对他影响很大。他坦言：他的学术知识的影响来自于父亲，其精神气质则来自于母亲。

清代的袁枚曾在《随园诗话》中，引用了时人王次山题钱古亭的《夜纺授经图》的这样一首诗："辛勤篝火夜灯明，绕膝书声和纺声。手执女工听句读，须知慈母是先生。"慈母自身的人品站位和行为示范，对其子女将会产生终生的熏陶和影响。

（原载《前线》2023 年 5 月 15 日）

# 谁决定我们读什么书

◎ 霍 艳

当下人们的阅读越来越依赖书单。书单的种类、主题多种多样，作用从指导阅读变成可以被转发收藏，它的背后缠绕着一系列的权力关系，值得辨析。

书单的本质是清单。作家艾柯在《无限的清单》里这么写道："清单是文化的根源，是艺术史和文学史的组成部分。清单并不破坏文化，而是创造文化。"至于为何要开列清单，艾柯认为世界的无限不能被全部掌握，却带给人们一种不安的快感，开列清单就成为一种用具体暗示无限的尝试、一种对事物界限尽可能的把握，为漫无秩序的事物赋予新的秩序。

清单还可以分为实用清单、诗性清单。前者出现在日常生活里，将繁琐的事务条理化以提高工作效率，或是帮人们记住不想遗忘的事情。后者出现在艺术作品里，呈现广阔的精神世界，表达人们对多元、无限知识的追求。

书单作为一种历史悠久且极为重要的清单，既指引人们阅读、构建知识体系，也展现着开书单者辽阔的精神世界。传统的书单既有教育部推荐的必读书目，也有大学老师开具的作为修读学业的门槛，以及传媒通过开书单来表达自身的文化定位与品味。但当下一些书单里混进了杂质，变得越来越功利性，开书单也变成一种权力的竞争，且从权威人士转移到普通人手中，形态也从自上而下到充满互动，书单可以推荐、可以收藏、可以标记、可以延展。

最热闹的是自媒体开列的书单，相比纸质媒体的品味标榜，自媒体则基于社会热点和人性痛点，一遇到重大事件发生，就迅速以开书单的形式帮人们了解状况，或是帮人们通过阅读"自我疗愈"。还有大数据计算的书单，如"阅读人数最多书单""评价指数最高书单"，满足了从众心理。个人书单也不断涌现，既是对阅读经验的总结、对阅读成果的展示，也是对自我思绪的整理，从个人书单能清晰地看出一代人知识结构的变化和他们的所思所想。

但无处不在的书单导致阅读变成一场比拼。谁先完成书单？谁能不断更新书单？谁收藏更多书单？读书就成为一种负担，让人陷入焦虑，久而久之人们连书都不读了，只收集书单。而当书单直接影响了图书的销量和经典化，越来越变成一种宣传手段，就要防止夹带私货，把不属于这个层面的作品也塞进来。一旦人人都可以开书单，书单的纷杂无序也有可能造成思想上的混乱。

书单在当下之所以受到青睐，是因为它瞄准了两类目标人群：一是年轻人，面对浩瀚的知识海洋，他们想要扩充自己的知识体系，却并不知该如何选择；二是中产人士，他们充满着对生活的焦虑，想要通过书籍获得实用知识来稳固住自己的地位，也想要了解更多人文、社科知识来对身处的世界作出判断，倦怠的心灵也需要被文学书籍治愈。他们的时间紧张，必须进行有针对性的阅读，就更加需要书单。

于是，书单日益演变为固定形式。主题分为设身处地类——"这份书单你没看我一定会伤心"，一生总结类——"一生值得反复读的书单"，紧跟热点类——"追剧还不过瘾？这份'扫黑'书单送给你"，实用价值类——"那些看完了会觉得'有用'的书"，名人推荐类——"百名北大教授力荐的经典图书"。通常的格式是由导语引出话题，揭示制作书单的原因，然后是封面图片、内容介绍和推荐语，推荐语点出阅读的目的性，却缺乏历史脉络和逻辑推导，最后在结尾给出购买渠道，不能转化为消费的图书很难获得推荐，相应也缺乏版本的意识。书单有着越来越短的趋势，不是因为精练、浓缩，而是看起来容易被完成，不会造成读者的心理负担；很多书单把经典和新书进行大杂烩，把很多未经历时间检验的书籍加入到序列中来。书单曾经是以有限来接近无限，但现在却变得越来越局限，知识不断被压缩，直至成为"15本一天就可以读完的经典好书"。

到底需不需要书单？弗吉尼亚·伍尔芙曾嘱咐："关于读书方面，一个人能对另一个人所提出的唯一劝告就是：不必听什么劝告，只要遵循你自己的天性，运用你自己的理智，做出你自己的结论，就行了。"1925年《京报副刊》请各界名流为青年推荐十部必读书籍，鲁迅回复说："从来没有留心过，所以现在说不出。"他以传授阅读经验代替给青年人开书单。作家阿来也说读书讲的是缘分和私人化阅读体验，书单没有必要。

但当下人们不光需要书单，甚至越来越依赖书单。面对一个知识膨胀、话语冲突的时代，人们感到迷茫，不断经历着各种信息、人性的反转，想要从书籍这种稳固的形式里找寻意义的确定感。同时人们把读书视作获得知识、具备某种素质的快速通道，讲求速成。

依赖书单的同时也暴露出人自身的惰性，书单本是用来不断完善人的知识体系，一方面给出指引，该读什么书？另一方面给出线索，还可以读什么书？这需要一个主动探索的过程，根据书单的提示再结合自己的知识结构、兴趣、能力，不断扩大阅读的范围。但事实上人们以为有书单在手就可以一劳永逸，把收藏书单变成了一种阅读风尚，忽略了背后知识体系的搭建和各种知识间的相互关联。

书单可以塑造经典，也可以挑战经典。曾经《星期日泰晤士报》开列作家的"欲烧书单"，上榜的既有狄更斯、陀思妥耶夫斯基、弗吉尼亚·伍尔芙、D.H.劳伦斯等经典作家，也有萨尔曼·拉什迪、伊恩·麦克尤恩、多丽丝·莱辛等当代名家。《鲤》杂志也举办过一个"最恨书单"活动，想让陈旧的经典作家退出书单，把年轻人正在阅读的村上春树、伊恩·麦克尤恩、卡森·麦卡勒斯、纳博科夫、约翰·欧文加进去，它质疑的是当经典逐渐失去流传性时，还能否称得上是经典？也有出版机构发布过"死活读不下去排行榜"，上榜的都是文学经典，反映了"浅阅读""快速阅读""碎片化阅读"概念的流行导致的"去经典化"和对经典严肃意义的消解，值得警惕。

我理想中的书单是一种实用性和诗性结合的书单。它由资深人士开列，保持权威与公正，收录的不光是经典、精彩的作品，还有他们对于作品富有见地的阐释，让阅读与现实发生碰撞。这个书单不是封闭的，它可以不断延展，引领人们继续探索，与固有的知识体系发生碰撞，激发新的火花。它随时代发展而变化，依靠新作品的加入不断调整和整体间的关系，使得整体性的秩序稳固而丰富。它富有层次感，能不断进阶，向更复杂的知识发起挑战。

最重要的是这份书单可以促使人们进行独立思考，以有限去接近无限，重新构建对世界和自我的认识。

（原载《文汇报》2023年4月26日）

# 榜榜皆江湖

◎ 狄　青

　　一个人，在没有他人协助的情况下适合去做什么？最好的选择据说是当作家或艺术家。因为只有作家和艺术家才不需要或是较少需要"团体协作"模式。尤其是作家，从这一身份出现那天起，便呈现的是一种个体劳作。作家当然会有同道，但写作说到底还是一个人的事，他人无法替代。然而在当下，上述认知似乎正在变得"可疑"。作家写作之外，需要宣传，需要造势，需要各种名目的榜单增色，从当年的"文学陕军""文学湘军""文学晋军"组团出击，到如今作家书籍腰封上那越来越多的"荐书"人名，无不在显示：你不是一个人在战斗！

　　我写作起步算早，很多年前就常收到诸如《世界名人大辞典》《华夏文人大辞典》等"名人录"的入选"通知"。也曾一度飘飘然，然而清醒后却明了，入选的所谓"名人"都是被明码标价过的，出钱多的就往前排，连印刷字号大小都不一样。后来我曾在报社短暂工作过一段时间，负责的是文娱版，有一个固定栏目名曰"每周流行歌曲排行榜"。这个"榜"由某唱片公司负责供稿，其实就属于"软广"性质，所以我从很早就了解很多"榜"的排名其实并不单纯。

　　作为一个读书人，我一直对各种"好书榜"比较关注，但近年来却发现，这些"好书榜"不仅"严重注水"，而且变得鱼龙混杂。某某版面、某某报、某某周刊、某某网站都在搞各自的年度"好书榜"，还有"年度不能错过的多少本好书""年度必看的多少种好书"，等等，而每个榜的背后却都能见到某些出版商以及资本的身影，可谓榜榜皆江湖。如今的某些刊物，只要资金充裕，往往也都会搞个以自己刊物命名的年度排行榜，给作家和作品排座次，甚至还载歌载舞地举行颁奖晚会，把写作者搞得个个心浮气躁，好像写作的目的就是为了获奖、"入榜"。

喜欢排榜的其实远不止音乐和文学。我们只要留心一下就会发现，在我们周遭，几乎是无日不排行、事事要排行——学校要排行、医院要排行、家电要排行、游戏要排行、城市要排行、短视频要排行……并且是你排我也排，结果各不同，有的干脆南辕北辙。据统计，如今单国内乐坛线上线下就造出了两千多个名目不同的排行榜。排行榜运作好了据说是棵摇钱树：排不上榜单非要挤进去的要掏钱"入榜"，排上了却有种种顾虑不愿出现的也要掏钱"不入榜"，尽管一些榜单不公平、很荒唐，但只要有足够的话题性，能引起广泛争论，便能吸引眼球进而赢得广告赞助。

很多年前，我在某一创作会议上与某文兄同室，他很热心，说可以把我的散文发给他，他应邀常年为两家出版社编选散文随笔的年度排行榜。经年过去，我始终没有把自己的作品推给他，而他已然成为多家出版社的年度排行榜编选者。我在佩服他的同时也在想，一个评委或一个选家的视野毕竟有限，往往是谁和其熟悉抑或走得近，其作品被收入"榜单"的可能性就大，但一本书作为某一创作体裁的年度作品排行榜，其权威性和代表性又体现在哪里呢？

近年来，大学排行榜充斥着各类媒体。大学排行榜作为高等教育评价的一种方式，其在引导公众了解高校、帮助政府作出教育决策、促进高校提高教育质量等方面有一定作用，但弊端也显而易见——排行机构鱼龙混杂，排行内容千奇百怪，排行标准各执一词，排行数据来源可疑，大学排行榜已经在一定程度上成了"捐资榜"，以及高校和教育主管部门的"炫耀榜"。还有更庸俗的，比如"大学女生颜值度排行榜""大学恋爱热度榜""大学基建规模榜"等，不说也罢。

"榜时代"的应运而生离不开信息爆炸。在信息高度超载的时代，人们对信息的取舍或"消费"需要有人"帮忙"筛选。而排行榜实则就是一种筛选，既是筛选就难免有人为因素，尤其是普遍存在的花钱买榜，名为榜单，实则"软广"。因而不同榜单的"名次倒挂""数据打架"的情况时有发生，同一企业在同一名目不同榜单的排名大相径庭就不奇怪了。

2021年的中国作家富豪排行榜，排在前三的是刘慈欣、余华和大冰，前二人想必大家熟悉，大冰是一位主持人，也画画、写作，属于"跨界"富豪。至于这个榜的"真实度"如何却不得而知。我就曾见过一位入选过的作家，说起作家富豪榜，他说："我自己都不清楚我一年咋赚了那么多钱，好在税务局没来找我麻烦，麻烦的是我媳妇，非要我这富豪交代把钱都藏哪去了。"

（原载《文学自由谈》2023年第2期）

# "然后然后"何时休

◎ 林少华

　　不知从什么时候起，我们特别喜欢说"然后"。日常交谈也好，会上发言也罢，有不算很少的人都对"然后"这个词儿情有独钟。尤其男生女生，有人几乎一口一个"然后、然后、然后"，没完没了，无尽无休。一次参加研究生答辩会，不到十分钟的论文要点陈述，而我指导的一个研究生，用了不止十个"然后"，听得作为导师的我干着急。甚至答辩通过也让我高兴不起来，问他为什么死活抓住"然后"不放，为什么就不能换个说法说"之后""而后""其后""随后"，以及"其次""再次""并且""而且""继而""再者""加之""还有""接着""接下去"；问他为什么这么需要注意修辞的场合却半点儿修辞意识也没有。

　　其实也不单单"然后"，什么什么"的话"好像也成了一些人的口头禅："晚饭的话，吃饭的话，不好吃的话，剩下的话……"说一句"如果晚饭不好吃剩下的话……"不就行了？何况，"的话"应该和"如果"前后连用才对。不仅如此，"现如今"近来又成了网络宠儿，偏偏不说"现今""如今""而今""当今"，不说"今日""今天""今时"，更不说"眼下""目下""当下"，这些全都"一键清除"。即使主流媒体也不例外。对了，除了"现如今"，"非常的"也来凑热闹了，你听，"非常的精彩、非常的重要、非常的及时……"，而和"非常"大体相近的程度副词，统统一边儿玩去。例如"十分""十二分""万分""分外""格外""极其""极为""甚为"，以及"实在""的确""确实"，还有"很""太""极""甚""超"，等等。况且，"非常"本身就是副词，后面何苦加"的"？最基本的语文修养哪里去了？

也就是说，我们的语言已经贫乏到了让人忍无可忍的地步。或者说我们的修辞意识已经淡薄到了近乎"清零"的程度。是的，在这个急功近利、喧嚣浮躁的环境，提起修辞，每每被看成高考作文拿分的套路，甚至看成文字游戏。而网络流行文化的风生水起又进一步稀释了语言的文学性、诗性、经典性和殿堂性，加速了语言的口水化、粗鄙化、快餐化以至于打情骂俏化。总之，语言越来越多，而好的语言越来越少。

不言而喻，言为心声，文如其人。语言，尤其书面语言乃一个民族心灵气象的外现——是庄重、雄浑、高贵、优雅，还是轻薄、浅陋、低下、庸俗？闻其言读其文，大体知道个十之八九。或谓嘴巴说谎而眼睛不说谎，其实在根本上语言也是不说谎的。你能想象一个猥琐不堪的小人会有光风霁月的谈吐？能想象一个胆小如鼠的懦夫会写出气势磅礴的文章？

别怪我说话尖刻，语言的贫乏，意味着精神的贫乏；语言的苍白，意味着内心的苍白。并不夸张地讲，在语言表达和修辞艺术上，我们可是世界上唯一把押韵、对偶、平仄韵律玩到极致的民族。不说别的，就连最容易重复和单调的数字，我们的先人也绝不重复，也搭配得错落有致。举个大家再熟悉不过的例子："两个黄鹂鸣翠柳，一行白鹭上青天"，你看，数词，"两个"对"一行"；名词，"黄鹂"对"白鹭"，就连颜色也黄白相对；动词，"鸣"对"上"；又一名词，"翠柳"对"青天"，而且翠青相对。真是绝了！说句不礼貌的话，简直不像人世间的人琢磨出来的。类似的比比皆是："两句三年得，一吟双泪流"（贾岛）、"方宅十余亩，草屋八九间"（陶潜）、"七八个星天外，两三点雨山前"（辛弃疾）、"草铺横野六七里，笛弄晚风三四声"（吕洞宾）、"桃李春风一杯酒，江湖夜雨十年灯"（黄庭坚）、"残星几点雁横塞，长笛一声人倚楼"（赵嘏）、"三十功名尘与土，八千里路云和月"（岳飞）。这样的例子，谁都能想出一两个来。

最后说一句，你、我、他，咱们大家可是李白、杜甫、苏东坡、曹雪芹嫡系或非嫡系的后代，再这样"然后"下去，"非常"下去，岂不愧对这些民族先贤，愧对汉语这个产生过唐诗宋词、《红楼梦》的世界上最古老最有生命力的语种？我们不能当文化上的不孝子孙，是时候关心语言、关心修辞了！

（原载《新民晚报》2023年1月10日）

# 数字"妖设"何以反转

◎ 何华湘

　　子不语怪力乱神。东晋的笔记体志怪小说集《搜神记》里却记录了一个孔子捉妖的故事。"孔子厄于陈，弦歌于馆，中夜，有一人长九尺余，着皂衣，高冠，大咤，声动左右……子路引出，与战于庭，有顷，未胜，孔子察之，见其甲车间时时开如掌，孔子曰：'何不探其甲车，引而奋登？'子路引之，没手仆于地。乃是大鳀鱼也。"鳀鱼精下颌开合，露出破绽，被子路生擒，成了孔子师徒的果腹美餐。

　　《搜神记》借孔子之言表达了古时的妖怪观："夫六畜之物，及龟、蛇、鱼、鳖、草、木之属，久者神皆凭依，能为妖怪……物老则为怪，杀之则已，夫何患焉？"妖怪不足为奇，遇到便干掉它，这是早先人们对妖怪的普遍态度。古时生存环境恶劣，自然界神秘莫测而又险象环生，人类对"非我族类"的妖魔精怪必须得划清界限、小心提防。《春秋左传》云："地反物为妖。"违反自然规律或扰乱人间秩序的即是妖。《山海经》描绘了形形色色的异禽怪兽，它们大多与天灾人祸有关，成为后世许多妖怪的原型。由于妖的逆天属性，一直到明清时期，妖都以人类对立物的形象而存在。中国历史上，但凡与妖沾边的，都易引发恐惧。反过来，让人惧怕、伴随不祥的又都被冠以妖名，如"妖言惑众"

"妖姬祸国"。

但到了数字时代，妖怪形象发生了颠覆式的改变，"妖设"出现反转。2020年，网络动画作品《百妖谱》在B站上线，通过一个"只医妖不治人"的灵医桃夭的经历，讲述众妖在人世的故事，演绎"妖生"百态和人间万象。一个个形象独特、个性生动的妖，由于与人打交道而各自染病，角色有血有肉，故事寓意深刻，改变了以往文学作品和影视剧中的妖怪形象。灰狐断尾救人，命在旦夕，却道："我救的不是他。我救的是多年前一个寒夜里，在篝火与烈酒中想仗剑江湖的少年。"物是人非，而妖还守着40年前少年的初心。跳出报恩的窠臼，义狐的行为更让人动容。

今年初，另一部妖怪故事动画合集《中国奇谭》在B站播出后迅速爆红，作品对中国传统文化的创造性转化引发热议。第一集《小妖怪的夏天》以《西游记》唐僧师徒取经为背景，讲述了一个全新的故事，创造了一个很不一样的妖怪角色。"打工者"小猪妖身负家人期许，入职浪浪山大王洞，当了打杂的小喽啰。老实憨厚的小猪妖团结工友，任劳任怨，却因为年纪小、道行浅总是被欺负。在打听到唐僧是好人、孙悟空和猪八戒原来也是妖怪之后，小猪妖有了自己的追求，在危急关头弃暗投明，向唐僧师徒四人发出了善意的告警。就在小猪妖向唐僧师徒喊话投诚时，孙悟空一个大棒劈下来，将他打倒在地。唐僧问："悟空，那小妖刚才在喊什么？"悟空答："师父，管他喊什么，妖怪一棒子打死便可。"如果故事到这里就结束也不是不可以，一个小妖怪死于金箍棒下本就寻常，只是这结局过于残酷，不符合受众的期待。幸好，故事情节峰回路转，金箍棒并没落在小猪妖身上，孙悟空只是演了一出戏，一个反转给了小猪妖一条活路，既保住了美猴王的光环，也为人们对妖的理解留出了更多空间。

可以看出，媒介建构的符号现实可以无限扩容，最大限度地满足受众需求，与受众产生共鸣。被陌生化处理的社会现实中产生新奇的发现，妖的世界里有人间的悲欢和无奈，妖的身上也有人性的光辉和瑕疵。妖也有梦想，也有力不从心、言不由衷的时候，甚至也会面临困境。《中国奇谭》的另几个故事，也都体现了这一主题。在高速发展的社会里，妖怪和神仙一样都难免困惑，难免跟不上时代。

而当代影片赋予它们新的出路，它们或是坐上乡村巴士搬去别处，或是潜入人类的梦境和记忆，以另一种方式安顿在人类世界。2022年上映的电影《不要再见啊，鱼花塘》也塑造了一群可爱的妖怪，它们在月亮升起的鱼花塘唱起老歌，诉说思念。这些妖怪不纯粹是想象力的产物，它们来自真实的成长体验，拴着一去不返的童年和渐行渐远的乡愁。

妖怪的迁徙和消失，是世界普遍存在的文化图景。日本民间传说中著名的水妖河童，便是中国秦代时栖居于黄河上游的河伯渡海"移民"过去的。"日本鬼怪漫画第一人"水木茂说过："妖怪在人类还没出现的时候，就已经存在了，或许现在仍然存在着妖怪，只是我们不知道它们躲在什么地方罢了……"在谈到河童变成的川獭妖时，水木茂感慨道，在故乡的农村，一百多年前就有"川獭"存在，而如今渔船成堆，要想象都很困难。

作为一种古老的文化产物，妖怪承载着民族原始的想象力和浪漫精神，经过一代又一代人的传承和变异，几乎在每一个孩子的童年都留下了难以磨灭的记忆。得益于媒介技术的发展，人类得以重建"妖怪家园"，让见证了千万年人类历史的妖怪在虚拟空间继续与人为伴，一边讲述过去的故事，一边演绎未来的精彩。对Z世代的孩子来说，他们拥有的数字妖怪不再是面目狰狞、举止可怖的害人精，而是被赋予"执着、善良、可爱"的角色设定，有着浓浓的人情味，带着温暖的烟火气，不像妖物，倒似萌宠。妖怪文化是现实社会的投射和人性的返照，而数字时代的"妖设"变迁反映出人类改造社会、探索人性、在宇宙坐标系中对自身角色重新定位的结果。

从几千年的谈妖色变、"一棒子打死"到如今的人与妖共处，人们走出了对妖怪的刻板印象，这体现了人类能力与自信的增长，是传统文化在新时代的蝶变和焕新，更是人性在复杂世界中的成长。

（原载《解放日报》2023年5月4日）

# 自己的长相

◎ 曾　园

　　读书的时候，我曾去广播电台兼职，无论如何表现都会受到门卫的刁难。每次填写登记表非常憋屈，我必须想出一个解决问题的办法。我发现有个女生从来不填写登记表，每次都是点点头就进去了。我向她请教，她开心而坦然地倾囊相授："要跟他打招呼啊！比如说看见他在吃包子，我会说'老师傅好香'，他会很开心的！"但事实上她很少打招呼。而我努力打招呼的结果被证明仍旧是徒劳的。后来，我去税务局办事，惊讶地发现门卫从众多陌生人中点出我，让我填写登记表。

　　当然，看官会联想到，笔者的长相可能有些穷凶极恶。我也曾长久地凝视镜中的自己，却很难得出这样的结论。镜中的我，先不谈俊或丑，但可以说并不凶恶。说有些和善也不为过。

　　但是，一个人的自我是由他人的话语建构起来的。有一次我坐长途客车离开武汉，大巴在傅家坡附近被截停了，车的前后左右都站着人。来人以犀利目光快速扫视全车乘客，其中一个直接走到我面前，上下打量我，让我拿出身份证。我有意缓慢地照做了。他一只手拿着身份证，对照我的脸，看了三次，还给了我。整个行动的重点在于，他们只看了我一个人的身份证。在继续开动的大巴中，我明白了：一个与我长相类似的人，恐怕是犯下了重罪。我在大脑中微弱地形成一个观点：无论一个人做出了怎样伤天害理的事情，都跟他的长相没有关系。大巴启动了，不知为什么，我不敢在全车乘客的目光中侧过头在玻璃窗中观察自己。

我在昆明工作过两年。记得下飞机不久，我就去买手机卡。小店里的姑娘微笑着拒绝了我的100元钱。姑娘年纪不大，但有一双已经看穿一切的眼睛。我转身就走，一个四五十岁的中年妇女从阴暗处站出来叫住了我，看样子还愿意多给我一个机会。她用质朴善良的声音说："小伙子，你说说你的钱是哪里来的？"我的钱是刚刚从柜员机来的，但我不想说这个。我知道，中年妇女更想通过我的言谈举止来判断钱的来历是否正当。我非常清楚，我的言谈举止不可能通过她的那双浑浊的慧眼。

离开昆明之前，朋友老张告诉我，领导老胡对他说，原来老曾说的话都是真的啊。老张说，他一直说真话啊。老胡说，他们单位的人没什么人相信他的话。我非常感谢他。但我也明白，别人不相信我，可能在我开口之前就木已成舟了。但其实我也在反向审视他们。不相信我的人看我的时候，在眼神、表情上有一种难以言传的犹疑、彷徨。我能很容易辨认出来。

这种精心培养的能力结果在广州被证明无效。我逐渐发现，广州人都相信我！经常有人谈到广州的包容，其实就是对可疑长相（姑且这么说吧）不作有罪推定。这一刻我释然了，并非我的长相有什么问题，而是某些蔓延泛滥的疑心病选中了我。

后来，我的长相有了另外的特点：我是一个令人放心的倾听者。在元宵节的天坛公园，一个北京中年妇女推心置腹地向我抱怨这些天公园管理措施的不到位。在护国寺小吃摊，一个"老炮儿"低声评论前面的"臭外地"，我一声不吭，汗都下来了。

随着年龄的增长，我变得越来越可信了。每次乘机，工作人员大多会建议我选择应急出口座位。按照航空公司的规定，他们一般会把这排位置安排给那些身强力壮的人，老弱病残孕幼、醉酒、行动不便等特殊旅客不会被安排在这个位置。在执行的过程中，他们会进行目视评估和口头评估，看乘客是否"兼具体力和灵活性，视力、听力、口头传达能力如何"。我的感觉是，他们严格挑选的是有理性及可信之人。

我很欣慰自己的长相所经历的这一切，我不抱怨，我本人对此完全没有作任何努力。

（原载《羊城晚报》2023年6月6日）

# 以情绪"批判"情绪

◎ 曹　林

　　人是情感和情绪的动物，当人们困于某种情绪之中成为"情绪奴隶"时，批判性思维已经停滞，很难作出理性的判断。情绪有这样一些特点：其一，耳朵闭上，听不进道理，不愿看事实。其二，充满自以为是的正义感，越想越正义。其三，二元对立中指向一个矛头，认为问题都在对方，对方成为发泄口。其四，强烈的表达，强烈的反驳欲，激动进而失控。其五，问题带来情绪，但情绪不解决问题。其六，冷静后会反悔。人难免会在某个时候陷入情绪，批判性思维能帮我们敏锐地洞察到自己的情绪，迅速处理，及时从中跳出来。

　　以批判性思维驯服情绪的一种方式是：以情绪"批判"情绪。当觉察到自己可能陷入某种情绪时，用一种相反的立场来"拧干"那种让自己失去理性的情绪水分。

　　对于容易引发情绪代入的认知判断，尤其需要这种"反作用力"。看一条新闻：某医院，因就医人数太多，一患者家属排队数小时后，突然给医生下跪哭求帮助，随即医生也回跪请求理解，并哽咽地说道：大家都在等，老人小孩全都在等，不是只有你一个人在等。——医生的跪，是一种"自我保护"，如果这时他不跪，可能人们情绪很容易立刻滑向对医生的批判。每当在冲突的框架中陷入某种情绪时，想想这种场景，这种反作用力也许能让人们冷静很多。

以情绪"批判"情绪，这是一种反作用力，戴维·温伯格在《知识的边界》中谈到过网络上的这种"反作用力"："我们看见事实被人们捡起来，摔到墙上，它们自相矛盾，分崩离析，被夸大被模仿。我们正在见证牛顿第二定律的事实版本，在网络上，每个事实都有一个大小相等、方向相反的反作用力。"——温伯格担心事实在"大小相等、方向相反的反作用力"的抵消中化为虚无，反正都一样，大家差不多，后真相时代的怀疑一切就是染上了这种虚无主义和相对主义。我倒觉得，批判性思维需要这种"反作用力"，避免困于某种极端化情绪中。

（原载《羊城晚报》2023年3月5日）

# 如何杜绝学生作业变家长作业？

◎ 熊丙奇

近日，河南焦作沁阳市一名学生的父亲，因在班级群内发表不满言论被老师踢出群聊，引起公众的广泛关注。据媒体报道，河南焦作沁阳市一名学生的父亲发视频称，因为在班级群内发了一句"家长又有作业了"，不但被老师踢出群聊，还被老师打电话"教育"。对此，沁阳市教育部门回应称，已获悉此事并介入，目前正在进行处理。

班级群是家校沟通工作群，老师不能擅自扩大群的功能，把工作群变成布置作业群，在一般情况下更不能把家长踢出工作群。要建立良好的家校关系，需要清晰界定班级群的功能，并发挥学校家长委员会对学校办学的监督与评价作用。

这名教师利用班级群，给学生布置作业，至少有两处不妥。据报道，老师在班级群内发了一则通知，要求学生写300字的心得体会，同时提出要求上交电子版。这一方面涉嫌将学生作业变为家长作业，另一方面则依赖电子产品布置作业。

2018年，教育部、国家卫健委等八部门联合印发的《综合防控儿童青少年近视实施方案》提出，科学布置作业，提高作业设计质量，促进学生完成好基础性作业，强化实践性作业，减少机械、重复训练，不得使学生作业演变为家长作业。学校教育本着按需的原则合理使用电子产品，教学和布置作业不依赖电子产品，原则上采用纸质作业。2019年，中共中央、国务院发布的《关于深化教育教学改革全面提高义务教育质量的意见》再次明确，杜绝将学生作业变成家长作业或要求家长检查批改作业。

在班级群里布置作业，显然是增加家长的任务。家长不但要告诉孩子作业，而且，还要督促孩子完成、上交。学校老师给学生布置作业，就应直接布置给学生，而不应该布置给家长再让家长转手。通过班级群布置作业，由家长告诉孩子作业，这会把家长卷入孩子的作业事务之中，让家长成为学校老师的校外作业监督员，也不利于培养孩子的独立性、责任心。学生不记当天有什么作业，而是问家长有什么作业，长此以往会养成依赖性。我国正在推进的"双减"，要求学校教育提质增效，家庭教育回归，就需要明确给学生的作业必须布置给学生，由学生自主完成。

300字的心得体会，要求上交电子版，这也不符合布置作业的基本原则。这完全可以让学生手写上交，培养孩子良好的书写习惯。上交电子版，意味着学生必须使用电脑或平板完成作业，这就增加了孩子使用电子产品的时间，而且，孩子完成作业后，还要由家长提交电子版。

家长的"吐槽"，可以理解。事实上，班级群就不该是作业群，而应该是学校发布有关信息让家长知道的工作群，如通知家长开家长会等。明确班级群的功能，对于构建良好的家校关系十分重要。

另外，教师把有不同意见的家长踢出群，实质上侵犯了家长的基本权利，而家校之间的不对等地位，源于家长委员会缺位。

在现代学校制度框架中，家长委员会是建立平等家校关系、促进学校规范办学、维护所有学生合法权利的重要组织。我国教育部早在2012年就要求中小学、幼儿园成立家长委员会，但是，不少学校成立的家委会，并没有发挥监督学校办学的作用，而是沦为摆设或联谊会组织。如果有能发挥作用的家长委员会，家长可通过家长委员会维权，那么，家校会处于平等的地位，学校教师就会坚守自己的权职边界，依法依规开展教育教学活动。

（原载《羊城晚报》2023年3月21日）

# 我们在多大程度上了解自己的父母

◎ 冯雪梅

父亲坐进儿子的教室里。接下来的几个月，他要和孙子辈的学生们一起，上儿子的古典学研读课程，讨论荷马的《奥德赛》。

这事儿让儿子有点担心：他不知道该如何当着父亲的面，教导自己的学生。长期以来，他和父亲有着截然不同的生活方式，包括他在好几个地方都有住处，而父亲几十年来，一直居住在孩子们出生的地方，要花很长一段时间开车来校园听课。

父亲82岁了，他也曾是教授，还很骄傲地将自己在学校办公室的名牌带回家，放到书房里。不过，作为数学家，他认定的判断标准很唯一：X就是X，这对于研究古典学的儿子来说，似乎很难接受。但父亲就是父亲，他提出的标准，一直陪伴着儿子的成长，尽管不太情愿，可要说没有"潜移默化"，绝对不可能。

像所有人一样，儿子从小就期待父亲的认可，却总不能如愿。当他拿着数学题请教父亲时，父亲总是皱着眉，永远也不理解为什么如此简单的题目，儿子竟然弄不明白。有多少孩子在"精英"父母面前战战兢兢？估计从荷马时代起，英雄父亲就一直是儿子难解的谜题。《奥德赛》是英雄千辛万苦的还乡之旅，也是儿子寻找父亲的备受煎熬之行。

让父亲引以为傲又不无遗憾的是，他曾经在高中时学过拉丁文，读过原版的《伊利亚特》。他一直记得给他们上课的德国老师，拉丁文却日渐生疏，以至于重新拿起荷马时，无法读懂那些诗句。

于是，他来到儿子的课堂，再一次开始读《奥德赛》。它的前传是《伊利亚特》：一场由美女海伦引发的十年鏖战——特洛伊战争。足智多谋的奥德修斯以木马计攻破特洛伊城，远征的将领们纷纷归国，奥德修斯也带着自己的船队返乡，《奥德赛》的故事由此开始。

归途同样耗时十年。奥德修斯弄瞎了海神之子的眼睛，惹怒了海神，惊涛迷雾中，回乡之路也就磨难重重。如果没有点儿波折和悬念，以歌谣方式传播的史诗故事，断然不会吸引人，更不会流传长久。到底有没有荷马其人，荷马史诗是诗人的天才之作，还是无数歌咏者的集体创造，学界争议也同样"旷日持久"。

父亲显然不太喜欢奥德修斯——一个让船队毁灭，没把一个队友带回来，曾想"只求一死"的人，怎么能算"央"（英）雄？呃，这也太不可思议了！还对妻子不忠，他甚至都不算一个合格的丈夫和父亲。课堂上，父亲从一开始就对主人公有些不屑，举手反对教授儿子的观点，带着自小长大的街区的口音。

《奥德赛》里有这样的句子：只有少数儿子长成如他们父亲，多数不及他们，极少数比父辈更高强。这对儿子而言，是多大的压力？

显然，奥德修斯的儿子不如其父那般足智多谋、声名远扬。他寻找缺席自己生活20年的父亲，一点点拼凑起父亲的形象，也在寻找过程中成长。对一个孩子来说，是父亲一直存在于想象中更容易，还是找到一个真实的父亲更容易？

课堂上，父子之间也在暗自较劲。儿子对父亲总是讲述自己多年前学习拉丁语有些不以为然，更对父亲X就是X的价值观不太接受。就像当年，他渴望赢得赞赏，却总是看到父亲对着自己的数学作业皱眉头一样，儿子对父亲的情感里，多多少少有因严肃刻板而导致的压抑不满。

奥德修斯或者父亲，真如别人说的那样吗？或者，从小守在父亲身边的儿子所认为的父亲，就一定是真实的吗？我们所熟知的那些人和事，就一定是他们真正的样子？

不一定。学生们描述的那个"可爱"老头，有着教授儿子不曾看到的一面：幽默、可爱、体贴。父亲有一句口头禅：你不知道有多堵。他总抱怨交通拥堵，却不愿搭公共交通来上课。当他终于选择坐火车来时，儿子原本以为是恶劣天气逼得父亲投降，却不知道是他的学生改变了父亲。还有，他听过好多遍的父亲兄弟间的旧事，也有另一个版本。

原来，父亲并不是自己"以为"的那样。他以为父亲是为了家庭而放弃博士论文，因此在很长一段时间里，无法获得教授职位。他以为父亲如此严肃固执，烦透了母亲家族的热闹随意——他俩是多么不同的人啊，父亲一板一眼，母亲热情随和；父亲安静沉默，母亲开朗多言；父亲除了几个好友，像是总和人保持距离，母亲能迅速和人打成一片。他不知道父亲自己放弃了去读西点军校的机会，自己选择不写博士论文，曾经被同性恋者喜欢……

《奥德赛》不仅仅是父子的故事，也是夫妻的故事，有着不为人知的秘密。奥德修斯一去不返，生死不知，家里挤满了前来求婚的人，妻子不得不施计拖延。本就疑心重重的奥德修斯想一试妻子的忠贞，没想到妻子也想确认眼前这个男子是不是自己的丈夫，于是用一个只有两人知道的秘密验证——让保姆去搬床。那是奥德修斯亲手制作的一张不可能搬动的床，用深深扎根地下的大树打造。

这些不为外人所知之事，将彼此连在一起。"人与人之间会有牵绊，不是肉体的，是多年相处积攒下来的各种私宅笑话、回忆，只有当事人才知道的点点滴滴。"它们维系着婚姻，维系着家庭。"多年后，即使一切面目全非，只要两人之间有这种牵绊，他们就还能紧紧相系。"

课堂上，父亲对着一群十八九岁的学生说："他母亲当年是最美的姑娘。不是标致——是'由内而外的美'。"这就是爱的本质："眼见某个相识已久、关系亲近的人渐渐老去，变得面目全非，而且你对此人的爱意及你们彼此间的亲密已成为习惯融入身体与灵魂，如常春藤探入树皮中一般。"

人们不会认为《奥德赛》是一个父子情深的故事，但是，和父亲一起上的《奥德赛》研读课，却在克制平静的叙述中，充满深情。在对荷马史诗解读中，家族故事穿梭于奥德修斯的归程，因为这次课程，学生们得以了解古典文学，感受史诗与现实的对接；儿子看到了不一样的父亲，重新认识自己的家庭。

课程结束之后，儿子想和父亲来一场"《奥德赛》巡礼"，去地中海沿岸探寻那些史诗里的古迹。对于游轮旅行、观光、度假之类"不必要的奢侈品"嗤之以鼻的父亲，接受了这场"教育"

之旅，他在游轮上同人聊荷马，哼唱老歌，却对途中触手可及的古迹兴趣寥寥，因为"史诗比遗迹来得更真实"！

"奥德赛"之旅不久，父亲绊倒了，导致中风。在全家人面对要不要放弃治疗时，儿子又一次想起父亲早就说过的那句话：直接把管子拔了，然后出去喝杯爬（啤）酒就行。

丹尼尔·门德尔松就这样结束了《与父亲的奥德赛》。书的译后，译者讲述了书中父亲最喜欢的那首老歌《我可笑的瓦伦丁》的创作者罗杰斯与哈特的故事，两人之间也有着许许多多的牵绊。译者写道："如果《与父亲的奥德赛》让读者想要重新审视身边每一个复杂多面之人，我多希望那个热爱押韵与诗律、通过作品给无数人带去快乐与幸福、那个灵巧的词匠哈特，也能去爱一个不完美、复杂而多面的自己。"

史诗，从来都不只是对历史的记叙，更是对人性的阐释，让我们更好地了解他人和自己。

（原载《中国青年报》2022年12月13日）

# "小修小补"中的"大民生"

◎ 李　俭

日前，国家商务部发言人提出，要让修鞋、配钥匙等"小修小补"规范有序回归百姓生活，让适老化服务、休闲娱乐等设施更加丰富，使居民生活消费更便利。

在我国城乡，"磨剪子戗菜刀"的吆喝声曾响起多年，渐渐地这类吆喝声越来越少。与此类似的修鞋、擦鞋、裁缝、修锁、配钥匙等服务也渐渐消失。如今，让"小修小补"类的服务有序回归，将使城乡社会经济结构增加丰富性，百姓生活增加便捷性。既有利于节能型社会的建设，更有利于城乡社区增加生活味道、烟火气息。

"小修小补"的回归尤其将使得有着相关手艺的老年人获益不少。这部分人早年就已手拿把攥的老手艺，现在又能派上用场，发挥余热。不仅能增加物质收入，也能在老有所为中，再次实现自身价值，让生活更加充实，身心更加愉悦。

打造便民生活圈，点燃城乡烟火气，让"磨剪子戗菜刀"的吆喝声再度响起来，让修鞋、配钥匙等"小修小补"支棱起来，让百姓生活更加方便起来，关键需要城乡有关部门政策的扶持和规则的公平。在不影响居民生活秩序、不侵占道路、不影响卫生的情况下，建议有关管理部门对"小修小补"不宜干扰过多、介入太深，不妨尽可能地对老手艺人们"扶上马送一程"，让他们大展其才。需要注意的是，莫让大型市场主体借此抢占基层小个体的小生意。

从大的方面说，这是关乎"让生活更便民"的问题。随着城市工作和生活节奏的加快，人们越来越多地希望就近甚至足不出户地满足生活需求，获得家门口的多样服务。之前，商务部等11个部门曾确定全国首批30个一刻钟便民生活圈试点城市，不少地方便民生活圈的打造已取得了务实成效。例如西安市通过"做好科学优化布局、完善商业业态、培育市场主体、创新服务能力、引导规范经营"五个方面，建成一批一刻钟便民生活圈，让人们少跑腿、快办事。

一座城市的温度，可能就隐藏在大街小巷的便利中，就包含在"磨剪子戗菜刀"的吆喝声里。以社区生活消费场景的构建来促进就业，以一刻钟便民生活圈的打造来增强社区凝聚力，居民生活会越来越便利，获得感、幸福感会越来越提升。

（原载《今晚报》2023年4月4日）

# 关注时代每一种刚需

◎ 任平生

　　最近，一个拍摄"教人坐高铁"短视频的博主火了。这位年轻博主通过拍摄"教人如何坐高铁""如何去医院看病"等生活常识视频，一夜之间涨粉百万。

　　这位博主的视频内容并不复杂，但从缺乏经验、有相关需求的网友角度出发，真正实现了生活技能的"手把手"教学。网友蜂拥而至、流量潮水般涌来时，博主也被视为教小镇青年走向大城市生活的贴心导师。而当下短视频平台攻陷乡村"下沉市场"时，显然忽略了这类教学视频对因为各种理由缺乏出行和办理业务经验的人群的价值。

　　"网红"肯定是要走红的，上文中被网友们定义为"接地气""为小镇青年服务"的博主走红后，却迎来了指责的浪潮。博主买了一辆车，有些评论袭来，"真挣钱哦，都可以全款买大众了"。不可否认，此类内容并无不可替代性。但"走红"把博主推上舆论风口浪尖的同时，也让相关内容有机会赢得更大流量，拥抱更多有"定向需求"的受众。博主接受采访时说，未来还想拍更多"第一次……怎么办"主题的视频，可能是讲如何去香港旅行，也可能是讲如何去农村体验劳动，等等。

　　"红"并非是一种可持续的状态，当流量的潮水退去，这位博主的创作是否还能践行"关注生活""关注需求"的初衷，而真实世界里迫切需要"手把手"视频教程的人们又是否能通过网络搜索到答案呢？一切都是未知数。

网络给了每个人一个自由发挥的舞台，也给了每种需求一种解法、一种可能和一种面向未来的方式。谁不曾经历过"第一次"？谁不想知道"怎么办"？谁又不会希望在遇到难题、感到迟疑的时候，可以打开手机就搜到一条急需的、"手把手"的教程呢？不要急于否定任何人的生活方式，更不要忽视任何人的现实需求，这才是网络世界所需要的人文精神，是关怀和爱护这个世界最好的方法。

（原载《今晚报》2023 年 4 月 23 日）

# 给微信加点味道

◎ 沈嘉禄

　　微信是一个门槛很低的社交平台，一场不肯谢幕的话语狂欢，无数网民借此发布信息，交流观点，大到世界政治格局变化、经济盛衰、外交博弈、军事冲突，小到足球比赛、歌舞表演、新秀走红，就连伤风咳嗽穿衣戴帽，一支冰激凌一朵玫瑰花一支口红都不妨一晒，引来哗哗点赞。在微信上，每个人都成了自媒体，这种感觉真爽。

　　我以前开过博客和微博，十多年来也积累起几十万粉丝，但微信一开，"两博"均被冷落，后来连密码也忘得一干二净，要看自己的博文，只好从别人的网站进入，得付费。不过我认为大脑皮层的自动过滤是有道理的。

　　微信的触须更长更灵活。许多失联多年的小学同学、中学同学、大学同学通过微信与我恢复了联系，畅叙友情，分享人生经历，让我获得重返历史现场的乐趣。我离开老家已经三十年了，前几年那片石库门弄堂也拆了，改建成宽阔的道路，在同一条弄堂里共享人间烟火的邻居也通过互加微信聊天，仿佛又回到夏天乘风凉的剧情。

　　在微信上，社会阶层的区别越来越模糊，这是好事。不过在泥沙俱下的背景下，一个人如果愿意为社会多作贡献的话，必须表明自己的身份和立场。如此，一旦亮出经过深思熟虑的观点，引发人们的思考或关注，也是一份社会责任的落实。我的微信公众号"老有上海味道"已经开了七年，在上面经常挂一些关于上海城市历史的文章，这是我通过阅读、考证以及采访当事人后得出的结果，也包括对某些误解的更正。我对上海城市史的研究已经持续了三十年，我愿意与专业的文史工作者一起为探究上海这座城市的奥秘而努力，更愿意从上海的历史中寻找面对未来的智慧与勇气。

我的另一板块文章似乎更受网友欢迎。对，就是美食随笔，在公众号上已有三百多篇。

我曾经在餐饮行业工作过多年，结识了不少餐饮界大咖级的管理者和大厨，转入新闻界后还保持着对美食的热情与敏感，十多年前还差点成为本城第一个美食侦探。我几乎每周都会写一篇美食评论，言论的背后就是我奔走在寻访美食途中的背影。我现在还为全国多家媒体撰写专栏文章，不少文章都是在微信上收集酵母的。也有不少新媒体在没经我授权的情况下使用我的文章，或者通过"洗稿""抄袭""肢解"等行为侵权。新媒体要求我开白名单允许转载，都是OK的。

美食是最容易聚集人气的话题，它是经久不衰的，有着柔软而强大的突破力和渗透力，可以成为国民经济的一项参考指标。在发达国家，美食书籍的年出版量大得惊人；近十年来，它也成为国内出版界的热点。

凭借着小说创作和历史研究的经验，我努力写出稍稍有点深度和广度的文章，这也是我对自己的要求和大众的期待。更公正、更客观、更专业、更精确地描述与评论，并给予积极的鼓励，是我一贯的态度。我希望通过美食评论来解读上海这座城市的气质与精神。我多次拒绝"带货"，现在仍然坚守这条底线。我也有推荐，但必须亲口吃过，要对公众负责。我从来不接受评论对象任何形式的资助。

我讨厌空洞的、虚假的说教和抒情，而习惯从一个小小的生活场景切入，与个人生活经历结合起来，写到情真，写到情浓，这样就更容易调动读者个人的生活经验，共同回望过去，瞻望未来，获得生活的勇气与智慧。我的美食随笔集《上海老味道》《上海人吃相》《吃剩有语》《手背上的一撮盐》以及刚刚出版的《亲爱的味道》，都是最先在微信上与网友见面的。

微信群里有许多"潜水"者，他们都是高人，我在电脑前快速击键时，已经知道他们此刻在哪里，还仿佛看到了他们的表情。

（原载《新民晚报》2023年6月28日）

# "粉"墨者黑

◎ 李向伟

　　当下不少明星艺人都拥有为数众多的粉丝，动辄以百万、千万计。各种自媒体平台的"流量经济"其实也是"粉丝经济"，粉丝越多影响就越大，流量也就越大，而伴随着流量的，自然是滚滚而来的"经济"。

　　"粉"某人，也就是奉某人为偶像、为楷模。按说无论是被精湛的演艺吸引，还是为超高的颜值着迷，抑或是对品格人伦的赞赏，你喜欢这个，他喜欢那个，萝卜白菜，各有所爱，原本无可厚非。但也有一些人崇拜偶像、"粉"明星艺人到了好坏不分、是非不论的地步，不能不让人忧虑。

　　前一阵子，曾有某艺人的粉丝为了扫描瓶盖上的二维码投票"刷榜"，不惜把大量新买来的瓶装奶白白倒掉，引起公愤；还有不同明星艺人的粉丝在网络上一言不合就上演"互撕"大战，相互围攻谩骂，令人咋舌；更有某明星因为涉嫌犯罪被公安机关采取强制措施，其粉丝竟然在网络上号召组织"救援团""探监队"等，部分平台甚至出现了"为偶像劫狱"的极端言论，让人扼腕……

　　古代的一些名人也有粉丝。魏晋时期的"竹林"名士嵇康，不但颜值高：体貌伟岸、"风姿特秀"，而且品行也好："旷迈不群、高亮任性"，关键还多才多艺："能属词，善鼓琴，工书画"。在没有某音、某手、某信的年代，嵇康竟然成了当时的偶像天团"竹林七贤"的首席巨星，吸粉无数。当性格清峻的嵇康被陷害判了死罪、将要行刑时，竟有三千太学生为其跪地请愿。而嵇康呢，心静如水，从容鼓琴，《广陵散》从此成为千古绝唱。嵇康以高洁的行止"宠粉"，他的粉丝不畏强权，冒死抗争，也对得起"偶像"。

反观西汉末年的王莽，初时看上去品格高洁，《汉书》称此时的他"折节力行，以要名誉，宗族称孝，师友归仁"。谁知王莽却是个地地道道的"两面人"，他以为时机成熟后就撕下了伪装，史称其"乃始恣睢，奋其威诈，滔天虐民，穷凶极恶，流毒诸夏"，而他原来的粉丝也终于认清了他的真面目，纷纷倒戈。没有"粉丝"加持的王莽最终成了孤家寡人，惨死在乱军之中。王莽的"粉丝"只"粉"道义不"粉"人，在看穿"偶像"的真面目后，能够及时改弦更张，不但果断"取关"，而且不惜"拉黑"，值得点赞！

正常情况下，大家都会敬佩模范、崇拜英雄，把这些人当作榜样。即便是追星，也大多对明星的"人设"有要求，不会不分青红皂白地去崇拜。当崇拜的偶像"人设"崩塌、失去"光环"的时候，"掉粉"也往往是必然的，因为大多数人不会去崇拜一个浑身毛病或者大节有亏的人。

人们常说"近朱者赤，近墨者黑"。"粉"与被"粉"何尝不是如此？"粉"谁和"粉"什么，不但代表个人的价值取向，而且也会影响个人的行为方式。"粉"谁和"粉"什么，也往往能映射出个人的操守与品位。所以，"粉"偶像也要擦亮双眼，向好而"粉"、择善而"粉"。同时，不能无条件地与"偶像"绑定，一旦发现"粉"错了对象，要学会及时解绑，如果不论青红皂白一条道"粉"到黑，结果只能是误人又误己。

（原载《杂文月刊》2023年第2期）

# "群"味道

◎ 刘诚龙

做微信公众号也是蛮有味的。一是报刊发表的文章可以在此进行二次传播，读者多一个是一个，阅读处增势，增势即来势，来势即形势，形势大好，不是小好；二是可以得些反应与反响，公众号里的文章下面稀稀落落的留言，总会有一二条。于我这个从没得过"竖大拇指"者，那欣喜无以言表，我步子是方的，肚子是圆的，脖子是扬的，回得家去，扯起喉咙跟婆子叫：给我来一碗红辣椒炒蛋。受点赞也，则心旷神怡，宠辱偕忘，其喜洋洋者矣。

曾写过一篇颂鲁迅的小作，试着发了公众号。这回喜得跳落了身体某原物，做公众号数年，七零八落，三五阅读，这回却一路高歌，阅读量上了5250，大喜过望。

恰是乐极生悲，文后留言多了好几条，多出的几条是骂我的。那些话伤害性不大，侮辱性极强，如说写得狗屁不通等。

我略知一二了，前面诸君点赞我的，恰是：吾妻之美我者，私我也；妾之美我者，畏我也；客之美我者，客气也。听一位师长说，阅读量超过5000，便是文章出了圈。想来正是这情形，其时也，微信加友最高不超过5000。以前赞我歌我赏识我抬举我的，原来皆因朋友故也，皆因"都是我们这边的人之故也"。

起先，我没这么找原因。我自查自纠，自纠自改，搜肠刮肚，白头发挠断数根，又写一文说说胡适先生，发在公众号上。在写鲁迅那篇文下留言"狗屁不通"的那兄弟没"取关"我，居然还在，献我七八朵玫瑰，竖我五六大拇指，赞我知错就改，鼓励我努力几下，可以跟上现代文明的队伍。打开打赏，呀呀呀，居然还给我赏了红包1.68元。数字吉祥，内涵蕴藉。

未想，这头顶我起来，那头压我下去。几位好友则痛骂我，骂我立场不稳，是个跟风派。道不同不与要，居然，把我拉黑。万事不痛惜，唯中年失友，最是哀愁。

故事仍在继续，那位给我打赏1.68元的兄弟，见我知错就改，引为同志，问了我微信号，上秒加我友，下秒拉我群。那个群里，他是群主，对群民掌生杀大权。群之两大主题，一骂鲁，二颂胡。

初来乍到，听士子高谈阔论，我自畏慑，拳足而潜水。群不大，40挂零的人。但见诸士议论风生，慷慨激昂，真理在握，舍我无谁。群主一言既出，纷纷然，表示附议。附议之声，响彻云霄，让人感觉这支队伍士气高昂，精神饱满。某日，有群友骂鲁迅比苏雪林还凶，附议者众，在下起身：这等说起来，且待小僧伸伸脚。啪，未待伸脚，在下被踢出群了。

拉我入群，又踢我出群，原则上我会破口大骂，这回倒是情绪安定：让他们感觉自己的队伍很壮大吧，让他们感觉自己的声音盖了世界吧。

世界亿万群，容得下他等40多条汉子的。世界亿万群，他等40多条汉子，大概只知道他这一个群。诸位不知，一个栏里的，才是最幸福的。无丝竹之乱耳，无他人来打岔，幸福值是最高的。

莫岔话，转回说群。微信群有诸般好，却有一样坏，群里人闹得沸反盈天，群外人一概不知。同志曰群，同道为圈，于群于圈，足可"自嗨"。小群里，全是同志，全是同道，则每一事都是真相，则每一言都是真理，则鼓腹而歌，那腹鼓得青蛙大，那歌歌得青蛙响。

诸位不知，网络时代，有人通天本事，可把小事弄成大事，大事弄成天大事，某人骂某人啦，某人打某人耳光啦，某熊孩子闹了某阿姨啦，这些不是什么好事，却是天天发生的事。没人来弄话题，不是事；有人来操弄，便是天大事。多少群，群情激愤，估计那兄弟40挂零的群，也忘了骂迅哥，颂老胡，将给事件定个性、给群众定个调，以为己任。老婆喊，水龙头坏了，水灌客厅了。老公曰，纵使水漫套间，不争个道理不回家。

瞧！我们的群，有大有小，有热闹有冷清，各有各的味，又汇聚成这个时代生活的一种味道。

（原载《解放日报》2023年7月20日）

# 抛了那块"敲门砖"

◎ 李　荣

　　在孩子们的作文训练中，特别要学习的是审题的准确。审题几乎是作文的第一要义。与之相应的，偏题成为作文之大忌，如果审题不正确、跑偏了，则其他一切都谈不上，文思再好、文字再佳，有什么用呢？

　　老师上作文课，总是千叮万嘱：一定要好好审题，把题目读几遍，琢磨透彻，挑出正确的关键词；同时，千万注意，行文时要时时刻刻回过神来，想到那个最重要也是最要命的题目，一边写一边点题，反复点题。我曾经想，写文章围绕主题固然重要，但借题、离题甚至无题，难道便没有好文章了吗？

　　记得多年前，我夫人的同学有个女儿，孩子热爱语文、喜欢阅读，也肯在文字上下功夫。但她有一个最大的学习上的烦恼，就是她最看重的作文这门课，常常因为写作偏题而受挫。老师说的话总是让她伤心："你文笔还不错，但一写文章就偏题，让我怎么给你打高分？"她想想，班里同学写作文，似乎都能领会题目的意思，为什么只有自己反复琢磨都摸不透那出题人心里在想什么呢？是不是她的思路奇怪、异于常人呢？她的妈妈见她如此烦恼，很是担心，知道我是搞文字工作的，便来问问有什么好办法。我让她给我看一看她女儿的作文。看了以后，我写了一段话给这个孩子，大意是：所谓偏题之说，不要太相信。只要文笔清通，没有故作姿态的腔调，那才是重要的。

这段话，我保留在我的备忘录里。不过，如今想来，给一个中学生写上这么一段干脆淋漓、与学校教育方式相左的"老实话"，似乎不太合适。我问自己：你的话说得很痛快，但那位同学听后该如何自处呢？是跟着你一起反驳老师呢，还是只能在写作时加倍地隐藏真实感想呢？我是说完了可以扭头不顾的，但这位同学还是要每天面对"审题正确"的难题的。所以，现在重看这一段话，我总有一点内疚。让她心里明了，却一点也改变不了她的环境，有什么好的呢？

有时候想，凡老是要求大家"审题正确、不能偏题"的一切事物，也许本身就已经偏题了，何止一门作文课呢？也许不应该反对这种教育方式：让善于审题正确的人尽享获得高分的快乐；而其他热爱写作的人，也尽可以用这块"敲门砖"敲开了门，然后抛了砖，拍一拍手上的泥土，去享用自己"借题、离题甚至无题"的乐趣。这不是皆大欢喜吗？

（原载《解放日报》2023 年 7 月 13 日）

# 尘埃并未落定

◎ 北　北

　　又是高考放榜季，几家欢喜几家愁。我有个同学的孩子就是本届高考生，考前孩子根据自己喜欢的专业列了几所学校，说考得好就上哪所，考不好又能上哪所。同学很欣慰，一是孩子有自己喜欢的专业，二是孩子选的学校都在上海，她觉得上哪所无所谓，只要在身边就好。我还曾刷到过一个视频，有位送考家长说，高考只是个节点、只是场经历，孩子能享受过程就好。我不禁感慨，家长们越来越看轻看淡高考的结果，心态真好。

　　我是个没有名校情结的人，大抵因为我高考超常发挥，顺顺当当进入了心仪的学校，读了喜欢的专业。可名校就如女神，真的娶到后假以时日，"白月光"就成了"白米饭"。上了名校又如何？人到中年方懂什么叫均值回归，环顾周围，名校生们过的日子也是普普通通，星巴克里坐着的失业中年人里还不乏名校生呢。作为一个教育工作者，我当然不是在鼓吹学历贬值论，而是觉得，持续学习、终身成长对一个人的意义远高于一纸名校文凭。

　　大部分家长都希望孩子一路顺遂，但若高考不顺，也未尝不是件好事。我有个亲戚的孩子，当年高考因为在小店买的2B铅笔质量不过关，涂的答题卡机器没读出来，结果拿到成绩蒙圈了，就本科线的一半分数！孩子不想复读，于是远赴新西兰留学，前几年回国创业，在人生的第三个本命年，手握两家上市公司。过年亲戚聚会，我看着他从那辆300多万元的豪车上下来时意气风发，不禁感叹，上帝真是给他关上了一扇门，打开了一扇窗。

回望高考，真心觉得：成又如何，败又如何？现在的家长比从前有了更多选择权，一是可以去报考一些高校的中外合作专业，这些录取分相对低；二是可以用并不理想的高考成绩直接申请国外高校。留学国家选择颇多，丰俭由人。高考不再是独木桥，它四通八达。

一路陪伴孩子，我的教育观念一路变化。我也曾比较"功利"，比如孩子刚上初中时报兴趣班，他明明喜欢手工课，但我劝他报桥牌课，因为桥牌是他们学校的强项，每年组队参加各种比赛能获奖。他上了一个学期后感觉对桥牌爱不起来，自己改成了木工课。有天放学，他欢欢喜喜地把木工作品带回家，我看到后就知道自己错了，为什么不让孩子选自己所爱呢？喜欢的东西学起来不累，热爱才能坚持。他以后上哪所大学并没那么重要，能找到自己热爱的专业更为重要，也有可能他到报考时还不明确想学什么，那么能长成一个"有数"的人也不错，对自己有数、对财富有数、对自己想要过什么样的生活有数。

希望此刻的你，无论接到孩子怎样的高考成绩单，都欣然、都释然，因为尘埃并未落定。

（原载《新民晚报》2023 年 6 月 24 日）

# 国潮消费热彰显高度文化自信

◎ 蒋　萌

　　近年来，国潮消费持续升温。一些老字号通过迭代升级闪亮"出圈"，一些新锐国产品牌凭借新技术、新产品、新服务迅速崛起，食品、美妆、服饰、家电、汽车等一大批国货因新颖设计、国风韵味、上佳品质，赢得年轻消费者的青睐。

　　国潮消费成为一种集体意识，源于中国制造不断迈上新台阶。从既有优势来看，我国拥有世界上最完整的产业体系，制造业规模连续13年位居全球第一，能够提供琳琅满目的各类商品，满足消费者多方面、多层次需求。从后发优势着眼，随着我国制造业加快创新和转型升级步伐，新兴科技产业不断向高端化、智能化、绿色化发展。小到智能手机，中到新能源汽车，大到即将投入商用的国产大飞机，"中国智造"的各类产品正在深刻改变人们的生活。未来，中国构建的新一代信息技术、人工智能、生物技术、新能源、新材料、高端装备产业集群，将进一步加强国货的核心竞争力，更多造福中国人民。

　　国潮消费更映衬出深刻的文化认同。当代中国的年轻人成长于中国社会和经济高速发展崛起的时代大背景下。他们不仅眼界更宽，而且能够以平和的心态、平静的视角看待世界。由于对中国的制度道路、中华文化的守正创新、中华民族的软实力和硬实力具有高度自信，他们不盲信外国品牌和外国货，而是更加注重中国品牌、"中国智造"蕴含的独特价值。许多国人选择本土品牌并以此为荣，与自身精神信仰是契合的，人们能够从中获得归属感和自豪感。

文化自信是一个国家、一个民族发展中最基本、最深沉、最持久的力量。从这一角度看，国潮不仅是国货之潮，也是国力之潮。国潮植根于富有强大生命力的中华文化自信中，我们当倍加呵护并不断巩固。让国潮消费成为一种恒久力量，需要多方持续努力。政府和有关部门要加强顶层设计，为加快建设现代化产业体系，加快建设制造强国、质量强国提供机制保障。同时，引导、扶持、培育更多专精特新企业，为科技创新、制造业水平不断攀升提供有力支撑。对制造业者来说，当把握好时代机遇乘势而上，继续苦练内功，坚持供给侧创新，不断提升产品力，更好服务消费者。本土品牌还应深入理解和发扬中华优秀文化，把中华文化的精髓和品牌产品更有机地结合起来。

中国的灿烂文化和国潮精品不仅属于中国，更应加速走向世界。中国制造步入"中国智造"的高质量发展新阶段，我们有信心、更有能力为全球输送高品质的公共产品。

（原载"人民网"2023年4月3日）

# "断亲"的本质是一场文化割裂

◎ 韩浩月

　　最近"断亲"作为一种现象被广泛讨论，所谓"断亲"指的是当代年轻人懒于、疏于、不屑于跟亲戚交往、联系、互动，日常期间音信全无，哪怕在逢年过节期间，宁可独来独往，也不愿意走亲戚，甚至将此作为一种时尚生活方式来推崇。在媒体报道了诸多"断亲"年轻人的故事之后，不少反对这一现象的人也沉默了，因为他们发现，自身多少也困于其中，只是做不到像年轻人那样敢于"断亲"。

　　"断亲"现象越来越普遍，它已经有了成为主流生活价值观的趋势，在分析这一现象为何如此流行时，人们普遍认为：现代人生存压力大，无暇顾及亲戚们的感受；亲戚之间的交往复杂微妙，接触多了让人疲惫不堪；人口流动性太强，物理距离的增加让亲情开始变得寡淡；由代驾、外卖、跑腿等网络服务构成的网络生存，使得单一个体在脱离了群体支撑后，仍然可以活得很好……总而言之，有太多理由在支持年轻人勇敢地踏上"断亲"之路。

　　上述理由都使得"断亲"拥有了合理性，但在本质上，文化割裂才是"断亲"行为如此决绝的真正原因。首先，城乡文化割裂作为一个大的时代背景，为"断亲"现象的产生提供了最大的可能性，从媒体报道的例子来看，越是在一线城市、大城市生活的年轻人，越是"断亲"断得果断。他们不愿意回去的故乡多是农村，不愿见到的亲戚多是村民或者小城镇市民，B站有一条播放量很高的视频就谈到了这个问题，城乡的文化割裂，其实是把十几亿人推进了不同的信息茧房，年轻人虽然在大城市视野更开阔，接触的新鲜事物更多，但他们一旦认定了自己的生活方式，就不愿意重新突破自身去尝试理解相隔甚远的另外一群人的生活方式，乡村人更是如此，虽然智能手机提供了向外看世界的机会，但他们更愿意缩在传统的茧房里一成不变，两种茧房的存在，把身处城乡两个不同地方的人，更为严重地隔离开来。

中国有流动人口3.76亿人，他们当中很多人在城市中处于扎根、半扎根、漂泊状态，并由此制造了大量的"漂二代""漂三代"，第一代流动人口往往还保有较深的乡情与乡愁情结，重视与家乡与亲人的联系，但不可避免地，也有了文化认同与身份认同的双重困境。这份困境在他们身上体现得还不是特别明显，但到了他们后代那里，其实便造成了一种强烈的文化割裂感，于是就有了"回不去的故乡，到不了的远方"这样的流行语。海量流动人口当中，其实已经产生了一种特殊的"漂泊文化"，而处于漂泊精神状态的年轻人，已经习惯了孤独、自由、独立的生存状态，"断亲"现象的源头，即产生自这一年轻群体当中。

中国当下的"断亲"现象，在西方发达国家其实一直是一种常态，二三十年前，通过观看影视作品对西方家庭生活的描写，有中国观众不免会给出"亲情淡漠"的结论。但随着中国经济的发展，尤其是随着数字技术、智能领域的突飞猛进，事实上中国人所面临的未来文化，已经是与世界同步的 AI 文化，如果说现代文明与后现代文化还不足以给作为传统文化的亲情造成足够冲击的话，那么未来文化必然将彻底改变中国人的亲情观念，绝大多数人都不可避免地面对"断亲"现象。当下以年轻人为主的"断亲"现象，其实只是一种预演，自大家族消失于社会群体活动、小家庭结构包括独居人口成为主流之后，"断亲"现象发生是自然而生的事情，并会不可阻挡地继续向下发展。

当然，亲情与血缘关系作为传统文化中强有力的构成，仍然具有不小的吸引力，有网友针对"断亲"现象表示，等"断亲"的这帮人到了四五十岁的时候，难免又会成为心念故乡与亲人的"寻亲者"，这让人会心一笑，心生安慰。无论时代车轮怎样滚滚向前，对亲人与血缘的热爱作为一种生物本能，终会在某一个时刻觉醒，而想要保护或者说维持这一本能不被继续更多地消解，首先要做的就是缓解文化割裂、加强情感交流，从社会大环境与家庭小环境两个方面着手，让亲情关系变得简单且融洽、美好且快乐，毕竟，"断亲"非年轻人所愿，他们也是无奈而已。

（原载《廉政瞭望》2023 年第 12 期）

# 什么限制了想象力

◎ 张　希

　　"贫穷限制了你的想象力！"这些年这句话几乎成了流行语，很多实例证明这么说也有一些道理。人穷，见识就少，肯定想象力就弱一些。比如没见过摩天大厦，只见过二层小楼的人，自然不敢想象会有数百层高的建筑物。对此我们不再过多分析，我只想反过来问：富有就不限制想象力了吗？

　　答案却是否定的。晋惠帝时期发生了大饥荒，百姓饿死无数。晋惠帝得知后非常不解，并问大臣："何不食肉糜？"大臣听罢错愕不已，不知该如何作答。晋惠帝贵为一朝人主，肯定是不贫穷，但他的想象力确实不怎么高，原因何在？问题就出在了他的富有上，从小生长在宫廷的晋惠帝，一直过着奢侈的生活，他哪里想得出百姓的生活是什么样的。所以，即便他再有钱，同样是目光短浅，缺乏见识，由此看来这想象力与穷富没太大关系。

　　那究竟什么才是限制想象力的决定因素？柏拉图提出过一个著名的"洞穴理论"：一群被禁锢在洞穴中的人，每天必须背对洞口，他们只能看到从背后透进的光投射到洞壁上的虚幻的影像，他们认为这些影像都是真实的，直到他们走出了洞穴，才知道当初看到的不过是个影子。这个"洞穴"便是限制人们想象力的罪魁祸首，它可以是愚昧、迷信、偏见、无知，等等。

小说家应该是这个世界上最具想象力的人群之一。要写好一部小说，他们要做的一项重要工作就是深入生活，了解他们所写的地域，了解他们所写的行业，这一了解过程就是从洞穴里冲出的过程。

　　由此可见，接触自身所处环境之外的世界，不断增长见识、扩大眼界、提升格局，才能让自己的想象力不被束缚。

　　　　　　　　　　　　　（原载《今晚报》2023 年 4 月 10 日）

# 为何再提"光盘行动"

◎ 吴　頔

　　经理、厨师和服务员在营业结束后，对顾客没带走的剩菜进行品尝"会诊"，分析客人剩菜的原因，从而在今后服务中改进。这是上海一家餐厅为了避免餐饮浪费想出的点子。这些年来，全市上下不管是机关、校园，还是饭店、家庭，都在以各种方式践行着"光盘行动"要求。

　　最近再提"光盘行动"，身边不免有一些人会有疑惑：长久以来，节约粮食早已深入人心，为什么现在还要强调这件事？

　　悠悠万事，吃饭为大。解决好吃饭问题，一直是治国理政的大事，节约粮食的重要性不言而喻。从这个层面看，倡导"光盘行动"，任何时候都不嫌多。

　　农业农村部曾给出这样一组数字：中国14亿人口，每天一张嘴，就要消耗70万吨粮、9.8万吨油、192万吨菜和23万吨肉。或许有些人觉得，自己浪费一点点不足挂齿，但长此以往、推而广之，如果人人每餐饭都要浪费一点点，合计就是难以估量的天文数字。所以，日常生活中的每一次节约，都是在扎紧粮食安全的篱笆。与此同时，浪费产生的大量厨余垃圾，处理起来同样是对资源的二次消耗。

　　"谁知盘中餐，粒粒皆辛苦"的道理，连幼儿园孩子都了然于胸。但我们看到，食品浪费现象在一些场合依然难以杜绝，大吃大喝、讲排场、摆阔气等不良风气依然存在。比如在一些宴请中，仍然有人认为如果菜吃光了就是"点少了"，显得主人小气，于是为了面子，宁愿剩下也要多点一些，似乎只要是自己付了钱的食物，就可以任意浪费，即便商家进行了提醒和劝导也听不进去。如果这样的奢靡之风刮上公职人员的餐桌，很可能就成了滋生腐败的温床。

"中国人才几天时间没饿肚子？也就是上世纪八十年代后出生的这些孩子。过去谁没饿过肚子？但人很容易健忘。"习近平总书记曾语重心长地教诲，提醒我们不能有丝毫麻痹大意。如今我们将"光盘行动"长挂嘴边，不仅是为了节约粮食，更是为了不断提升一个家庭、一个集体乃至整个社会的文明程度。"历览前贤国与家，成由勤俭破由奢"，铺张浪费的行为不仅背离了中华民族勤俭节约的优良传统，更有可能会败坏党风、政风和社会风气。往大了说，能否坚守艰苦奋斗精神，也是关系到党和人民事业兴衰成败的大事。

因此，"光盘行动"不能仅是一场短期的行动，更不能只是走过场、一阵风，今天"光盘"了，明天又剩下了，人前节俭了，私下里又放纵了。关键还是要常抓不懈、一抓到底，从根本上改变社会的观念与氛围。

任何一个好习惯的养成，乃至一个好风尚的形成，都需要个人自觉、环境影响、制度约束等多方面的努力。2021年，反食品浪费法颁布实施，各地、各部门也纷纷出台政策举措，引导人们健康理性消费，对浪费行为予以相应惩戒，取得了一定成效，未来仍需要在制度保障层面进一步加以规范和完善。相关管理部门也需要采取更有针对性、操作性、指导性的举措，加强监督检查，对浪费行为加以整治。商家可以为消费者提供更多像小份菜这样的选择，或考虑对节约行为适当奖励等。只有全社会持续共同努力，勤俭节约的风气和健康绿色的生活方式才会真正形成，"舌尖上的浪费"才能从根本上杜绝。

（原载《解放日报》2023年7月26日）

# "村字头"赛事火爆出圈的多重意味

◎ 李林青　郑国华

近年来，从"村超"到"村BA""村排"，再到各地不同形式的乡村划龙舟比赛，"村字头"赛事火爆出圈。这并非一时运气，而是厚积薄发的结果、创新探索的结晶。村民物质生活富足了，交通便利了，网络通畅了，多种因素叠加发酵让"村字头"赛事被更多人看见。

"村字头"赛事火爆出圈，还生动演绎了"多一个球场，少一张牌桌；多写一个字，少打一张牌；多一场演出，少一场纠纷"的基层治理美好愿景。它的背后，是"群众在台前当家作主，当地政府在幕后做好服务保障"。实践一再证明，只有真正顺应人民群众的意愿心声，实现从管理型向服务型的职能转型，才能催生从"要我干"到"我要干"的热情转变，进而跑出乡村振兴的"新赛道"、驶出"弯道超车"的加速度。

"村字头"赛事火爆出圈，还令人想到"全球在地化"。美国社会学者罗兰·罗伯森将这一概念引申为学术用语，用来强调全球化与地方反应具有交错、矛盾、融合的复杂关系，同质化与异质化、普遍性与个别性并存。"村字头"赛事较好地诠释了"在地化+全球化+信息化"的特征。

为什么火在足球、篮球、排球？因为体育交流无障碍。作为跨越民族和文化的体育语言，作为可参与、可互动的集体项目，"三大球"不仅把各民族紧紧连接在一起，也成为讲述中国式现代化的重要方式。赛场上、跑道中，"体育+"掀起的热潮不止于篮球与足球、不止于场上和场下。

进一步来看，"村字头"赛事不仅是全球在地化的缩影，还涉及时间、空间、个人经验的转换。不得不承认，在全球化的影响下，人类共同面临着地方性知识同质化与乡土情感消解等问题。通过在地化方式，将不断积累的地方性知识投射到一个共同场域，实现村落内同质性社会动员与村落间异质性社会动员，有助于重塑集体意识、重构道德秩序。

日出而作、日落而息是中国农民的传统标签。时空转换下的中国农民，有着更广阔的精神世界以及更多元的精神追求。"村字头"赛事火爆出圈不仅折射新发展、新潮流、新需求，也让原本在家乡"无处安放身心"的年轻人对返乡有了更多理由与期待。心底深处的乡土情结得到充分释放，让人才回流、参与基层治理有了更多的主动性和创造性。

体育源于人类的生产劳动及其社会实践，并伴随社会的进化而不断发展完善。体育是每个个体富有创造力的展现，是人类释放生命力的恰当载体，是对团结协作、顽强拼搏的热烈追求，是对归属感、责任感的深刻诠释。种种特征，使体育可以成为基层治理的适配产品，解锁更多"体育可以更燃、人生可以更美、基层可以更好"的新可能。

亚里士多德曾说："国家起源于生活，它为美好生活而存在下去。"有了归属感，基层治理与乡村振兴就会有更充沛的动力；有了责任感，人们对美好生活的向往就能一步步变成现实。

如今，我国还有近5亿人常住农村。可以说，没有农业农村的现代化，中国式现代化是不全面的。乡村振兴不仅需要农业的全面升级，也需要农村的全面进步、农民的全面发展。体育作为一种健康、豁达、积极、开放的生活方式，可以助力"健康中国"战略落地，可以改善邻里、社区关系，给基层治理培育良好的土壤。

同时，体育比赛还可以提升公共服务设施水平，有效聚合村民、居民，并以赛事为载体增强人们共同的价值观和认同感，包括规则意识、集体意识，还有助于提升干群关系，推动实现村居和谐、治理有效。可以说，发展体育事业与促进乡村振兴是相辅相成的。"村字头"赛事是乐子，是引子，更是路子。

新形势下，有必要进一步释放体育赛事的重要逻辑地位和多元功能价值。一是以体育助力乡村建设，让农村更繁荣；二是以体育赋能农业发展，让农业更兴旺；三是以体育促进农民健康，让农民更幸福；四是以体育丰富乡村文化，让乡风更文明。

在此基础上，"以体育之名，让文化唱戏，促经济发展，助乡村振兴"，真正把"流量"转化为"留量"、把"变量"转化为"增量"。

（原载《解放日报》2023年7月25日）

# "礼金互免"人情浓

◎ 丁　棠

礼金，堪称国人常见的人情往来。婚丧嫁娶、寿诞生辰，随礼、凑份子表表心意，随得多了是一笔不小的支出。尤其逢着良辰吉日，都来邀请、都要祝贺，压力很大。不过，前些日子浙江杭州的某场婚礼却独辟蹊径。据闻，现场的朋友揣着一张"礼金互免卡"权当红包，送的人轻轻松松，收的人乐乐呵呵。

"礼金互免"做法小众，却迅速俘获大众。这背后，实在是人们苦礼金久矣。亲朋好友喜事临门，不去祝贺说不过去，空手而往也不体面，两三百块不嫌少，成千上万不嫌多。而因着"来而不往非礼"之谓，不少人回礼都讲究"添一点"，一来二去，行情水涨船高，大家的钱包被掏空，徒留疲惫和烦恼。

更紧迫的现象是，一些地方宴席名目繁多，礼金五花八门，彩礼节节攀升。此前农业农村部驻村调查发现，当下农民消费第一支出为食品，第二支出便是人情礼金。

好好的人情，怎就成了"人情债"？说起来，"人情"本身并无原罪，守望相助、互相救济也是中国传统乡土社会的独特魅力。《蓝田乡约》言，"德业相劝，过失相规，礼俗相交，患难相恤"。亲友操持大事喜事，献份心意、给些礼金，可以沾沾喜气，也能给主家一定支持。而今这些礼金变味变质，坏就坏在过多过滥，超出个体承受范围。当它不再是一种自愿馈赠，而是一笔不可避免的花销开支，就必然沦为计算投入产出的经济行为，告别不计回报的重义表达。于是我们看到，有群发请柬者，也有琢磨宴席名目"捞回成本"者……每个人都被裹挟，无可奈何、无力脱身。

回望中华文化，"礼"曾长期主导中国古代社会。它包含日常生活中待人接物的礼节或规矩，也建构着人与自然、社会及人与人之间的伦理规范，如"道德仁义，非礼不成""礼之用，和为贵""礼，与其奢也，宁俭"，等等。以此品味服务人情的礼金，其中"礼"所指向的人情方为本，而"金"充其量只是附着其上的表罢了。若以"金"论"礼"乃至累"礼"，不仅是一种本末倒置，更是对"礼"的消解和歪曲。何况，如今时代已经发生变化，社会结构已然不同，大多数人的生产生活方式越过了家族与村落范畴，人情往来方式自然需要更新。如果再照着陋习亦步亦趋，就像那"懒婆娘的裹脚布"，臭不可闻、遭人厌弃。

"礼，以顺人心为本。"面对纷至沓来的请柬，我们的本心如何，自己再清楚不过。如何既保留传统文化底色，让礼俗相交、患难相恤的民俗延续，又呼应这个时代的性格，不沦入金钱的窠臼？那对杭州的年轻人走出了"礼金互免"的一步，那么我们呢？不妨都来为移风易俗尽一份力，给自己也减减压吧。

（原载《今晚报》2023 年 1 月 31 日）

# 对"无效社交"不妨适度"反连接"

◎ 高　维

微信朋友圈对你来说，意味着什么？近日，一项面向1335人的媒体调查显示，59.4%的受访者觉得朋友圈中的"无效社交"多。

给社交加上"无效"这个前缀，听起来不免有些功利，但背后的焦虑心态却真实而普遍。互联网时代，人们的社交期待不尽相同，但大体不外乎几种：获取情绪价值，培育社会资本，获得信息增量。说白了，就是追求愉悦和进步。遗憾的是，这时常只是美好的幻想。在这次调查中，仅有10.4%的受访者觉得朋友圈中的"无效社交"影响不大，多少说明了一些问题。

朋友圈早些年风靡一时，源于它承载着一种共识：社交的本质是连接和分享。然而，过度的连接在延伸社交半径的同时，也不可避免造成对原有边界的侵犯："不管你是谁，群发的我不回"的戏谑、"点赞满天下，知己无一人"的自嘲、"我拿你当朋友，你却把我当私域流量"的无奈……朋友圈中的泛泛之交，似乎变得鸡肋，更有甚者，有的公司"强征"这块自留地，不转发、不点赞还要受到处罚。

从好几年前"朋友圈三天可见"备受热议，到前段时间"朋友圈已经没有了生活的痕迹"引发共鸣，人们越来越关注自我感受，对推心置腹的社交，也越发心向往之。对很多人来说，彻底的"断舍离"不够现实，无差别地维持关系亦不可取，更为可行的应对策略，是适度的对外切割。

对此，学者彭兰曾经提出过一个"反连接"的概念：不是无条件地切断所有连接，而是在一定情境下进行"数字减负"，以期恢复必要的个体空间和自由。循此思路，减少软件的使用频次，屏蔽某些"好友"的朋友圈，换个平台当"后花园"，或是将更多精力放到线下的亲身体验中去，都有利于抵抗信息过载和社交倦怠。

最近，"混搭子社交""年轻人断亲"等热词冲上热搜，也可看作一种广义上的"反连接"——在流动性增强、节奏加快的现代社会中，轻盈而富有弹性的"混搭子社交"，带来了难得的轻松和舒缓；随着社会契约化程度提高，人情往来的功能性被弱化了，这正是"年轻人断亲"的"底气"所在。由此来审视"无效社交"，想必不无启发。

当然，无论媒介生活如何变化，社交的底层逻辑始终不变——以心相交，成其久远，理想的人际关系，应该是一种双向的价值输出。动辄给某段关系贴上"无效社交"的标签，如此走极端同样应警惕。毕竟，社交场景是多元动态的，而"无效"的定义是模糊的。举个简单的例子：三观不合的"僵尸友"自然不难甄别，但当你从忙碌中抽离出来，"无效社交"也可能变成"相见恨晚"。

就此而言，对于一直认真记录生活、抒发感悟的微信好友，笔者一向乐见且欣赏：恰到好处的自我披露，和精神包袱的松绑并不矛盾，至于如何把握好其中的平衡，倒也见仁见智。都说"有趣的灵魂终将相遇"，换个角度看，何尝不是一种"反连接"，让志同道合者更精准匹配了呢？

（原载《南方日报》2023年7月7日）

# "文脉"与"血脉"同样重要

◎ 尹　烨

　　一个人如果觉得自己"还不错"，首先得感谢父母。我爸从小带我讲相声，我嘴皮子就溜起来了；我妈从小带我背古诗文，我记忆力就逐渐增强了；我爸教我写稿，我写东西就慢慢有了感觉；我妈天天带我上山抓蚂蚱，我就喜欢上了生命，最终走上生命科学的道路。

　　要知道每个人成为父母之时，最先能延续的当然是他小时候的印记，比如最熟悉的儿歌。故当我成为父亲，教育起自己的女儿时，也如法炮制着"文脉的传承"，带她背古诗，讲相声，夜观生物，去历史名胜之地，游各大博物馆，用实践而不是死记硬背的方式教给她知识。我最终所希望的就是她对世界有好奇，对自己能自洽，这就够了。

　　虽然对教育并不专业，但我深刻意识到，面对这个日趋焦虑的社会，父母的教育方式必须改变。

　　自古以来，人类的教育方法一直在迭代，始终在根据社会的需要和科技的发展而演进。古希腊斯巴达的教育非常严格，以军事训练为核心内容，但不重视发展人的智慧和才能；雅典讨论式的教育非常开明，但是通常比较有限；此后学徒制的教育方式虽然注重德育，但往往因为门户观念制约而不够大气，且师傅的能力和教育方式往往就成了徒弟的天花板；"铁血宰相"俾斯麦开启的义务教育在他那个时代无疑是成功的，但千篇一律的通用型人才培养已远远跟不上如今的形势；后续人们又把科学理解为"分科的学问"，现在又开始重新提倡"跨界融合"……

家长对孩子焦虑，其本质上是一种"我执"，但实际上，家长应该"执我"。如果不能做到静待花开，也绝不应该拔苗助长。很多家庭教育的问题，就是寄希望于让下一代人来弥补上一代人的遗憾，这对孩子显然是不公平的。家庭是孩子的第一个学校，家长是孩子的第一任老师，故教育方式的进步首要从改变父母的内心开始。父母要先平和下来，不断地去汲取知识，然后把焦虑转化成确定性的行动，一点一滴去实现。

一开始我们认为，改变所有事情就会幸福，到后来会发现，改变自己才是幸福的开端。或者说，能改变的只有自己，只有自己变好了，所有事情才有可能变好。

莫向外求，反求诸己。教育不是简单的知识灌输，而是用一颗心灵去影响另一颗心灵。如果你希望孩子爱看书，得先自己爱看书。如果父母经常看书，孩子就会认为看书是生活的一部分，他自然会尝试去看书；如果你希望孩子懂音乐，那就让他从小沐浴在音乐的氛围下，他自然就会去了解乐理。

每个人都是不同的种子，都有自己独特的内啡肽驱动性。孩子是上天给父母的礼物，但很长一段时间都是一个"盲盒"。父母有必要帮助孩子发现他的驱动性，而不是一味要求孩子走某条刻意规划的道路。

我们必须接受自己的孩子极大概率就是个普通人——正如我

们自身一样。从事一份看起来或许普通但亦有价值的工作，同时热爱生活，有烟火气，内心充盈而阳光积极，总能发现生活的美感，这样的人生难道称不上幸福吗？

从基因的角度看，孩子会遗传父母的"血脉"，更重要的是，还要有"文脉"的传承。文脉，诸如家教家风，其实和血脉同样重要。一个又一个注重文脉的家庭，必将成为国家发展、民族进步、社会和谐的重要基点。

（原载《解放日报》2023年8月5日）

# 抑郁症、驴耳朵与树洞

◎ 张智辉

    有人要问：抑郁症、驴耳朵与树洞井水不犯河水，何以生拉硬套？那先从一则新闻说起：近日，李玟去世将抑郁症带成"热点""热词"。在工作生活节奏忙碌而飞快的当下，人们全身心投入到工作中，如果情绪长期积压，很容易陷入一种轻度抑郁状态。如果不及时察觉并排解掉负面情绪，症状就会不断加重，有的甚至走向自杀的道路。

    有资料显示，各类精神疾病和心理疾病患者呈递增态势，青少年出现心理问题的比例较高。导致抑郁症的病因有自身性格、家庭社会压力等多种因素，及时进行心理调适、安慰、干预可起到重要防范作用。

    防范抑郁症，驴耳朵可以派上大用场。且看一则寓言故事《国王长了一对驴耳朵》。传说有一个国王，长了一对驴耳朵，但是他不想让别人知道，只允许一位理发师给他理发，并且不允许理发师把他长了驴耳朵的事情告诉别人，否则就要杀他灭口。

    这个秘密让理发师憋得好苦，他谁也不敢告诉，因为他怕被国王报复，但是让他一直憋在心里，真的好生难受。

    有一天，他实在忍不住了，于是他就想了一个办法，把这个秘密对着一个大树洞说了，说出来之后，他感觉好受多了，就开开心心回家了。结果谁也没想到，这棵大树成了"精"。有一天，一个牧羊男孩在大树下面乘凉，顺手摘了一片树叶吹笛子，结果声音传出来却是理发师对着树洞说的那句话——"国王长了一对驴耳朵"，这个秘密被小男孩听到了，他觉得非常好玩，就在路上把这件事情告诉给了好多人。

口口相传，一传十，十传百，国王长了一对驴耳朵的消息不胫而走，最后传到了国王耳中。国王气急败坏，赶紧把理发师叫来审问，理发师吓得直筛糠。但是他对国王发誓，自己没有告诉过任何人，只对一个大树洞说过。国王还是不肯相信他，理发师灵机一动，和国王说道："您可以这样和百姓说，您长了一对驴耳朵就是为了听大家建言献策的，希望多听取意见。"听完理发师的话，国王颇感欣慰，将理发师的话照样对民众说了，很快得到了大家的认可。理发师也幸免于难。

有一首《耳朵谣》是这样唱的："驴耳朵长，马耳朵短，聋子的耳朵光好看。"还有骂人听墙根的话，叫"驴耳朵听得长"，这大概是寓言故事选择驴耳朵的理由吧。

再后来，随着这个《国王长了一对驴耳朵》寓言故事的延伸和拓展，树洞这个词已经不是它原本的词义了，引申为网络意义上可以隐藏秘密的"垃圾桶"，可以倾诉的对象。意味着你可以将心底的秘密大声说出来，不用再担心别人知道，说出来你会轻松很多。

早些年，日本一些公司，专门给公司员工设置了可以出气发泄的密闭房间，有仿公司领导层的橡胶人像，可以任选"施暴"，不受追究。据介绍，这些人像经常被"打"得东倒西歪。这是

"树洞"在企业管理中的妙用。

以人为本、尊重隐私、关注心理健康，越来越受到全社会的重视。这不，高考新举措，今年有的省份前五十名分数要屏蔽，让状元、榜眼、探花免受骚扰。同时，网上还开设了"高考树洞"，对成绩不理想的考生"花式按摩"，给"失利"考生以人文关怀。看新闻节目，有的电视台专门直播"高考树洞"，与孩子们说体己话，聊开心天，还有的让考生自说自话，为自己加油。

如果让我在"高考树洞"前说句话，作为过来人，我要大声地告诉孩子们——"春归花不落，风静月常明"，勿以一时成败论英雄。

这些年参加国内外一系列培训，有两件事铭记在心。一次是一位心理学家在企事业干部培训班上问同学们谁有问题可以咨询，整堂课无一人提问，临下课他把手机号码写在黑板上，孰料，当天晚上他的手机成了热线。

还有一件事，大学开学后，热心的辅导员问全班学生谁需要贫困助学金可以申请，无一人举手示意，后来，他通过学校食堂卖菜票的"存根"记录，找到了那位买菜票少得可怜的同学，只见这位脸成菜色的同学得知老师来意竟感动得涕泪直流。原因是他不愿在众目睽睽之下接受"施舍"，他需要大学生的体面、尊严，甚至有一天想和心仪的女同学谈一场恋爱。老师紧紧地拥抱了他，并答应会像那个"树洞"一样，保守他的秘密。

文明的进步是人的全面发展，最能安抚和感动人心的是善意、善心、善良、善举，是人性的温暖和光辉。曾有一位医学博士选择研究生，研究生们现场交上"考卷"——临床记录，其中有一位写道："病人疼得汗流浃背。"被博士当场看中，其他学生不解。博士说，你们的病案上只有数字指标，没有"人文关怀"。

希望这样的老师和博士越来越多！"爱人心，沉入海，带我去，把他找回来。"就像李玟演唱的《月光爱人》。

（原载《齐鲁晚报》2023年7月12日）

# 也许是一种分享的焦虑，盗摄屡禁不止？

◎ 林予兮

活过，写过，爱过。

这是司汤达对自己人生的总结，浓缩了他认为自己生命中最重要的三件事。

依葫芦画瓢，我们或许可以把当下一种颇为常见的文化现象概括为"来过，拍过，转发过"。在很多人心目中，这也是他们从事文化休闲活动时最重要的三件事。

最近有两个案例颇为典型。

一个案例是电影《灌篮高手》遭遇"史上最严重盗摄"。很多人在电影院看电影的过程中，不断用手机拍下镜头画面或者视频分享在社交平台，将高燃片段剪辑成小视频的也不在少数。一些在现场的观众称，此起彼伏的屏摄导致放映厅就像没关灯一样；也有不少网友表示，转发在社交平台上的视频片段已经足以连成一部完整的电影了。

另一个案例是音乐剧《我在时间尽头等你》巡演到某地时，因为部分粉丝在演出过程中频频偷拍，工作人员不得不屡次用激光笔提醒，结果招来粉丝和普通观众两个群体的不满：粉丝觉得自己被吓到了，有些观众不满激光笔干扰了自己看演出，另一些观众则认为剧场阻止粉丝拍照不够及时。

盗摄屡禁不止？也许是一种分享的焦虑。事实上，盗摄也好，偷拍也罢，都不是新鲜事。今年春节期间，针对发生在各地影院内的屏摄行为，七部电影发布联合倡议书，呼吁观众不要屏摄，文明观影，但收效甚微。

笔者注意到，对于影院内的盗摄和剧场内的偷拍行为，舆论往往从法律、规范和礼仪等角度展开批评。比如根据《电影产业促进法》，从龙标出现开始，到正片或彩蛋结束为止，其间未经权利人许可，任何人不得对正在放映的电影进行录音录像；比如剧场演出，很多版权方会将相关条款写在合约里，未经允许而在演出过程中拍照、录像、录音都属于侵权行为，剧场有义务进行阻止；又比如，频频拍照会对台上的演出者和旁边的观众造成干扰，小提琴家安妮·索菲·穆特就曾经在发现有人用手机拍摄时停下演出，大喊"请你出去"。

的确，无论从遵守法律条款还是尊重他人权益而言，我们都应该拒绝盗摄，抵制偷拍，影院和剧场也应该严格管理。但盗摄和偷拍仍然屡禁不止，原因何在？除了执法难以及少数恶意侵权者之外，大多数人的情况其实是"道理我都懂，就是做不到"。而减少乃至杜绝盗摄与偷拍行为，除了一再强调不能、不对、不行之外，或许也应该从为什么"就是做不到"入手。

事实是，人类天生就乐于在与他人分享中表现自我，从而获得一种社交快感。社交媒体的出现和壮大，既有赖于人类的分享欲也强化了人类的分享欲，结果就是我们进入了一个便于分享也鼓励分享的时代。在今天，很多人都会觉得，一餐美食没有分享出去是不完整的，一次旅行没有分享出去是不完整的，一个展览没有分享出去是不完整的，一场演出没有分享出去是不完整的，一部电影没有分享出去是不完整的——简而言之，就是所有的经历、感受和体验，没有分享出去是不完整的。

于是我们看到，从"高三"等到"三高"的影迷急于分享自己圆梦青春的伤感或喜悦，音乐剧演员的粉丝急于分享自己对偶像的忠诚和热爱。在分享渴望乃至焦虑的支配下，他们不约而同，举起了手机。

从这个角度来看，解决问题的办法并不是没有。比如在影院显眼处甚至影厅内放置大幅海报、立牌、道具等周边，引导影迷在观影之前尽情打卡；比如在演出开始前播报由明星本人录制的观演礼仪，引导粉丝文明观演；比如借鉴一些展览策展方的做法，为影迷和粉丝提供可下载高清剧照的二维码等。当然，这需要片方、影院或演出方、剧院的合作，有《灌篮高手》的影迷就表示，自己专门买了号称有福利的"特别场"门票，结果到了影院却不见有任何特别之处，工作人员也一问三不知。

经过三年疫情，我们比任何时候都期待线下文化市场尽快复苏，这不仅关乎产业的健康发展，也关乎人民群众的精神文化需求。良好的观演环境是重要基础，而每个身处其中之人，都责无旁贷。

因为美好需要分享，更需要共享。

（原载《文汇报》2023年5月10日）

# 刀郎《罗刹海市》与讽刺诗歌

◎ 潘采夫

打我记事起，没有哪一首流行歌曲像《罗刹海市》引起如此大的反响。大街小巷传唱的歌很多，如《水手》《心太软》《月亮惹的祸》《大海》《双节棍》《2002年的第一场雪》等，但一首歌的词能引起雪崩一样的议论，三十年来只有《罗刹海市》。

先把部分歌词摘录如下：

罗刹国向东两万六千里，过七冲越焦海三寸的黄泥地，只为那有一条一丘河，河水流过苟苟营，苟苟营当家的叉杆儿唤作马户，十里花场有浑名，她两耳傍肩三孔鼻，未曾开言先转腔，每一日蹲窝里把蛋来卧，老粉嘴多半辈儿以为自己是只鸡，那马户不知道他是一头驴，那又鸟不知道他是一只鸡，勾栏从来扮高雅，自古公公好威名……

不少人是索隐派，像索隐《红楼梦》和《围城》一样，将歌词中的艺术形象与现实人物一一对应，认为刀郎卧薪尝胆，为曾经受过的委屈举起了复仇的匕首和投枪。我认为这看低了刀郎（他志不在此）。

有一种观点，说摇滚乐负责批判，而流行乐歌唱青春爱情，形成这种印象，是由于流行音乐具有深刻思想和批判精神的歌曲太少，但并不是没有。我爱听的歌曲里面，就有郑智化的《大国民》、李寿全的《未来的未来》、罗大佑的《现象七十二变》《亚细亚的孤儿》《未来的主人翁》《皇后大道东》《鹿港小镇》等。当然有人会纠正我，说罗大佑早期的歌曲也是摇滚，好东西总不能都给了摇滚乐啊。

以我业余的看法，《罗刹海市》从中国古典小说和地方小调中汲取养分，接续了罗大佑们几乎失传的批判性流行音乐的传统，只不过更文学，更含蓄，更晦涩难解。批判和晦涩都是对当下的描摹，具有多重解读的价值。至于对个人的攻击，我认为介于"草色遥看近却无"之间，毕竟有太多的文学经典，本意是个人意气，结果却成了大师作品。若有若无的神秘感，使这首歌成了一个罕见的文化事件。

上中学的时候语文老师讲，批判是直接批评和否定，而讽刺是含蓄的批评和否定，我觉得有点教条了，讽刺是手段，批判是精神，二者没法挥刀分开。当然也有一些纯讽刺的文学，比如鲁迅先生的《教授杂咏四首》：

作法不自毙，悠然过四十。何妨赌肥头，抵当辩证法。
可怜织女星，化为马郎妇。乌鹊疑不来，迢迢牛奶路。
世界有文学，少女多丰臀。鸡汤代猪肉，北新遂掩门。
名人选小说，入线云有限。虽有望远镜，无奈近视眼。

为戏谑四个作家教授的游戏之作，就是骂着玩。

《罗刹海市》对颠倒黑白的世道的批判精神是严肃的，和《窦娥冤》的"天地也，只合把清浊分辨，可怎生糊突了盗跖颜渊？为善的受贫穷更命短，造恶的享富贵又寿延。天地也，做得个怕硬欺软，却原来也这般顺水推船"直接开骂暗通款曲。当然《罗刹海市》讽刺的手法又极尽戏谑之能，有通俗艺术的诙谐，这会让《罗刹海市》在中国的讽刺文学中占有一席之地。

我写这篇小文的目的，倒不是评价《罗刹海市》，而是借它钩沉一些我喜欢的讽刺诗歌。《海市》的文学源头来自《聊斋志异》，它的吟唱形式源于地方小调，也就是民歌民谣，那我们就从古代的"小调"说起。

时间来到元朝，那是个兵荒马乱的年代，科举制度被废止，读书人和民间艺人不得不抱团取暖，高雅的唐诗宋词也难得地和民间小调"走向共和"。于是元朝没出太多高雅的文学作品，而民间文艺的艺术性却得到了迅猛发展，这和《三国演义》《水浒传》的诞生过程相似，当腹中锦绣的文人参与了民间文艺，经典往往就产生了。

元曲民谣都特别擅长骂人，骂得生动，骂得酣畅，既有知识分子的文笔，又有江湖人物的悍勇，文坛大哥关汉卿的散曲《不伏老》是当时顶尖的"流行歌曲"：

我玩的是梁园月，饮的是东京酒，赏的是洛阳花，攀的是章台柳。我也会围棋、会蹴鞠、会打围、会插科、会歌舞、会吹弹、会咽作、会吟诗、会双陆。你便是落了我牙、歪了我嘴、瘸了我腿、折了我手，天赐与我这几般儿歹症候，尚兀自不肯休。

走的就是大街上拍着胸脯骂街的路线，江湖气十足。

而无名氏作的一首民间流行歌曲《醉太平·讥贪小利者》，更是骂人的艺术高峰：

夺泥燕口，削铁针头，刮金佛面细搜求，无中觅有。鹌鹑嗉里寻豌豆，鹭鸶腿上劈精肉，蚊子腹内刳脂油。亏老先生下手。

元朝还有一首讽刺歌曲叫《梧叶儿·嘲贪汉》，作者仍然无名无姓，佚名，我从小以为"佚名"老师是个无所不能的高产作家。歌词这么写：

一粒米针穿着吃，一文钱剪截充，但开口昧神灵。看儿女如衔泥燕，爱钱财似竞血蝇。无明夜攒金银，都做充饥画饼。

这是纯粹的民间骂人，刻薄入骨，却又文采斐然，非一般老百姓所能为（这个现象让人想起苏联的大量政治段子，显然也不是一般老百姓所能创作的）。当然元朝也不都是骂街，张养浩的《山坡羊·潼关怀古》就是深沉大气之作，迈入了"兴，百姓苦；亡，百姓苦"的高级骂街层次。

这种讽刺性民歌不是元朝独创，它有很"牛"的师承，《诗经》里的"风"部，是我国最早的民歌集子，它们其实是有节拍和调子的民歌歌词，其中就包括《魏风·硕鼠》等讽刺诗。所以讽刺诗歌一直是文学史上的一个门类，相当于类型文学，这也让元曲在中国文学史上占了一个山头，有自己的座次。如曹雪芹的《西江月·批宝玉二首》：

纵然生得好皮囊，腹内原来草莽。

我也读出了元曲的味儿。

说到讽刺，兴头来了，荡开一个闲笔，《金瓶梅》是明朝中后期作品，那时候市民社会繁盛，普通老百姓也喜欢读小说，《金瓶梅》大致可类比为明朝的《废都》，属于当时就很受市民欢迎的流行小说。

《金瓶梅》的讽刺艺术经常令我拍案叫绝，如西门庆死后，潘金莲、春梅和陈敬济偷情被发现，遭到月娘训斥，两人借酒浇愁，这时媒婆薛嫂受陈敬济所托来传信，文中写道：

春梅因见阶下两只犬儿交恋在一处，说道："畜生尚有如此之乐，何况人而反不如此乎？"正饮酒，只见薛嫂儿来到，向金莲道个万福，又与春梅拜了拜，笑道："你娘儿们好受用。"因观二犬恋在一处，又笑道："你家好祥瑞，你娘儿每看着怎不解闷！"

我从未见用祥瑞二字如此精妙者，薛嫂堪称讽刺的语言大师。

以上讽刺文学很下里巴人，参与创作的知识分子也得加上"落魄"二字。那么从元朝向上漫溯，讽刺诗又是怎样一番样子呢？

花蕊夫人是五代十国时期后蜀孟昶的妃子，后蜀降宋后，赵匡胤早听说花蕊夫人诗名，命她作诗，花蕊夫人立就一首《述国亡诗》：

君王城上竖降旗，妾在深宫哪得知。十四万人齐解甲，更无一个是男儿。

此诗一出，讽刺力度太大，一举扭转了"红颜祸水"的男权谬论，千年以后，仍然被不断引用，甚至走出国门，黑了一把遥远的莫斯科。宋亡之际，李清照一首"至今思项羽，不肯过江东"，和花蕊夫人交相辉映，双峰并峙，稳坐女诗人讽刺诗前两把交椅。

当然宋朝最有名的讽刺诗，可能是苏轼的《洗儿诗》：

人皆养子望聪明，我被聪明误一生。惟愿孩儿愚且鲁，无灾无难到公卿。

对于这首诗，历史上的解读一般是抒发了作者内心的郁愤，和对愚蠢的满朝公卿的讽刺云云，在我这个出生于中原乡村的小子看来，以上解读皆不过瘾。大声诵读几遍即知，被贬谪的苏东坡大雅大俗，用文学的载体破口大骂，这首诗的灵魂在于用上了伦理梗，用东京汴梁话翻译一下只需四个字："我是恁爹！"作为濮阳人，我对开封的街头还是了解的（读者查查澶渊之盟的历史，可知我们濮阳和开封的亲密关系）。

东坡先生骂贪官不骂皇帝，有人不怕，当赵家人从汴梁搬到临安，在西子怀抱里治疗创伤的时候，林升写了一首《题临安邸》：

山外青山楼外楼，西湖歌舞几时休？暖风熏得游人醉，直把杭州作汴州。

这首讽刺诗差点把官家羞杀于深宫之中。

千年之后，马君武写下一首《哀沈阳》：

赵四风流朱五狂，翩翩蝴蝶正当行。温柔乡是英雄冢，哪管东师入沈阳。

这首诗风靡一时，把张学良钉耻辱柱下不来了，直到九十多岁时，张学良口述回忆录中还说："这首诗我最恨了，我张学良如有卖国的行为，你们就是将我的头颅割下我也是情愿的。"这就是讽刺诗的力量。

马君武这首诗，模仿的是李商隐的一首讽刺诗，他的《北齐二首》构思之巧和讽刺之深，令人惊心动魄。

第一首：

一笑相倾国便亡，何劳荆棘始堪伤。小怜玉体横陈夜，已报周师入晋阳。

第二首：

巧笑知堪敌万几，倾城最在著戎衣。晋阳已陷休回顾，更请君王猎一围。

一边是玉体横陈，一边是敌军入城，用上了蒙太奇的李商隐，诗才的确深不可测。

唐朝诗人白居易以讽喻诗著名，他的《卖炭翁》之类诗歌不是讽刺，那简直是指着朝廷的鼻子开骂，如《秦中吟·江南旱》：

意气骄满路，鞍马光照尘。借问何为者，人称是内臣……食饱心自若，酒酣气益振。是岁江南旱，衢州人食人。

还有杜甫的《三绝句》：

前年渝州杀刺史，今年开州杀刺史。群盗相随剧虎狼，食人更肯留妻子……殿前兵马虽骁雄，纵暴略与羌浑同。闻道杀人汉水上，妇女多在官军中。

这等"笔力横绝"，击鼓痛骂，已远远超过讽刺诗所能承载。李白讽刺诗不算多，《嘲鲁儒》是讽刺儒家读书人的杰作，仅以此诗，李白就是打倒孔家店的先行者。整个唐朝讽刺诗歌，气象纵横，尺度也非后世所能及。白杜诗在前，我原想多说几句刘禹锡的《玄都观桃花》和《再游玄都观》，已索然无味，就此罢笔。

最后补一句近代的讽刺诗歌，鲁迅先生是当仁不让，他的格律诗水平之高，百年来二三子，其中讽刺诗真是信手拈来，例无虚发，《赠邬其山》讽刺统治阶层：

廿年居上海，每日见中华。有病不求药，无聊才读书。一阔脸就变，所砍头渐多。忽而又下野，南无阿弥陀。

《剥崔颢黄鹤楼诗吊大学生》讽刺日军逼近北平时的国民政府：

阔人已骑文化去，此地空余文化城。文化一去不复返，古城千载冷清清。专车队队前门站，晦气重重大学生。日薄榆关何处抗，烟花场上没人惊。

近代另一位旧体诗的大师是陈寅恪先生，他在1930年写下《阅报戏作》之一：

弦箭文章苦未休，权门奔走喘吴牛。自由共道文人笔，最是文人不自由。

讽刺当时的文人争名逐利，尚属直抒胸臆。到了《忆故居》，写：

渺渺钟声出远方，依依林影万鸦藏。一生负气成今日，四海无人对夕阳。

后两句当然是名句，而前两句巧妙的讽刺意境，更令人揣摩再三，叹为观止。陈寅恪先生还有一首诗很好，以民间艺人自许：

一抹红墙隔死生，百年悲恨总难平。我近负得盲翁鼓，说尽人间未了情。

这首诗中的"盲翁"来源于南宋陆游的一首诗，"斜阳古柳赵家庄，负鼓盲翁正作场。死后是非谁管得？满村听说蔡中郎"。

用这首讲民间说书艺人的诗，来结束《罗刹海市》的题目，蛮合适。《罗刹海市》在中国讽刺诗歌艺术之林，也能找到自己的座席，了不起。

（原载《经济观察报》2023年8月30日）

# 走向更孤独的状态

◎ 苗　炜

　　英国的《卫报》在2023年2月发表了一篇文章，题目叫"过去几周，我只跟邮递员说了几句话"，这句话来自一位受访者，他独居，邮递员上门的时候，两人会聊上几句，所以他希望邮局不要罢工，邮递员能缓解他的孤独。换在咱们的语境里，那就是你只跟快递小哥聊了两句，除此之外，没有什么社交。在《卫报》的这篇文章中，有一位心理学家说，许多人都已经学会了孤独，甚至在自己没有意识到的情况下，就适应了孤独，这不是说大家都没有社交了，而是社交不能满足我们精神上的需求，我们也不太在意社交了。许多人不愿意在社交上花时间了，而那些缺乏社会资本的人，不掌握网络社交技能的人，身体不太健康的人，就更加边缘化。

　　我最近看了一本书叫《自我决定的孤独》，作者伊丽莎白·冯·塔登是德国一家杂志社的记者，原书的标题叫"无接触社会"，中文翻译过来，编辑改了一个情感走向的题目，不过，改得也很有道理，我们处在一个"无接触的社会"，慢慢就决定过更孤独的日子。其中有一个章节，作者讲住房和孤独的关系，很有意思。

　　1903年的柏林，有一半以上的城里人生活在小公寓里，公寓里只有一个房间有暖气，每个房间平均住四个人。那个年代的社会学家齐美尔说，现代人生活中最深刻的问题，就是面对强大的社会时，该如何保持独立性，在城市中，人从传统的束缚中解放了出来，同时失去了宽敞的生存空间，每个人都是一群自由的陌生人中的一个。20世纪50年代的德国，每个人的平均住宅面积是14平方米，现在是45平方米。相对宽敞的住宅会对人们的心理产生什么影响呢？2017年有一项调查叫"世界价值观调查"，对78个国家51年的数据进行评估，涉及居住面积、独居和离异者数字，等等，这个调查得出的结论是，个人主义价值观在全世界的范围内都在增强，这种价值观强调个体的独一无二，个体要和集体拉开距离，个人要离开大家庭，要摆脱束缚，夫妻如果有矛盾，离婚就是顺理成章的。只要生活条件允许人们稍稍拉开与他人的距离，这个变化过程就会发生，其中钱的因素很重要，只要有点儿钱，人们就想给自己弄一个相对独立的空间。一大家人住在一起，没有隐私，这就是贫穷的表象，这就是一种噩梦。

面对陌生人，我们是不是更想保持距离呢？有一本书叫《东京八平方米》，作者吉井忍在东京闹市区租了一间小房子，只有8平方米，8平方米的房间，意味着你必须把一部分私人生活挪到公共场所。房间里没有浴室，就要去公共澡堂子；没有功能齐全的厨房，就要去附近的咖啡厅解决一日三餐；没有洗衣机，就要去洗衣房用投币式的洗衣机；没有冰箱，那就每天去超市买新鲜的食物。吉井忍这个做法，是想重新发现人与人之间的联系。不过，8平方米的房子实在太小。日本有一条标准，说是要保证身心健康，一个人的居住面积应该在25平方米。

几十年前，我们过的都是把私人生活挪到公共场所的日子，公共厕所公共浴池非常普遍，20世纪70年代，中国城市人口的平均住宅面积不足3平方米。但几十年过去之后，我们的平均居住面积提升了10倍不止，我们对更大的房子依然渴望。

德国的调查显示，70%的德国人依然把独栋、带花园的房子视为自己梦想中的居住类型，换言之，大多数人都有一个别墅梦。我们恐怕也喜欢大房子，这带来的问题就是你在年富力强时买了一个大房子，孩子大了，他们也想有自己的房子，你岁数大了，可能面临独居。我们买大房子时，就决意走向孤独了。

（原载《新民周刊》2023年第16期）

# 傲　骨

◎ 莫　言

　　20世纪90年代初，我还在军队文艺部门工作。有一次去京郊一个招待所，参加总政召开的军事题材长篇小说座谈会。

　　在那次座谈会上，我曾说过："我知道长篇小说怎么写，但是我不告诉你们。"现场一片笑声，主持座谈会的那位主管文艺工作的领导有些尴尬，他说："我们虽然不会写小说，但作为读者，还是可以发表看法的吧。"

　　这位领导后来晋升到很高的职位，但可惜犯了严重错误。有一些战友以那次会上的事为例，说我有"傲骨"，其实这事是我不对。我既然去参加了会议，意见不成熟可以不发言，既然发言就应该好好说，完全没必要故弄玄虚。这其实是我肤浅的表现，与什么"傲骨"无关。

　　在那次会议上，除了我自己的不逊之言外，还有两件事给我留下至今难忘的印象。一是我与一位老作家住一个房间，他有一个习惯，睡觉时必须开着电视机，而且要把声音调得很大。我听着他的响亮的呼噜与电视的混合声响，第一夜无眠。第二夜也无眠，但我没向主办会议的人要求换房间，也没对别人说这事。后来我听好几位军队的作家朋友说，这位老作家表扬我有傲骨，将来会有出息。

第二件事是我发言后，一位职级较高的老作家发言说他这次坐火车来京，心里很不痛快，原因是几位戴着金链子、穿着名牌服装的暴发户与他同坐一个软卧包厢。他义愤填膺地说，我们流血流汗打下了江山，然后才挣得了坐软卧的资格，这几个暴发户借着改革开放的时机赚了钱，竟然也堂而皇之地坐进了软卧包厢……这老作家还说了很多情绪冲动的话，有人为他喝彩，夸他有傲骨。

三十多年过去了，本文中提到的三个人，都已经去世，参加那次会议的人，也都成了老人。

（原载《读书》2023年第8期）

# 幽默来自何处

◎ 陈宝良

说到幽默，不妨先引张岱儿时发生的一件事作为例子。张岱（字宗子）是明末著名的散文家，又是天下闻名的"饕餮客"。当张岱六岁时，他的祖父带他到了杭州，正好遇到了当时有名的山人清客眉公先生（陈继儒）跨一角鹿，在钱塘县里做游客。眉公对张岱祖父说："闻文孙善属对，吾面试之。"指屏上《李白骑鲸图》说："太白骑鲸，采石江边捞夜月。"张岱不假思索，应声对道："眉公跨鹿，钱塘县里打秋风。"眉公听后大笑，起而跃道："那得灵隽若此！吾小友也。"（张岱《琅嬛文集》）张岱的对子灵巧睿智，以谐对庄，一语点破这位眉公先生钱塘之行的目的，使对子大有谐趣。而眉公先生面对这种阵势，处惊不慌，笑而不窘，这是一种容忍别人消遣的雅量，表现了一个幽默家的风度。

就其大概而言，作为一种普遍的人类文化现象，幽默早在奴隶制时代就已初露端倪，它具体表现在笑话和寓言这些朴素的文学形式里。中国也不例外。笑话这种形式，虽然至东汉末年的《笑林》才见诸著录，但若追溯其源流，战国时期及以后诸子中有关宋人的讽刺小品，显然都是这些笑话的滥觞。在古代载籍中，到处隐伏着幽默的痕迹。由此可见，中国人的天性并非独缺幽默，中国人也是有血有肉的性情中人，只是将喜怒哀乐隐藏在理智之下罢了。

幽默是一种心灵的感受，真正具有幽默感的人应当具有宏大的雅量。明代的文人士大夫与理学家截然不同。正如王阳明"心学"的崛起改变了明代哲学史一样，王氏心学同样也为晚明士大夫开辟了广阔的生活场景。他们不像理学家那样，故意压抑内心的真实感受，而是将真性实情大胆地袒露在人们的面前。这样，性情从理学的束缚下挣脱出来，讲究真性情成了文人士大夫的生活主旨。同时，明代文人继承了魏晋士人心灵通脱的思潮，使得他们具有一种对一切事物好"轻遽议论"的态度，所言不乏趣味之谈。

幽默来源于生活，文人士大夫从生活中追求乐趣，过着一种消闲别致、风流雅趣的生活。明代的石中立就是这样一个能大胆自我解嘲的人。他官居员外郎之职，曾经随同僚去南御园观看皇家所畜的狮子，守园者告诉他们，这狮子每天能吃到五斤肉。同僚就戏言："我辈日给反不如狮子？"中立笑答："这不对，因为我们都是园外狼（谐音：员外郎），怎么能与园中狮子相比？"（乐天大笑生《解愠编》）寥寥数语，既是自嘲，又发泄了对明代官俸极低现象的不满。

人的癖性与幽默是密切相关的，其联结点在于性格，即在于性格间的喜剧性。一般说来，只有串上喜剧性的癖性才带有幽默的意味，才容易被认为幽默，除此之外的数不尽的癖性都与幽默无关。古怪癖性一旦与喜剧性相结合，一般就被称作滑稽。在晚明的城居士大夫中，行为滑稽之人比比皆是。例如，顾承学为人放浪不羁，有时候他身着女人的红衫，抹着粉额，荡着桨，唱着吴歌，引人聚观，但他且歌且饮，旁若无人。他有时候在大雪中，坐在大树上，手持酒，自饮自斟，啸歌不休。（宋懋澄《九籥集》）这种古怪癖性，再加上外观形态动作的荒唐离奇，固然也产生滑稽热闹的快感，但在这些被正统人士目为"人妖"的扭曲的人格背后，我们还能体味出他们逃避世俗社会的悲怆情感。

不可否认的是，这些具有很多怪癖的怪人，大多极具幽默感，有一种超群出众的人格，能自在地感受到自己的力量，独自应付任何困苦的窘境，从中自得其乐。

（原载《解放日报》2023 年 5 月 6 日）

# 视频电话

◎ 肖复兴

　　视频，已经走进了我们日常的生活，让我们再简单、再平庸、再琐碎的生活，也有了一抹生动的色彩。

　　手机有了视频功能后，打电话方便了许多，也进化了许多。再远的距离，动一下手指，即可连通；而且，还可以有图像，活灵活现，仿佛就在眼前。不得不惊叹人类高科技的进步。在物质不发达的年代，打个普通电话都困难，别说打长途电话；视频，更只在遥远的梦中。记得在北大荒的时候，如果想给北京家里打个电话，需要去农场场部的邮局，全农场只在那里有一台电话，可以打长途。从我们生产队到场部，要走十六里地。如果是冬天，特别是春节前，常常会遇到"大烟泡"。顶着风雪，踩着雪窝子，走到场部，已经成了雪人。走进邮局，光扫身上的雪，就要扫半天。

　　即便打通电话，北京那边接电话的，是管公共电话的人，那人要走到我家大院里，叫我妈或我爸去接电话，我妈或我爸要走到公共电话那里，才能接到我的电话。这一去一来，都是要付电话费的。在等候我妈我爸接电话的时候，电话听筒里的嗡嗡声，和我胸膛里心跳的怦怦声一起回响，响得惊心动魄，每时每刻都是要花人民币的呀。所以，我很少打这种长途电话。

　　从北大荒回到北京，更是很少打长途电话。我弟弟在青海石油局工作，好长时间没来信，那里是戈壁荒滩，家里人很担心，让我去给他打个长途电话。那时候，打长途电话，要去六部口的电报大楼，从我家坐公交车，坐四站，才可以到。记得也是春节前夕，到了那里，打长途电话的人很多，每个人要先拿一个号，像在医院里候诊时等着护士叫号一样，也得等着叫号。那里有好几个电话间，叫到号的人，告诉你到几号电话间，就看见从那个电话间走出一个人，你紧跟着走进去。那情景就像现在街头或公园里的临时厕所，等一个人开门出来，你再迈步跟进。等待的时间和焦急的心情一样长。真到打电话了，几分钟完事，快得和乘车到这里的时间，以及在这里等候的时间，简直不成比例。

那天，我终于给弟弟打通了电话，等他跑到电话旁，气喘吁吁地接起电话后，一共讲了不到五分钟，他就把电话挂掉了。原来石油局为搞春节晚会，他正吃凉不管酸地和同伴排练话剧《年青的一代》呢。放下话筒，我气不打一处来。

前些日子，我读到一首诗《落日颂》，作者是位打工者，署名叫窗户，显然是个笔名。诗很短，只有三小节——

和儿子视频，落日映红窗外

放假后的操场上

空空荡荡。儿子告诉我

他养的蚕长大了

他的脚不小心扭伤了

妈妈给他贴了止疼膏

他像小鸟一样叽叽喳喳

我一直默默倾听

在视频里看到他妈妈偶尔走过的身影

和一缕投向我的温柔的目光


落日缓缓落下，我所在的地方

是他们未曾抵达的远方

此时落日，把现实与假设纳入它的怀中

仿佛落日从不亏待任何人


　　读完这首诗，我很感动。如今，即使是普通的打工者，再一般的人家，也会有个手机，都可以打视频电话。于是，相隔再遥远的距离，也可以一键相连，仿佛近在咫尺。再不用像我当年为打一个长途电话，在北大荒要顶着风雪跑十六里地，在北京要跑到电报大楼像候诊一般地焦急等待。而且，关键还可以视频。面对面，有那样多的细节，有那样多的感情，洋溢在视频的画面中。诗写的只是他和儿子的视频，但他在家辛劳的妻子，也闪现其中："他妈妈偶尔走过的身影，和一缕投向我的温柔的目光。"多么的温馨动人。如果没有视频，就像我以前打过的长途电话那样，只有声音，这样的身影和目光，便像被筛子筛掉一样，无法再现。

　　不知为什么，这首诗要起《落日颂》这样一个大题目？如果我是作者，索性就叫《视频》。视频，太简单，太平庸，没有落日和远方的诗意。视频，却已经走进了我们日常的生活，让我们再简单、再平庸、再琐碎的生活，也有了感情的生动闪现；让再简单、再平庸、再琐碎的感情，也有了一抹色彩和光影，如一幅幅流动的画面。

（原载《新民晚报》2023年4月18日）

# 礼尚往来话人情

◎ 云　德

　　"你敬我一尺，我敬你一丈"，乃国人普遍信奉的人生哲学，它让"人情社会"的标签妥妥地安在这个文明古国的头上。

　　礼尚往来历来都是中华民族的优良传统，早在《礼记》中就有"往而不来，非礼也；来而不往，亦非礼也；人有礼则安，无礼则危"的明确记载。再往前追溯，这传统或发端于氏族社会早期。当时生产力极为低下，为减少内部摩擦，协调部落人群之间的生产与生活步伐，同心协力抗御自然灾害以及兽群或外族侵袭，迫切需要建立起以血缘加上沾亲带故的旁系互相衔接起来的亲情链条，经过漫长的历史演进，最终形成了以盘根错节的血缘关系来维系族群共同利益的宗法制度。这对后世构建起超稳定的家庭与社会关系，一起发挥着极为重要的支撑作用。尽管历经几千年的岁月淘洗和朝代更迭，这一制度与日后渐成阵势的儒家崇礼重教的意识形态相结合，把立纲常、尊礼教、讲道德、重人情的文化传统根深蒂固地强化下来。诸如长幼有序、男女有别、老恭少敬、赡养老人之类极富情感色彩的人伦礼仪，几乎成了东方民族约定俗成的风俗符号。

　　缘于血缘、人情与礼仪的极致是忠孝节义，最后定型为整个封建社会约定俗成的意识形态。上流社会、达官贵人会把君王的赏识看作谢主隆恩、报效国家的机缘；江湖上也把"士为知己者死"的说辞挂在嘴边，为报施恩者的大情大义，可以衔环结草、生死不负，假若此生难报，来生再效犬马之劳；民间照样有滴水之恩当涌泉相报之说。在这里，情义成了超乎世俗的物质和生命之上的精神高地。

目下，这传续千年的文化传统，正在遭遇商品交换意识的严峻挑战。新年假日期间，来自各地的亲友串门走动、聊天聚会时经常谈到，不少地方人情往来早已超越了情感联络的范畴，水涨船高、不断攀升的礼金重负已成为人们望而生畏的人情畏途。除了过去常规的婚丧嫁娶普遍大操大办之外，各种名目繁多的筵客随礼令人应接不暇，像婴儿出生、孩子升学、子女订婚、老人祝寿、新房搬迁、工作调动，等等，凡是涉及当事人以及家属的一切可以搞出名堂的事体，都要广发邀请、大摆宴席，凡沾边的亲戚朋友和同事都在邀请之列，受邀之人碍于情面，无论赴宴与否基本不可回拒，且须送上拿得出手的份子钱。风习所趋，若有人不搞或者操办小了，就有人缘不佳之嫌，受到莫名的鄙视与嘲讽。通常工作单位人口多且交往广的活跃分子，每月送出三五个、七八个份子钱皆属平常，不少人经常会发生每月的薪水不够随礼，需要四处举债过日子的事情。人情，正在变成普通民众巨大的经济压力和沉重的精神负担。联想到我们这代人大多一贫如洗即裸婚的历史，顿时冒出一身冷汗，如若当年也是如此这般的高价彩礼，估计许多人至今只能光棍一条。

平心而论，受传统儒学浸润的古人普遍具有浓郁的人情味。然而，他们讲的人情更多的是情面而不是物质，因为脸面与节操相关，为了神圣不容侵犯的脸面，他们可以奋不顾身，牺牲一切。稍作梳理不难发现，历史上许多耳熟能详、惊心动魄的传奇故事，都与知恩图报、崇节尚义的社会伦理有着千丝万缕的内在联系。荆轲刺秦，就是典型案例。当年，燕国为解除秦国日益迫近的战争威胁，太子丹拜江湖义士荆轲为上卿，极尽情感笼络之能事，赐高等馆舍，每天登门问候，还置办奇珍异宝、华服美馔、豪车骏马以及美女任其享受。游东宫池时见荆轲以瓦片投向乌龟，太子丹就送以金丸；乘千里马时荆轲说一句千里马肝美，太子丹就杀马取肝以奉；更过分的是华阳台酒宴上，荆轲夸一句鼓琴美女"好手"，太子丹竟斩美女之手相赠。皆因"太子遇轲甚厚"，荆轲才为情所困，充当刺客，慷慨赴死。同样，豫让也因对自己有知遇之恩的智伯被害，决心刺杀赵襄子为其报仇。第一次行动失手，怕暴露身份，于是以漆疮烂身、吞炭弄哑喉咙，残身苦形，再寻时机。在第二次行刺同样以失败告终的情况下，豫让仍坚持"明主不掩人之美，忠臣有死名之义"的理念，请求赵襄子借衣服让他砍一刀，得到成全后，欣然伏剑自刎。深究起来，这二人都与当事人无冤无仇，奋然冒死做刺客的根由皆为恩情二字。尽管从现代文明的角度判断许多毫无是非原则的知恩图报是荒唐的，但他们舍生取义的无畏行动却被冠以忠义之名获后世称道。

抛开这些极致的事例，韩信"一饭之恩赠千金"和胡雪岩"投桃报李"的故事，或许更能说明问题。韩信少年失怙，家道贫寒，虽刻苦用功但无以为生，迫不得已吃别人的"白食"，遭人冷眼。韩信不忍，尝试以垂钓换饭吃，温饱依旧无法保障。淮河边替人漂洗纱絮的漂母见韩信可怜，常把自己的饭菜分食与他，韩信深受感动。直到发达封侯之时，仍念念不忘漂母的一饭之恩，派人四处寻找，并以千金相赠。胡雪岩的经历也如出一辙。在尚未出道的学徒期，胡过着入不敷出、朝不保夕的生活。恰赶上从外地来杭州谋事的表叔突然病倒，急需就医，他身无分文无力相助，又不忍心抛下病榻上痛得死去活来的表叔，只好心怀忐忑地向友人求助。不料朋友之妻丝毫未考虑他的偿还能力，毫不犹豫地借他五两银子。胡雪岩感激涕零，把老娘留给他的一只风藤镯子作抵押。镯子不值钱，但作为母亲遗物相押尤显郑重。还钱时，友妻要归还镯子，胡却婉言谢绝，认为钱虽还了，但自己落魄时友人慷慨解囊的人情还没还，表示将来有机会补上这份人情时再取不迟。若干年之后，朋友遭人暗算，生意陷入困境，未及张口，胡雪岩闻讯立马行动，出钱出力，帮朋友成功脱险。胡雪岩用投之以桃、报之以李的具体行动，实践了他情义、诚信至上的价值准则，不仅为自己积累了巨大人脉，也成就了他庞大的商业帝国。此外，还有像晋文公重耳以退避三舍的践诺，来报答楚成王在自己走投无路时收留厚待的情谊；盗马食肉者，日后群体出动解救秦穆公，报穆公当年不究杀马之过、反而以酒相赠的恩情；特别是诸葛亮以大半生鞠躬尽瘁、死而后已的丰功伟业，来回报刘备当年三顾茅庐、求贤若渴的宽厚襟怀和用人不疑、从善如流的高尚品德。从中，我们不仅可以看到人情在国人心目中的实际分量，而且还精辟诠释出物债易偿、人情难还的深刻道理，表明以心换心、以情交情的心理补偿机制在人们社会行为中的巨大影响力。

当然，为了补偿一个人情，动辄以命相许，或者终身背负精神重荷，确乎过于沉重。尤其是现代社会，科技的发达、物质的丰富、生活节奏的加快和公民个性的解放，都给人情往来的方式提出了崭新要求，传统的人情世故早已不再适应现代人交往的需要。我们要承继崇礼尚义的优良传统，不让日益扩张的水泥森林把人际关系搞得冷若冰霜，目的是借助其乐融融的人情交往和人际关系来加强心灵沟通，这对增进人与人之间的情感关联度和精神凝聚力，维系社会共同的价值观念、伦理道德和行为规范，推动和谐社会建设都有一定积极意义。但同时必须强调，现代文明不再有人身依附关系，平等的人情往来不应掺杂任何以交换为前提的功利因素。社会在倡导和谐人际关系的同时，更应重视法律制度建设，任何有人情味的公共社会活动都不能超越法理，必须依法依规，照章办事。即使在法律制度难以规范的私人交往空间，世人也不应让正常的人情往来有违于公民的基本道德准则。高价彩礼和各种名堂繁多的大操大办的筵客行为，如果忽略了人情中"情分"的主旨，把广为散发的请帖变成收罗钱财的告知书和催款单，将正常的人际关系异化为充满铜臭气的物欲奴隶，这就极大背离了人情往来的初衷，属于典型的人性的堕落。

婚丧嫁娶活动需要一定的形式和氛围的烘托，亲朋好友的相互参与当然会给当事人带来荣光和温暖，但参与的方式重在情感交流而不是物质交换，礼金只是某种仪式化的象征。如果以礼金的多寡来衡量亲疏，那么人情必然一文不值。全社会都应该大力呼吁健康的人际关系，移风易俗、新事新办，防止新时代的礼尚往来重新滑入旧社会"世情看冷暖，人面逐高低"的窠臼，不能让人情在无限度的亏欠与偿还的轮番交替中不断加码，把加深亲情友情的渠道变成人们普遍难以忍受的精神累赘，更不能让那些徇私枉法、利欲熏心者有可乘之机，把正常的人际交往变成他们搜刮钱财、贪污腐败的脱壳平台。

重情重义本是人性之美，假若人情变成人情债，人性的美好必将荡然无存。

（原载《中国艺术报》2023 年 5 月 24 日）

# 现代生活的"魂儿"

◎ 蒋子龙

科学家们推想，是电，催发了生命的诞生。人类起源于一场宇宙大爆炸，电光石火，混沌初开，有了光，随后才有了生命。中国传统文化的核心，是"阴阳"，而阴阳交激，产生雷电。无人不怕雷电，原来人们还曾将雷电奉若神明。

七八岁的时候，我下洼打草，赶上了一场大雷雨，慌慌张张躲进一间看场的小屋里避雨。里面已经挤满了人，大家都很紧张，站在门口的拼命往屋里挤。炸雷一个接着一个，仿佛就在屋顶上炸开，闪电一道连着一道，道道都像要钻进小屋，甚至要将房子一劈两半。

真正的害怕，反倒是没有惊叫，大家吓得连大气都不敢喘，可能还想起了前一年夏天"雷公惩恶"的事。村南头有个叫韩佩十的人，不知是跟谁打完架后拿庄稼出气，一边走一边用鞭子抽打道边的谷穗，突然，被一道闪电追上，倒在地边不动了。

小屋里憋闷得让人上不来气，平时极有威严、在村里说话很占地方的五林叔，终于发话了："今儿个这雷有点邪乎，老围着这间小屋转，没准咱们里边有人做了坏事，雷是来拿他的，不劈了他雷不会走，大伙儿都得跟着倒霉。从现在起，咱们挨个儿都出去站一会儿，没做亏心事的雷不会动你，顶过一个雷后再进来。

做了坏事的，雷一劈了他也就雨收云散，咱们大伙儿也就都得救了。我头一个出去。"说完，他挤出小屋，站在雨地里顶了两个雷。雷倒是没劈他，可他浑身都湿透了，后边的人却不敢主动出去，都向后退着等五林叔点名。

这时，从村子方向传来我熟悉的呼喊声，是母亲一边叫着我的名字一边向洼这边跑，手里拿着块遮雨的油布。我忘了头顶上的雷，冲出小屋，背起自己的半筐草向母亲跑去。雷电并没有追赶我，可见，雷公也不是冲着我来的。我便踏踏实实地跟着母亲回家，在雨中还高声朗诵一首民谣："阵阵雷声响连天，想是天爷要吸烟。怎知天爷要吸烟？一阵一阵打火镰。"

以后到天津上学，才真正理解了富兰克林用放风筝的办法捕捉雷电的意义。大城市里，已经非常聪明地将"雷"和"电"分开，所有的高楼顶端，都有一根长长的避雷针，避不了的雷，也多半是沉雷、远雷，很少碰上会在自己头顶炸响的霹雳。电，非但不可怕，而且无比可爱，它创造神奇，成就花花世界。

古人云："石火无恒焰，电光非久明。"城市人的聪明就在于，能让电光久明、耐用。城市里无处不电、处处靠电，电灯、电话、电表、电报、电唱机，等等。最妙的是电车，一条线路一种颜色，绿牌电车围城转，红牌电车到中心公园……在西北角，花两分钱能坐到劝业场。进了劝业场才知道，原来城里比乡下黑，在白天还要点灯。其实，城里的电灯并不单是为了照亮，更是为了好看。城市在白天显得死眉塌眼，苍白、拥挤、沉重，到晚上灯光一亮就活了，有了色彩，也有了精气神。所谓"光景"，有光，才有景。城市里迷人的夜景，说穿了就是"电之景"，是电给了城市以生命与活力。

电如此美妙，人们焉能不贪得无厌、多多益善？这种无尽无休的索求，使电又变成了喜怒无常、难以驾驭的"雷电"，又反过来开始制约城市，制约现代人。当时，我在工厂的一个车间里管生产，头上仿佛时时刻刻都悬着一把剑——"限电"。刚开始，每周二必停电；后来，改为每天限数，只要一用够了数，便不管三七二十一，就地拉闸。

每天早晨，我骑着自行车，一过白庙耳朵就支棱起来了，听到自己车间里的"五吨锤"正铿铿锵锵地砸得地动山摇，心里就一阵畅快，知道有电。如果骑到南仓还一片静悄悄，脑袋登时就大了，上班第一件事就是去跑电。就因为要经常跑电、催电、等着来电，天天跟电玩命，每周，我差不多得有四天是在车间里值班。也就在那个时候落下一个毛病，至今还改不过来：晚上灯光越亮，锻锤砸得越热闹，睡得越香；灯光一灭，锤声一停，立刻就醒。

不想，没过几年，在电上，我们也"牛"起来了，工厂不再"限电"，家家户户都有了自己的电表。可电用得越多，用得越方便，人对电的依赖也就越大。所谓现代世界，让人觉得就是电的世界。既然世界的诞生缘于一场大爆炸后有了电，那么，世界的末日也将是一场大爆炸，"咯噔"一声断了电。

现代人，又称为"电人"。自20世纪90年代初，我丢了笔改用电脑写作，渐渐发觉自己的脑子发生了严重变化，我的脑子必须再加上电脑，才是完整的好用的脑子。倘若没有电脑光是脑子，那就无法思维，无法进入创作状态，简直就是"猪脑子"。或许，还不如"猪脑子"。每当电脑出毛病，比如，遭到病毒攻击，或丢了文件，就会急得想撞头，夸张点说，像自己的小世界到了末日。

电，这种看不见、摸不得的东西，本来是一种没有重量的流体，现在却不仅全面操控着人们的物质生活，还深入地介入了现代人的精神生活。比如，晚上没有电视看，工作生活中没有了电脑、手机，是不是像丢了魂儿一样。

显然，电，已成为现代生活的"魂儿"了。

（原载《河北日报》2023年4月7日）

# 敬畏生命

◎ 王瑞来

多年前，日本上映了一部电影，叫作《养猪教室》。这是根据真事拍摄的电影。原作者黑田恭史曾根据担任班主任时的经历，写过一本书，题为《小猪与32个小学生：生命教育900天》。电影就是根据这本书改编的。

班主任黑田想让孩子们懂得珍视生命，便让班里的孩子们养了一头小猪。当然前提是，让养大的小猪成为食用的肉猪。

几年过去，伴随着小猪的成长，孩子们也临近毕业。养大了的小猪如何处理，孩子们的意见纷纭。像宠物一般，在几年的饲养中已经产生了感情。因此，多数孩子主张把小猪送给低年级同学继续饲养下去。但也有不同意见，认为这样做无疑是把处理的责任推给了低年级同学，而作为肉猪食用也是对生命的珍视。

在毕业之前，孩子们一直为小猪的命运争论不休。

最后，还是由老师黑田决定，把猪送到了肉食加工厂。

无论是书，还是电影，对于这样的处理结果都没有予以臧否，对与错不置评说。因为效果已经达到，从900天的饲养到最后的处理，让孩子们认真地面对了食物与生命这样严肃的问题。过程往往比结果重要。

这里的生命，不仅仅包括万物之灵的人类，草木鱼虫、飞禽走兽皆有生命。

爱惜生命，并非彻底"君子远庖厨"。不吃不喝，人的生命便无法延续。即使是吃素，也是消灭了一些生命。

似乎这是一个两难问题。

我们人类其实每天都以无数生命消失的方式，维持着自身的生存。对所有作为人类的食物而牺牲的生命，我们都应当充满敬畏。没有这些生命，也就没有了人类。可以大快朵颐，满足口腹之欲，但应怀着感恩之心、敬畏之意。敬畏的方式就是不浪费食物。

关于不浪费食物，自古以来，有许多诗文乃至谚语的教诲。比如人们熟知的唐代《悯农》诗："锄禾日当午，汗滴禾下土。谁知盘中餐，粒粒皆辛苦。"还有"一粥一饭，当思来之不易"的谚语，等等。

不过，仔细想想，上述这些中国自古以来的认识，都是以悯农为出发点的。告诫人们，农民生产粮食不易，不应当浪费。

万物皆有灵，皆是不同形式的生命存在。从敬畏生命的角度来思考人类的食物，这当是更高的境界。

人类与万物共存。所谓保护环境、维护生态，都是为了人类更好地生存。当地球只剩下了人，就离人类灭亡的日子不远了。人类，也是生物链中的一环。

且不论典籍真伪，古老的《尚书》中，就有了"暴殄天物"一词。《武成》篇云："今商王受无道，暴殄天物，害虐烝民。"

"害虐烝民"是说残害人，"暴殄天物"则是指残害人以外的其他生物。对于"暴殄天物"，唐代孔颖达疏云："普谓天下百物，鸟兽草木，皆暴绝之。"这是具体的解释。而汉代孔安国的抽象解释则更有高度："暴绝天物，言逆天也。"

逆天形同自绝。暴殄天物，其实就是对人类自身的残害。

珍视生命，良性循环，在这个星球上，人类与所有生灵和谐共荣。除了生命，还有无生命之资源，也在珍视之列。

敬畏生命，并不是一种宗教意识，而是普遍的情怀。

（原载《中国社会报》2023 年 7 月 3 日）

# 撂地与画锅

◎ 郁喆隽

　　郭德纲在麻省理工学院做过一次演讲，提到了相声的过往。相声最初是街头艺术。"街头"不仅指发生的场地和空间，还奠定了相声的一些基本形式和内部逻辑。其中一些手法在剧场中已经看不到了。

　　街头卖艺者要用三个手指捏着白色的沙子在空地上画出一个圈来，俗称"画锅"。顾名思义，这个圈就象征着卖艺人的饭锅，他们卖艺来换饭吃。老早的艺人还要"白沙撒字"，即一边唱太平歌词，一边用白沙在地上写出福、寿、虎等双钩字，以此来吸引和招揽观众。如今去剧场看相声演出的人都是先行买了票才能进场的，因而艺人就不需要"画锅"了。如果街头观众太少，还要有"托儿"来聚拢人气，这就形成了"才来"一说——几个艺人假装是街头偶遇，相互打个招呼，高声问一句"才来啊"。这样南腔北调地来几下，街头路过的人出于看热闹的心理，就会逐渐围拢过来。虽然说人们都知道相声有四门主要的功夫——说学逗唱，还要看包袱的质量，但归根结底，在街头表演的人还有一门看家本领，那就是要钱。但钱不能称"钱"，而称"杵门子"。要想让路人"抛杵"（给钱）可不是一件容易的事情，毕竟绝大部分人的内心里都想白看。

艺人一般用"拴马桩"或"使纲口"留住观众，以免"起堂"（观众走了）。有的卖艺人装可怜，低贱自己，例如说肚子饿，通过同情来要钱。也有些卖艺人会利用大众心理，说一些不好听的话，例如有人想转身走的时候就说："您若看完扭脸就走，给人群撞个大窟窿，拆了我的生意，那可是奔丧心急，想抢孝帽子戴。"（王决、汪景寿、藤田香《中国相声史》，北京燕山出版社1995年，第87页）听众碍于面子不得不硬着头皮听下去。久而久之，生存逻辑使得艺人坚信，纲口越硬，杵门子就"海"（多）。相声如此接地气，和它偶然而无奈的"出身"不无关系。清咸丰帝驾崩后，官府规定百日之内不能动乐演戏，不少戏院被迫关闭。一个名叫朱绍文的戏剧艺人迫于生计，不得不改行到天桥一带"撂地"说相声，没想到却创立了一种独特表演形式。

其实无论是哪个行业，都有各自的"纲口"，只是表现不同、雅俗有别罢了。现如今网上各种直播、播客、视频日志等，虽然不发生在街头，但各种"撂地"与"画锅"的话术（点赞、刷火箭、打赏、带货云云）却着实"复兴"了。就此而言，他们都是"街头艺术家"。

（原载《书城》2023年2月号）

# 京师裁缝的"眼光"

◎ 陈鲁民

　　清人赵吉士的《寄园寄所寄》记，明嘉靖年间，京城有一位裁缝，名气很大，官员纷纷找他做衣服。一次，有个御史让他裁制一身盘领衫，他量完尺寸后，又私下问御史的仆从："大人是刚升官，还是已在职多年？"仆从很纳闷："裁制一件衣服用得着这么麻烦吗？"他说："如刚升官，意气高昂盛大，身体会微微仰着，衣服就应当做得前长后短；如在职久了，意气就会略微平和一些，衣服就应当做得前后一样长短；如任职很久了，就会心存谦和之意，身体容态自会微微下俯，衣服就应当做得后长前短。"凭此独特眼光，他成为京城服装名师。

　　不过，凡事皆有例外，也有官员越升官越谦恭，越低调，越没有官架子。春秋时期宋国大夫正考父是几朝元老，德高望重，但他对自己一向要求很严，在家庙的鼎上铸下铭训："一命而偻，再命而伛，三命而俯。循墙而走，亦莫余敢侮。饘于是，鬻于是，以糊余口。"意即每逢有提拔时都会越来越谨慎，一次提拔要低头，再次提拔要曲背，三次提拔要弯腰，走路靠墙走，只要有这只鼎煮粥糊口就行了。京都裁缝的眼光在他这里就不灵了。

　　还有晚清的左宗棠，刚出道时本事大脾气也大。他在湖南巡抚骆秉章处当幕僚时，颐指气使，牛气哄哄，动辄与人争吵叫骂，常为小事而大动肝火。他后来当上巡抚、总督，官越升越大，脾气反倒越来越小。对下属和颜悦色，对同僚恭敬有礼，对上司尊敬有加，就像换了个人一样。这主要是因为他自身修养功夫长了，知道天外有天，人外有人，不会再轻易发脾气。京都裁缝的眼光在他这里也会失效。

升官肯定是好事，意味着进步，受重用，但升官后的姿态也很重要，可见风格，见操守，见境界。那些一升官就趾高气扬的人，很难摆正自己的位置，头重脚轻，飘飘然，眼睛长在额头上，一不小心就从公仆变成了老爷，辜负了组织和人民的厚望，想再进步就难了。而升官后谦虚低调的人，是因为他们明白，升官不是只靠自己努力挣出来的，而是上级和人民因信任给予自己的，因而要有感恩之心，生怕有所辜负；他们明白，升官不仅仅是好看好听，更重要的是担子更沉，责任更大，要有不安之心，唯恐德不配位，才不够格。因而上任后要抓紧学习提高，哪还有心思去扬扬得意？有这样觉悟的官员，必然会恪尽职守，不辱使命，所以还能不断进步。

这个世界上，本事值钱，才能值钱，架子不值钱，牛气不值钱；谦恭让人敬重，虚心让人佩服，傲慢让人厌恶，狂妄令人侧目，为官者当明此理，刚升官者尤应谨记。

（原载《今晚报》2023 年 4 月 11 日）

# 火　候

◎ 冯　磊

　　母亲在世时，我还小。那时她得了心脏病，嘴唇都是紫的。大约是觉得自己命不长久，她有意识地教我一些生活的本领。比如，擀面条和煮面条。

　　外婆外公是蒸馒头的，母亲是他们最小的女儿，从小烧锅和面的活儿没少干。所以，也很懂得一些待候面食的本领。

　　母亲说，面条或水饺下锅煮，一开始要用猛火。大火烧开水后，要改用小火来煮。这些细节，其实很多人都懂得。还有一件事必须把握好：水煮沸后，面食在热水里翻滚，这个时候要用水瓢舀一瓢冷水浇在热水中心，反复三次方可起锅。

　　至于为什么这么做，她没有说。三十年来，我一直用她教的方法煮饺子，终于知道如何把握火候的技巧：就像人的一生，在鼎沸的当口来一瓢冷水；在第二次沸腾时，再来一瓢冷水；在香气四溢即将出锅之前，再来一瓢冷水——这样的反复，能够成就食物的香气和味道。

　　人生，大约也是这样。

（原载《今晚报》2023 年 4 月 12 日）

# 《尚书》的智慧

◎ 钱宗武

《尚书》是"政书之祖，史书之源，诸学之始"，读了它可知先贤治政之本、朝代兴废之由、个人修身之要。《尚书》集中体现了中华民族生生不息的生命基因和生存智慧，是中华优秀传统文化的根。

那么，《尚书》到底是一部怎样的书呢？

第一，《尚书》是华夏文明最早的政史典籍。

《尚书》主要记录尧、舜、禹和夏、商、周圣君贤臣的言行，是上古政史资料的汇编。《尚书》第一篇是《尧典》，记载华夏文明的先祖尧、舜的历史传说。最后一篇叫《秦誓》，记载的是春秋时期秦穆公在败于晋国之后的悔过词，时间大约在公元前627年。《尚书》上自尧舜时代，下至春秋时期，从原始社会末期一直到封建社会，记载了1500年间中国最早的历史事件、历史传说、历史智慧和历史人物。

"书"的本义是"著"，指书写、记述，引申为记录上古君王言行的书，再引申指简册、典籍、文书、信函等。《尚书》是中国第一部上古历史文件和部分追述古代事迹著作的汇编，最初称《书》，汉代始称《尚书》，意为"上古之书"。

孔子是私学之祖，他的政史教材中就有《尚书》。《史记》是中国"二十四史"之首，也是第一部通史，其中上古史部分引述的历史事实和编纂历史资料的体例多源自《尚书》。可见，《尚书》是华夏文明最早的政史典籍。

第二，《尚书》也是人类文明最早的政史典籍。

古希腊哲学家柏拉图（前427—前347）创作的哲学对话体著作《理想国》是西方最早的政治著作。古希腊历史学家希罗多德（西方"历史之父"，约前480—前425）的《历史》，又称为《希腊波斯战争史》，写于公元前5世纪，是西方第一部历史著作。

《尚书》的《盘庚》记载商代的第20位君王迁殷的重大政史事件，写于公元前13世纪，比柏拉图的《理想国》和希罗多德的《历史》早了800至900年。

第三，《尚书》是华夏诸学之始，构建了中国最早的知识体系。

《尚书》是先秦著述的思想源泉。据著名古文字学家陈梦家的《尚书通论·先秦引书篇》统计，《论语》《孟子》《左传》《国语》《墨子》《礼记》《荀子》《韩非子》8种书引用《尚书》多达168条。《尚书》是华夏文明一些重要思想、理论、概念、观点的源头，比如民本思想、"修齐治平"政治哲学理论、天人合一、知行合一、天下观，等等。汉语成语中源自《尚书》的有172个，如"浩浩荡荡""名山大川""生灵涂炭""机不可失""一而再，再而三""孜孜不倦"等。

第四，《尚书》给世界文明带来巨大影响。

《尚书》大约在汉代传入朝鲜半岛，大约于6世纪传入日本。17世纪出现拉丁语译本和法文译本，后陆续出现英文译本、德文译本和俄文译本。在王朝时代的东亚各国，《尚书》一直是这些国家的主要教科书，影响深远。

《尚书》中著名的"十六字心传"是中华民族的文化核心与灵魂。《尚书·大禹谟》中记载："人心惟危，道心惟微，惟精惟一，允执厥中。"据传是尧把帝位传给舜，而后舜把帝位传给禹时心心相传的，所以称为"十六字心传"，可见其意义非凡。

"人心惟危"有三层意思。一是人心危殆，有种种表现。明代思想家王阳明在《示弟立志说》中曾提到人有"八心"影响立志——怠心、忽心、燥心、妒心、忿心、贪心、傲心、吝心。人心之凶险可见一斑。二是人心难于满足。三是人心最难辨识，"知人知面不知心"。

"道心"乃天地自然之心，也即天地孕育万物之心。道心是微妙的。

怎样洞察人心之"危"和道心之"微"呢？需要"惟精惟一"。精，就是"精诚"；一，就是"专一"。"一"是儒、释、道三家共同追求的理想目标。儒家讲"执中贯一"，道家讲"抱元守一"，佛家讲"万法归一"，都落脚在"一"字上。

如何做到"惟精惟一"？王阳明的回答是"博学、审问、慎思、明辨、笃行者，皆所以为惟精而求惟一也"。"十六字心传"自身的逻辑是"允执厥中"。北宋哲学家程颐有言："不偏之谓中，不易之谓庸。中者，天下之正道。庸者，天下之定理。""中"，就是"公"，就是公平公正，就是"天下为公""公而无私"。只要我们公平公正、以诚待人、专心致志，就能以德服人、以德感人、以德立人，人心也就不会那么凶险危殆了。无论道心多么"恍惚"

"微妙"，只要我们精诚专一，不折不挠，就没有不能洞察的道心，就没有不能掌握的规律。

（原载《解放日报》2023 年 8 月 11 日）

# 买煎饼别问配置

◎ 李　雅

从"互联网黑话"到"生活工作用语大乱炖"，感觉这届年轻人长期浸润在工作环境后，已经丧失了"说人话"的能力。"工作和生活要分开"也成为一句口号，尤其是上班节奏快、压力大的朋友，下班后根本无法快速切换到"家庭模式"，恨不得家人跟自己说句话，都要先回复个"收到"。

前些天，临近中午12点，同事小米还一筹莫展地沉浸在一个不能按时上线的项目里。这时，外卖小哥打电话："喂，你的外卖快到了，到门口拿一下。"谁知道小米下楼等了半天还没送到，她回拨电话说："我都站半天了，怎么还没上线？"外卖小哥一脸蒙："上线？"小米继续说："对，什么时候上线？"外卖小哥大声说："我听不清嘞，你点的是米线吗？"小米这才反应过来，自己脑子里还是工作项目的事儿。

然而这种事情在同事之间已经见怪不怪。工作日下午大家再忙也要去买点下午茶犒劳一下自己，但往往很多同事还没从工作的"阴影"中走出来。人已经在路上了，心却还在工位。领导在星巴克问我们："咱们的咖啡什么时候交付？"一股浓浓的职场味顿时覆盖了咖啡豆的香味，但大家没有意识到不对，有人答道："我去跟进下流程！"咖啡店的服务员已经在努力憋笑了，我们才恍然大悟。

还有一次，我做的一个产品需求，历经磨难终于顺利上线，在给业务方培训了一天如何在系统里配置后，我早已精疲力尽、口干舌燥。打卡下班，走到公司门口的煎饼摊时，我脱口而出："师傅，这煎饼都有什么配置？"师傅人都傻了，颤抖着声音问我："您是检查消防的吗？我们还没配置，但我们会尽快。"我愣了三秒才反应过来，连忙解释道："师傅师傅，我是问这煎饼都能加什么？"

除了这些专业术语，就连说话的语气，也都开始影响着这届打工人的日常生活。比如我闺蜜，一位幼儿园老师，之前带大班时觉得她说话挺正常，自从她转到小班后，对我说话的语气就变得温柔了，我不禁怀疑她是不是拿我当小孩子练手。有一次自拍的时候，闺蜜说："亲爱哒，你的小嘴巴要嘟嘟起来，这样照出来才漂亮哦！"吃饭前又来一句："别忘了先洗手手哦。"

其实我也能理解，毕竟我也会在教我妈使用智能电视后，再手画一张流程图贴电视边上，并且用教育公司新人的口吻跟她说："妈，以后用的时候，哪个节点出现问题，直接告诉我节点名称，并且截图复现一下当时的场景。"在挨了几顿"打"之后，我妈见无法改变我，于是学会了看流程图。手机里老公发来一条消息："孩子会说话啦！咱是不是得定个KPI？开始双语教学？"我立马给他回复说："具体目标拆解等我回家！！！"必须带上三个惊叹号才能表现我的语气是多么热烈激动。

其实吧，要是没人指出来，这些生活工作用语大乱炖的习惯，我们自己压根发现不了，因为职场语言对打工人来说就像呼吸一样自然，工作和生活之间的那条分界线也越来越模糊不清。但职场黑话不能"赋能"生活，交流还是要"说人话"，咱们还是暂时放下紧绷的神经，忘掉那些黑话吧。

（原载《环球人物》2023年第9期）

# 鞋里的小石子

◎ 米 哈

我们必须承认一个事实：完全没有压力的日子是不可能实现的。

哪怕我们一生顺境，但生活中的小事情，例如塞车、吃意粉弄脏了白衬衫、忘了缴交账单，等等，往往比大事件更让我们沮丧，正如拳王阿里（Muhammad Ali）曾说，有时候让你感到疲惫不堪的就是鞋里的小石子。

《强韧心态》一书的作者萨曼莎·博德曼（Samantha Boardman）便提醒我们，与其幻想自己总有一天（如退休后）可以生活在一个"零压力"的世界，倒不如从当下开始学会与困难共存，并培养内心的韧力，让压力和辛勤工作转化成生命的力量。

博德曼是美国威尔康乃尔医学院医学博士，也是该院的精神科临床讲师兼主治医师，她在书中旁征博引，引用了不少实验、案例与理论，指导我们如何训练强韧心态。

首先，我们要明白，同样的困难，落入不同人的生活，可以产生不同程度的压力，而这视乎大家内心的强韧度。换言之，面对同样的困难，有些人会被击沉，甚至影响到生活的其他部分，而有些人却能在心理上将困难封锁起来，继续在其他生活范畴好好运作。

宾夕法尼亚州立大学教授大卫·阿尔梅达（David Almeida）认为，人的心理倾向有两类，就像魔术贴的正（teflon）与反（vel-cro）。"反向人"倾向于在困难之中陷入消极情绪，疏远他人。当"反向人"遇到挫折时，他们很可能会取消原有的约会、课堂、娱乐节目，而沉迷于暴饮暴食或疯狂追剧之类的活动，却又于事无补。

相反，"正向人"充满活力，善于计划，又可以随机应变，让自己尽可能参与到更多更好的活动，丰富生活经验，而在面对失败时，"正向人"倾向于寻找他人的帮助与支持。

博德曼引用这理论，旨在指出：内心强韧，不等于要孤军作战。内心越是坚强、越是正面的人，他们越是懂得寻求他人的支援与并肩。训练强韧心态的第一个行动，就是走出自己的心理牢房，与人分享你的想法、不安、恐惧。

（原载《大公报》2023 年 5 月 19 日）

# 适可而止

◎ 牧徐徐

我家楼下有个卖里脊肉卷饼的店，一对中年夫妻加一个婆婆，三个人共同经营，每天上午11点准时开业，一天的量卖完即止。因为物美价廉，排队来买的人很多，一般不到晚上8点就能关门。

我问老板，生意这么好，为何每天不多卖些呢？他说，如果多卖，他们就会累了——要多采购食材，要多清洗打理，要多捶按揉，要多炸煮卷捏……爱人和母亲都会跟着他一起受更多的累，而且不能赶回家中陪孩子吃晚餐，难有快乐可言了。"对我们来说，把每天固定的量卖完就好了，一家人都会很开心。钱是赚不完的，活也是干不尽的，得适可而止。"他说。

"双减"政策没有实施前，不少教师都会在寒暑假给学生补课赚外快。但也有不愿意给学生补课的老师，我当年的数学老师就是其中一员。他是名师、学科带头人，如果他要开补习班，收费会比普通老师高，但他从不开班。有家长通过各种关系，希望他能给自家孩子补补课，开开小灶，均被他婉拒了。他说，我天天都在上课，寒暑假不能再继续了，否则我会把自己累死，生活也将一成不变。

那他干什么？和孩子一起骑行。他们父子每年都要结伴外出，已经骑到过新疆、西藏、四川、内蒙古等地。一路上，两人都要吃喝住，开销不小。数学老师一年的工资，基本上都花在骑行开销上了，但他从未停止过。

回来后，他会跟学生们讲一路上的见闻，让从未走出过县城的我们扩大了眼界。更重要的是，他的孩子在骑行中得到了锻炼，从小养成了不怕吃苦的性格和敢于克服困难的勇气。后来他孩子学业有成，事业也很有成，成为一家世界五百强公司的高层。

我曾听过一句话：好汉不赚有数的钱，言下之意是要赚无数的钱。我不赞同这种观点，我更欣赏里脊肉卷饼店店主、数学老师的做法，知足而止，适可而止。知止，才能留出时间做其他事。人生应该是丰富多彩的、无限广阔的，而不是只限定在某个擅长的点上。

事实上，擅长的那个点，越是发亮，越是光芒万丈，往往越让人欲罢不能，越会让人全身心扑在上面，从而不能自拔，错过人生中的其他美好。

我曾经采访过一位在高压容器安全设计和检查上颇有建树的老科学家。他跟我说，年轻时，他工作勤奋，为人谦逊，看重对自身智商、情商的培养，独独忘了对"健商"的培养。他所说的健商，是指对身体健康的态度和认知。因为认识不够，他极少留出时间锻炼身体，很少有休息的时间，并且常年熬夜，一门心思扑在工作上。结果刚一退休，身体健康就亮起了红灯，全靠家人照顾。本来他还想继续发挥余热，为国家和社会做些贡献，同时弥补对家人的亏欠，没想到不但没能实现退休愿望，反而还成了家人的负担。

每个人都应积极进取，但也应适可而止，视情况保持生活的平衡、身体的康健和认知世界的辽阔。

（原载《今晚报》2023 年 8 月 24 日）

# "意思"的意思

◎ 胡建新

  中国的语言文字博大精深、意蕴无穷,同样是一个词语,通常有多种解释,欲准确领会其含义,往往需要考虑当时当地的语言环境、人文背景等多种因素。一些外国人学汉语,常常被"早点""方便""哪里"之类一词多义的字句弄得晕头转向、不知所云,甚至还闹出一些令人喷饭捧腹的笑话来。其中"意思"一词就很有意思,值得慢慢品味或细细玩味。

  "意思",本指语言文字的基本含义和思想内容。但当它与相关字词组合时,往往就完全变了一个意思。如:"够意思",意指符合别人心愿、达到相当水平;"好意思",意为不害羞、不怕难为情;"有意思",意即有意义、耐人寻味;"没意思",意同无聊、无趣味;"小意思",谐指微薄心意、略表心意,等等。

  在现实生活和工作中,有"意思"的人和事委实不少——有的风水先生给人看"风水",常常会让人做各种事情或动作,如移动物件、设置物台、关注禁忌等。若你详问其怎么设置、如何关注等具体事宜,他却并不十分认真和特别讲究,通常会轻描淡写地说一句:"只要意思到了就行了。"

  有的年轻夫妻讲究浪漫,每逢情人节、妇女节等节日,丈夫会送几朵玫瑰花或别的小礼物给妻子以表爱意,但妻子总是不大满意。对此，丈夫会解释说："礼物不在轻重，意思意思就行了。"妻子却会嗔怪道："你这点意思也太不够意思了吧！"

很多人求别人办事，都要送礼上门，不管礼物轻重，总会不好意思地说："一点意思。"这个"意思"，显然是以礼托事的意思，但不好直说，便用"意思"取而代之。有个段子说，部属给领导送礼，领导问："这是什么意思？"部属答："没什么意思，就是意思意思。"领导说："你这就不够意思了。"部属道："一点小意思。"领导说："你这人真有意思。"部属道："没别的意思。"最后领导说："那我就不好意思了。"一段充满"意思"的对话，活脱脱勾画出送礼人和收礼者的微妙心理。

上述种种"意思"的意思，一般人都能听懂、看懂，很好理解和实行。但有些"意思"，往往绵裹秤锤、藏而不露，只能让人绞尽脑汁去揣摩了。譬如，有的人想索礼索贿，又不愿明说，于是或旁敲侧击，或拐弯抹角，或明抛诱饵，或暗示希求，不说要礼却把让你送礼的意思传递到，就看你知不知趣、识不识相了。还有的人，别人给他送礼时，常常会婉拒并彬彬有礼地说："礼不能收，你的意思我懂了，心意我也领了。"在说这些话的人中间，有的确是廉洁自律、不想收礼，有的却并非真的不想收礼，而是不好意思马上收受，抑或嫌礼不合其意，甚或嫌礼太轻、太少、太没"意思"。这个时候，就看送礼者懂不懂"意思"、够不够"意思"了。其实，对于大多数送礼者而言，以礼托事并非心甘情愿，只是迫于潜规则、出于无奈而已，倘若对方只领心意、不收礼物却又愿意帮你办事，岂非天大的好事？！

还有一种"意思"，更具劣根性和危害性，因而更值得关注和警惕。例如，有的单位贯彻落实上级决策指示时，看似很坚决、很认真、很到位，所有"程序"都会走到，所有"工作"都会做到，该下达文件就下达文件，该召开会议就召开会议，可就是缺乏狠抓落实的决心和行动，一旦"意思"到了，似乎就万事大吉了；万一将来出了什么问题，自己也有推脱的借口和卸责的理由。与此如出一辙，有的部门经常对下级和基层提出各种要求，可很多时候他们并不是要下面不折不扣地做到，而仅仅是作为一种要求而已，其"意思"已经到了，下面只要将落实要求的动作"意思意思"地做过就行了，自己既不去检查监督落实情况，又不去追究不落实的原因和责任。事实上，他们在意的不是所提要求能否百分之百地得到贯彻落实，而是只要有贯彻落实的表态和动作即可；不是真的想在工作上、事业上有所担当作为，而是不愿承担因不提要求、不布置工作而被上级追究责任的责任。显然，这是形式主义、官僚主义的突出表现。

"意思"意思无尽，揣摩起来颇费心机和功力。但愿现实社会中暗藏玄机的"意思"尽量少一些，直截了当的"意思"尽量多一些，这于公于私都只有好处没有坏处。

（原载《杂文月刊》2023年第5期）

# "爱钱"的鲁迅

◎ 胡荣华

据说，鲁迅有一句广为流传的名言，"钱可以解决百分之九十的烦恼"。其实，这话并不是鲁迅说的。之所以把它安在鲁迅头上，可能是因为鲁迅比较耿直，惯于用犀利的匕首和投枪向虚伪宣战，公开别人"不敢说，不想说，不愿说，不能说"的秘密。

鲁迅的确说过有关钱对生活重要性的话。在演讲稿《娜拉走后怎样》中，他站在女性的角度谈道："她还须更富有，提包里有准备，直白地说，就是要有钱……所以为娜拉计，钱，——高雅地说罢，就是经济，是最要紧的了。自由固不是钱所能买到的，但能够为钱而卖掉。"

鲁迅从不避讳钱的问题。在他眼里，钱无"善"也无"恶"。为保住一月300大洋的薪水，他与教育总长章士钊打官司。他计较每一笔稿酬，精打细算到连标点符号都不放过。当老东家北新书局拖欠自己稿费，他选择用激烈的方式对簿公堂。大概这种激进维权方式触及了中国文化中"君子固穷"的大雅，他在同时代一众文人眼里落下了"爱钱"的名声。

陈腐的打躬作揖、虚伪的道貌岸然、花哨的无病呻吟，这些讨厌的面目在鲁迅身上全没有，他说钱说得理直气壮。对一谈钱就嗤之以鼻的假清高，他冷笑一声道："钱这个字很难听，或者要被高尚的君子们所非笑……凡承认饭需钱买，而以说钱为卑鄙者，倘能按一按他的胃，那里面怕总还有鱼肉没有消化完，须得饿他一天之后，再来听他发议论。"他直率而又真诚地和同事郑奠分享理财心得，"处在这样一个时代，人与人的相挤这么凶，每个月的收入应该储蓄一半，以备不虞"，"说什么都是假的，积蓄点钱要紧"。所以，他和许广平两口子，从来不事铺张，薪资到手后，除必要花销，总是留有积蓄。

鲁迅受过无钱之苦。他十多岁的时候，当官的祖父被关进监狱，父亲又患上重病。为拯救家庭，他几乎每天都要到当铺去，把家里值钱的东西拿去当掉换钱，受到当铺伙计居高临下的冷眼和讥讽。在《呐喊》自序中，他坦白自己当时是"在侮蔑里接了钱"，他为金钱发出的呼声，应该是与现实生活无数次抗争之后发出的呐喊。他观察过太多生活在社会最底层普通人物的辛酸苦辣，能够理智和清醒地看待钱的价值。从某种意义上说，鲁迅看重的不是钱本身，而是金钱带来的尊严和安全感。

一身傲骨的鲁迅有志向和胸怀，始终把梦想置于钱的前方，所以会说出"梦是好的；否则，钱是要紧的"。他拿出浸透着自己墨迹的血汗钱慷慨资助落魄的文艺青年萧红、萧军，为社会累计捐款10000银元以上。他说过，"有铜臭味的人是真实的，而铜臭味太重的人是腐烂的"。真实的鲁迅在钱方面有做人的基准，这也是他的伟大之处。

（原载《今晚报》2023年4月23日）

# 两面观

◎ 羊 郎

两面观其实不仅是一种思维方式，而且也应该成为一种行为方式。

凡事都要两面观，这是上点年纪人的思维自觉。人们经历的事情多了，就不会被表面现象所迷惑，知其一还要知其二，看了正面总想看看背面是什么。也许出于好奇，人们总是对背面的东西感兴趣，犹如看月亮，天文学家感兴趣的是月亮背面模样，犹如听人说话，看人做事，彼人在人前说的话未必真实，他背后说的话往往可信，所谓人前背后看为人。"上半夜想想自己，下半夜想想别人"，这是古训，如此，当自己被白天的不如意闹得夜不能寐时方可平稳心态。

有时候，我们常常发现有的人说话四平八稳，一句进，一句出，旗帜不鲜明，但两面的话都讲到了。基本句式是"……是对的，话又要说回来了，……也是有道理的"，如此说话，有时候是刀切豆腐两面光的圆滑，有时候倒可能是看到问题的两面性，又能够比较委婉地表达。

然而，圆滑过了头就变成了滑头。商家做生意讲究的是一分价钱一分货，但是现实生活中有的商家既想保持货物一定的品质，又想低价促销，于是玩起了表面上价格不变，实际上好坏混搭、滥竽充数的勾当。买家下决心花了中高价买了一盒两个的西瓜，打开盒子看到两个西瓜长相一致，先吃一个味道不错，心中窃喜物有所值，不料打开第二个一尝，顿觉味同嚼蜡，才知长相一样的未必是同一品种，这时心里的失落无以言表。其实即使是在商言商，能够明明白白做事多好，这样的两边摆平，左右兼顾，反而损害了商家的信誉。

两点论，其实离不开重点论，做生意的重点恰恰是诚信。

正确的两面观，重要的是有一个好的初念和动机，是要有一个正确的思想方法。社会很复杂，是中有非，非中有是，岂能一言以蔽之。西方有句格言，"老年人常常怀疑一些真东西，年轻人往往相信一些假东西"。老年人走过的桥比年轻人走过的路多，吃过的盐比年轻人吃过的饭多，这话有点夸张，但是老年人经过的事多，眼睛里就自然多了疑虑，年轻人涉世未深，自然较容易受到蛊惑，当然也因为初生牛犊不怕虎，年轻人敢于挑战和尝试未知的新领域。至于遭遇到电信诈骗，上当的老年人多，则又另当别论，因为老年人过往经历中少有高科技犯罪的见识，是老革命碰到了新问题。

一个有秩序的城市是众人所向往的，而一个有烟火气的城市又是大家所期待的。如今路边摆摊的问题考验着政府和市民的关系，也考验着政府的智慧和城市治理的理念。路边摆摊，这里有市场需求和低成本就业需求，当然随意乱设摊有碍观瞻且妨害城市秩序。古往今来都有路边设摊，说明它存在的合理性，一放就乱，一收就死，说明了治理的难度。反观以往，要秩序时，对路边设摊一网打尽，强调烟火气时又放任自流，如果喜欢烟火气的不顾秩序，管理秩序的又忽略民生，只顾一头，不顾两头，结果常常是两头不讨好。两害相权取其轻，两利相权从其重，想清楚，看明白，就不会朝令夕改，人云亦云；就会趋利除弊，把重点放在治乱上，让路边设摊有规可循，有法可依，执法必严，违法必究。

秩序和效率有时候也是相反相成的关系。秩序的反面性是容易牺牲效率，效率的反面性是往往以影响秩序为代价。例如，静态交通的范畴里不可或缺的是路边停车，在繁华的市井生活里，有车一族梦寐以求的就是能在够得着的距离范围内路边停车，然后购物逛街，这样开车出行的效率才得以充分体现。但是倘若路边停车影响了交通，交通的秩序就不可避免地受损。还有，行车右转弯礼让行人，充分体现了交通文明的秩序美感，然而倘若遇到上下班高峰时段，或者在人流密集的商业街区，如果没有交通民警或协管员的合理疏导，这种秩序美感则会极大影响车辆的通行效率。同样，车辆禁鸣喇叭极大地彰显了文明都市的秩序美，然而当合理又必须鸣喇叭警示或提醒也不被允许时，对通行效率和行车安全的影响也不能被忽略，何况现在属于非机动车的电动自行车不仅速度快，而且喇叭声声声入耳，这里就有值得改善之处了。

社会的复杂性需要两面观。两面观其实不仅是一种思维方式，而且也应该成为一种行为方式，它不仅能够帮助到每个人的为人处世，更能够提高社会管理部门的认识水平，也必将有益于社会的有效治理。

（原载《新民晚报》2023 年 7 月 17 日）

# 任呼牛

◎ 高自发

幼年时的玩伴都争强好胜，啥都要比一比，比谁家房子大，比谁家牲口多……甚至比谁的姓好，有时比姓就演变成了"考古"，各自拿历史上最厉害的本家来撑场子。

有一回，李姓的小伙伴举了李世民，刘姓的则举了刘邦，我看他们都拿帝王说事儿，有些心虚，因为并没听说哪个朝代的帝王姓高，可又不肯轻易认输，一着急就举了高俅，被读过《水浒传》的小伙伴嘲笑是大奸臣的后代。恼羞成怒的我便跟他对骂起来。乡下孩子骂人，往往口不择言，猫儿狗儿、蠢猪笨牛地把人比作各种禽兽，一旦骂过头，极有可能厮打成一团。再长大一些，就不做那种可笑的对比了，也很少会冲动地与人吵架，但依然特别敏感，十分在意自己在别人口里、眼里的形象，甚至有人在身旁说句悄悄话，都会怀疑说的是自己。

中年时读《小窗幽记》，看到"好将姓字任呼牛"一句，豁然开朗。年华如疾马，岁月终究会把年轻人的棱角磨得光滑。人一旦经历太多的风风雨雨后，再被呼牛称马时，往往会一笑置之，不再为所谓的虚荣与尊严跟人争得面红耳赤，更不可能大打出手。早就看穿功名富贵不过身外之物，更何况那些加之于己的不好听的名号呢？

毁誉随人不计较，需岁月的历练和自身修养的提高。"任呼牛"并不是忍让或懦弱，而是一种达观与淡然。人到世上走一遭，本就赤条条来去，何苦总执念于那些虚无缥缈的东西呢？

（原载《今晚报》2023年2月23日）

# 何九不卖良心

◎ 侯诒望

　　何九是谁？何九是《水浒传》里的人物，也就是书中的"何九叔"。在第二十五回"王婆计啜西门庆　淫妇药鸩武大郎"中，他的尊姓大名第一次出现在王婆口中。

　　事情是这样：当王婆唆使潘金莲毒死武大郎后，第二天五更，天还没有大亮，西门庆就奔来王婆的茶店讨问消息。王婆把毒死武大前前后后的情况告诉了西门庆，西门庆把银子递给王婆，"教买棺材津送"。这时候，两人叫潘金莲过来，三人商议后续之事。王婆道："只有一件事最要紧，地方上团头何九叔，他是个精细的人，只怕他看出破绽，不肯殓。"西门庆回答道："这个不妨。我自分付他便了。他不肯违我的言语。"这话说得相当自信，也相当霸气。王婆当然也相信西门大官人的能力，只是要他"不可迟误"。

　　在宋朝，各行业都有市肆，叫团行。行有行老，团有团头。团头就是各行业的首领，但也有称"地保"为团头的。从王婆的口中我们约略可以确定，这何九叔应该是双重身份兼于一身。王婆说他"是个精细的人"，所谓"精细"有三层含义：精美细腻；精明能干；精密细致。我理解，王婆口里的"精细"，应该说的是何九叔很精明也很细心，不是个好哄骗的人。

王婆买了棺材，"去请团头何九叔"，但何九叔并没有马上到场，过了好长时间，才"先拨几个火家来整顿"。火家就是伙计。何九叔一直到"巳牌时分"才慢慢走出来。从书中上下文看，大概是快中午了，否则，西门庆不会请他到小酒店吃酒。而且西门大官人应该是一直在紫石街巷口等着的，否则，怎么会迎面碰到呢？何团头心中自然起疑："这人从来不曾和我吃酒，今日这杯酒必有蹊跷。"吃了一个时辰，西门庆从袖子里摸出一锭十两银子放在桌上，何九不敢接受，拒绝的话也说得很是得体，一是说无功不受禄，再是说"便有使令小人处，也不敢受"。非逼着西门庆说出事由来。这西门庆也绝非等闲之辈，也不说透，只说"别无甚事"，只是要他在殓武大尸首时，"凡百事周全，一床锦被遮盖则个。别不多言"。对于何九叔，这是分内之事，何须吩咐，而且也没必要接受人家的银两。他有心不接，心下"惧怕西门庆是个刁徒，把持官府的人"，于是权且收下了银子。在此期间，西门庆几次暗示，"九叔休嫌轻微，明日别有酬谢""少刻他家也有些辛苦钱""九叔记心，不可泄漏，改日别有报效"云云。这么来钱的活儿，换了别人，早已昏了头，管他西门庆与武大什么关系，收了钱再说。

　　但何九就是何九，他虽然怀疑这件事的合理性，但工作依然要做。来到武大家门口，先问火家武大是甚病死的，火家答"他家说害心疼病死了"。一进门，王婆迎接进去，还有一点责怪他来迟的意思。当见过潘金莲后，何九就有些明白了："原来武大却讨着这个老婆！西门庆这十两银子有些来历。"这何九看了武大尸首，"大叫一声，望后便倒，口里喷出血来"。何九这招儿，却是急中生智，否则，他就不好办事儿了。王婆说是"中了恶"，于是喷水掐穴，何九叔才缓转来，被两个火家用门板抬回了家。

何九叔这一招儿莫说是王婆没有识破，就连他老婆也被蒙了，哭着说道："笑欣欣出去，却怎地这般归来！闲时曾不知中恶。"他老婆的表现和言语表明，这是何九第一次这么装病，而且过去收殓了多少死人，也未曾中过恶！当他把真相告诉老婆后，老婆却给他出了个大主意，让他取两块未曾烧化的死人骨头，并银子包了，等待事情的进一步发展。这何九的老婆了得，不但没有见钱眼开，还帮着丈夫应对即将到来的凶险后果，非常值得点赞！

后来的事书里已经交代明白，正如何九两口子的预判，武松归来后，迅速查明了事情真相，在县太爷不予立案的情况下，私自了断了这事，手刃了仇人后，到县衙自首去了。

许多读者注意到了何九这个小人物，有的认为这两口子是生活在夹缝中颇有智慧的小人物；有的认为何九是明哲保身的圆滑人；有的考证他知法犯法，应该追究刑事责任；也有人撰文认为他能审时度势；等等。但我以为，何九叔最值得肯定的一点是他没有出卖良心！

何九叔之所以没有这样做，我的看法是：一者是他良心未泯，能守底线；二者是他坚持职业操守，不亏心办事，怕坏名声；三者是他把持得住，不贪求不义之财；四者也是重要外因，是他"家有良妻"，正所谓"妻贤夫祸少"也。

（原载《太原日报》2023 年 3 月 22 日）

# 来一屉李小龙

◎ 孟 晖

　　最近写了一篇《"生煎馒头"的名称改不得》，引发了朋友们的兴趣。

　　一位懂日语的朋友说，日语里也有"馒头"一名，实物一样是带馅儿的。于是去翻青木正儿《中华名物考》，其中有"馒头"一节，讲得颇为有趣：

　　传说，元顺帝至正元年（1341），京都能仁寺二代龙山禅师渡海入唐土，归来时带回一名馒头师傅林净因。就是这位林师傅把馒头传入了日本，他改姓盐濑，在京都开业，于是其店产品获得了"京都馒头"的美誉。另外，京都有"虎屋馒头"铺，在青木正儿生活时代仍然生意兴隆，其祖上名"三官"，也是来自中华。由于馒头最初是由信佛的居士传入，因此日本馒头长期都是素馅，有糖馒头、菜馒头、小豆馅儿馒头等。

　　看来，馒头从中国传入了日本，日本人不仅采用了同样的名称，也保留了同样的形式——内包馅心的蒸面食。

　　我一直记得曾经的一件趣事：

　　我小表妹大学主修日语专业，到大四时，有日本文学精修课，其中一堂课是分析一篇现代主义的短篇名作，其中就出现了"馒头"。她的一位女同学站到课堂前介绍内容，提到了"包子"，老师在一旁提醒："是馒头。"没说几句，女同学再次说"包子"，老师又一次校正"是馒头"，同学很不服气地说："明明就是包子!"她和我表妹都是北方姑娘，自然觉得，带馅的半球形蒸面点，就是包子呀!

闲聊中，还有朋友指出，韩剧《大长今》里也有涉及"馒头"的情节：宫女们参加烹饪考试，要用来自大明朝的珍贵面粉做馒头，结果长今的那一份面粉被别人弄丢了，她就巧动心思，改用同样是来自明朝的珍贵大白菜的菜叶作为外皮，包起馅心，做成了"馒头"，其实就是我们的菜包。

更有趣的是，在乌鲁木齐工作的朋友告诉我们，维吾尔语里也传入了"馒头"一词，发音转为manta——馒大，专指汉式蒸包子。所以如果用维语买蒸包子，要说"馒大"。但是新疆风味的烤包子，在维语里叫"萨姆萨"。

如此说来，馒头有着外传的历史，是文化交流史的一个细节。希望有高人继续追踪，看看馒头一词还流传到哪些语言里。

中国烹饪史的骄傲篇章之一为，早在原始时代，先人就发明了"甑"——底部均匀分布孔眼的蒸器，利用蒸汽加热食物。从此，一代代的人们便用蒸的方法做饭，于是顺理成章地发明了蒸馒头。证明中国文明开放性的是，大概在东汉末年就引入了胡饼，也就是用烤炉烤熟的面食。奇怪的是，中国的蒸锅以及蒸食方法的外传却异常缓慢。西方人以及中东人都容易地接受了油炸的春卷，但对馒头包子却长期陌生。有朋友向我解释，中东的水资源不丰富，蒸制食物需要耗费较多的水，对该地区天然不适合。那么欧洲不缺水，为什么似乎传统上只有"蒸布丁"一种呢？

随着全球化，古老的馒头向世界各地扩散，出现了很多意想不到的趣味现象。在西班牙，小笼馒头变成了"小龙"，中餐馆标为"中国小龙""上海小龙"，后来又创造出了"龙面包"的叫法。进入新世纪，西班牙人兴起了李小龙热，干脆把小笼馒头直接叫成"布鲁斯·李"（Bruce Lee），进中餐馆点餐："我要布鲁斯·李!"

而在中东，阿拉伯人竟把小笼包误会成饺子。当春节来临之时，迪拜媒体会介绍，中国人春节要吃饺子，并给感兴趣的读者推荐本地吃饺子的好去处，其中就包括鼎泰丰的小笼包，文章配图也真的是小笼包。近年，迪拜中餐厅兴起了一种新美食——"包"，英文写为"bao"，显然得名于包子。可是，所谓的"包"，乃是荷叶夹，在我们这里，餐厅里往往用它配米粉肉等肉菜。迪拜的吃法则是在荷叶夹里填满烤肉片、黄瓜片、洋葱片，再撒上香菜和芝麻。荷叶夹为发面饼，在笼屉里蒸熟，绵软暄腾，对中东人来说是非常新鲜的口感，所以在迪拜成了时尚新品。

从束皙《饼赋》的"曼头"，到西班牙的"布鲁斯·李"、迪拜的"包"，一款中国美食在外传过程中走出了谁也料不到的活泼路线。

（原载《文汇报》2023年4月21日）

# "廉为官程"

◎ 沈　栖

　　作为我国优秀传统文化的重要内容之一，"为官清廉"极受世人赞誉和推崇。记载先贤"为官清廉"嘉言懿行的古籍可谓汗牛充栋，而我颇为激赏北宋苏轼的"廉为官程"一说。

　　北宋熙宁年间，变法成为"悠悠万事，唯此为大"的主流，朝廷过于注重官员的能力、治绩而轻忽了对官员的清廉要求，以致小人得势、腐败盛行，弄得朝野怨声四起，政局动荡不安。于是乎，苏轼写了《六事廉为本赋》，根据《周礼》所载官员亟须遵循的六条准则（廉善、廉能、廉敬、廉正、廉法、廉辨）提出："事有六者，本归一焉。各以廉而为首，盖尚德以求全。"在他看来，为官的最高范式和起码底线，"悉本廉而作程"，"廉为官程"以考核官员的德、能、勤、绩。因为一个官员在"官程"中一旦淡化、矮化、弱化了"廉"，势必会丧失廉耻，进而陷入贪腐的泥淖不能自拔，"功废于贪，行成于廉"。

　　虽说岁月荏苒，朝代更迭，但是，"廉为官程"则是古今一揆的，它于今依然是为官者的规箴。这些年所披露的贪腐案件，出现了"低龄化"倾向。某些年轻人参加工作不久，甫提级别，其"官程"刚启程时，即为利所诱，成了"蚁贪"或"蝇贪"，仕途戛然终止。如贵州省铜仁市社保局会计张艺初入官场就堕落，其贪腐手法不是权力套现，更谈不上期权腐败，而是利用工作上跟钱财打交道之便挪用公款，在不到一年的时间内，"吃掉"30多万元社保资金来偿还赌债。其"官程"起步不稳，罔顾"廉"字，误入歧途，断送了政治生命。悲哉也夫！

一个人当官，总有他与众不同的优点和特长，或根正苗红，或胆识过人，或实绩突出，或能力超强。但一旦利令智昏，丧失了"为官清廉"的准则，其"官程"便自然会中途变道，走向反面。这里，不妨列举清代颜伯焘案。道光四年（1824），广东连平进士颜伯焘任山东泰州郡守，年轻有为，勤于政务，深得民心，后升迁为陕西延绥道台。由他倡议刻制的"官箴碑"（即"吏不畏吾严而畏吾廉，民不服吾能而服吾公，公则民不敢慢，廉则吏不敢欺，公生明，廉生威"）立于衙署，作为自己的座右铭。随着官阶高升（官至闽浙总督），颜伯焘"官程"发生了转折，蜕化变质而沦为没有廉耻的狂妄贪婪之徒。张集馨《道咸宦海见闻录》载有颜伯焘返乡时路经漳州城的情形："随帅（即颜伯焘）兵役、抬夫、家属、舆马仆从几三千名，分住考院及各歇店安顿，酒席上下共用四百余桌。县中供应实不能支。"至于颜伯焘所收受的贿金及珍宝，张集馨以"难以计也"一词足以道尽其贪得无厌。其实，像颜伯焘这样先廉后贪、"官程"中途变道者，现今官场上也并不鲜见。

俗云："行百里者半九十。"一名官员倘要一生清廉，很关键的是在其"官程"中站好"最后一班岗"。有些官员在即将走完"官程"时，发生了"黑色蜕变"，晚节不保，玷污了先前的政治清誉，甚或抵达"官程"终点时锒铛入狱。官场上出现的"59岁现象"乃是其表征。这些官员常因"有权不用，过期作废"的心理作祟，笃信"退休前办事，退休后收钱；退休前我给你办事，退休后你给我办事；退休前培育公司，退休后自任老板"，最终在快退休的关口"翻船"，身败名裂。现如今，我党反腐"零容忍"，即便是退休了的官员，倘有贪腐劣迹照查不误，这使得"官程"有了延续，彻底粉碎了他们"退休=平安着落"之梦。

"虽惭老圃秋容淡，且看黄花晚节香。"看来，为官者必须以"廉"字统管整个"官程"，高高筑起清廉的铜墙铁壁。其理浅显：为官者一俟失去了清廉，一切都是扯淡！

（原载《讽刺与幽默》2023年2月24日）

# 改革的权臣坐轿子

◎ 朱兆龙

　　将改革与坐轿子凑到一起，有点像杂糅。用改革的权臣坐轿子来说事，就不是杂糅而是读史的杂感了。中国古代有好几位搞改革的权臣，与轿子有关联的，是北宋的王安石、明代的张居正。

　　轿子坐得出奇的是大明首辅张居正。万历六年（1578）他父亲去世，被批准回老家葬父，三月十三离京，行程隆重而出彩。朱东润所著《张居正大传》描述："这一次回去，真有些威风。轿子是特制的，前面是起居室，后面是寝室，两廊一边一个书童焚香挥扇。三十二名轿夫抬着一架大轿，赫赫煊煊地从北京南下，一路还有蓟镇总兵戚继光派来的铳手、箭手随同保护，沿路巡抚和巡按御史出疆迎送，府、州、县官跪着迎接，开路办差，更加忙得不亦乐乎。"

　　三十二人抬了二十二天，至四月初四将张大轿抬到江陵。丧事办完后，五月廿一起程回京，依然三十二人抬着，晴行雨停二十五天，六月十五到达京郊。

　　那顶史上罕见的三十二人大轿，是真定知府钱普投其嗜味进献的，"造步辇如斋阁，可以贮童奴，设屏障，江陵甚喜"。张大官"甚喜"，不只喜那实物轿子，更喜那拍马屁实质的"抬轿子"。张大官的喜外延较广泛：万历元年，湖广巡抚、巡按为他建牌坊和府宅，"营私第以开贿门"；万历六年有人为他创山林；万历八年有人为他建"三诏亭"；万历九年有人为他家重建牌坊和表宅，此类贿门，比三十二抬大轿更实惠、更气派，张大官虽然写了婉谢信，但一切都在进行中，当然更喜，喜得当然。

从北京回湖北，可乘官船沿大运河而下、至长江而上。可张大官不喜，哪有坐着三十二人抬的大斋阁，旗伞张扬，鸣锣喝道，官员跪迎，酒宴接风，招摇千里威风呢？洪武元年，规定百官可车可轿；景泰四年，规定三品以上可乘轿。弘治七年，规定文官乘轿者，以四人舁之，违例及用八人者，奏闻。张居正身为首辅，万历四年升任左柱国，一品上，可乘轿。但超了八人之规制，达制度规定的四倍。张大官威风大于制度，违例得太离谱，却未闻"奏闻"。

王安石没有坐轿子。北宋时"百官常朝皆乘马"，二三品的大官礼制乘革辂，即外饰皮革的马车，配以四匹红马。民间则自发地坐轿子，工商庶人乘四抬或八抬的"檐子"，被禁止，连妇女出入都要骑马。熙宁九年，宋神宗下令"民庶只令乘犊车"，即牛犊拉的车。王安石改革见效后，京城人士、豪右大姓出入都以轿自载，《清明上河图》中就有一乘两人抬的轿子往桥上走。宋徽宗时京城内暖轿习以为常。到南宋才"诏许百官乘轿"。可见王安石上朝下朝上班下班，不可能乘轿子。

王安石回家也没坐轿子。他辞去宰相职务离京去江宁（南京），租了条船微服而行，开船前一再嘱咐家人："吾今挂冠而归，沿途若有人问及姓名官职，切勿告之。"于是沿黄河、大运河而去，没人知道那船上是原宰相王荆公。

王安石退休后，朝廷按制配给卫兵和仪仗队，他三个月就给退回了，买来一头小毛驴，骑行于半山园与紫金山之间。同僚陈升之罢相后，降职判扬州，奉旨来探望，楼船到南京。王安石拉着小毛驴，带着一乘二人小轿静候在江边。陈升之见状大为触动，老老实实地坐上那个从没坐过的小轿子，去往王安石半山园的家，从此改了讲排场的习气。

同是搞改革的权臣，一个坐三十二人大轿摆排场显威风，去世后被明神宗清算，抄家搜出黄金万两、白银十万余两，改革的成绩被抹杀，荣誉被褫夺。一个在南京半山园无疾善终，宋神宗让苏东坡执笔写圣旨，特赠太傅；南宋黄庭坚崇敬王安石，"尝观其风度，真视富贵如浮云，不溺于财利酒色，一世之伟人也"。

改革者的个人品格与道德情怀，带来改革者不同的命运和结局。记得当年苏维埃的理论家称"王安石是中国十一世纪时的改革家"，对十六世纪改革有成的名人张居正视而不见，这也是一种评价吧。宋神宗和明神宗，同为皇帝，同称神宗，不同的价值取向，给改革和改革者不同的政策与处理，倒是又一篇杂文的题材了。

（原载《义乌商报》2023 年 7 月 21 日）

# 假如我是马谡

◎ 刘家云

　　近日读《三国演义》，颇为因失守街亭而被诸葛亮辕门问斩的参军马谡鸣不平。因伤感过度，也顾不得马谡是不是"千古罪人"，竟拿自己和马谡相比起来：假如我是马谡，我又会怎样呢？

　　假如我是马谡，我断然不会去守什么街亭。其理由很简单：一则镇守街亭并非我分内事，二则丞相并未派我去，三则蜀汉人才济济，守街亭并非舍我其谁。我只是一个参军、一个参谋，并非带兵打仗的将领，更何况我没有、也不会带兵打仗。但我"自幼熟读兵书，颇知兵法"，"丞相诸事尚问于我"。我若充分发挥自己善于"纸上谈兵"的特长，和在丞相身边工作的"得天独厚"优势，动动嘴皮子，或为想升迁的下属"牵牵线""搭搭桥"，一样可以飞黄腾达，还可借机捞点外快，稳做太平官，过着优哉游哉的生活。再说，"多一事不如少一事"，我何苦要没事找事，自找麻烦，自戴"紧箍咒"呢？更可悲的是，最终还落得个不得善终、军前问斩的可悲下场，让天下看客们耻笑。我可没那么傻！

　　其二，假如我是马谡，我虽领命去守街亭，但绝不可能冒死冲到一线去。我身为主将、"一把手"，在军中具有至高无上的权力。我可以将指挥部设在街亭一处安全地带，让副将王平去冲锋陷阵，并让他随时向我报告前线战况，至于如何屯兵，是屯在"凭高视下，势如劈竹"的山上还是屯在让"贼兵不能偷过"的当道，这些具体事全由王平定夺。这既体现我重用下属，又可给自己"捡开脚"：街亭若能守住，我是主将，我当然功不可没；街亭若失守，王平是直接责任者，要杀要剐有王平顶着。我充其量只负个"领导责任"，充其量只被降级降职或换个地方为官。

其三，假如我是马谡，即使街亭失守，我也绝不至于"自缚于帐前"，甘愿让诸葛丞相问斩。街亭失守，虽与我判断失误、轻敌自负、没有听丞相出征前的嘱托相关，但我主动请缨，奋勇杀敌，对蜀汉一片忠心，虽无功劳亦有苦劳。更何况我从战场归来，既没有畏罪潜逃、自杀，亦没有找各种理由为自己推卸责任、开脱罪责，而是向丞相主动认罪，我是名副其实的自首呀。

退一步讲，就算丞相没有累及无辜、按军令状斩我家人，还答应在我死后代我照顾他们，也不应该仅凭一纸军令状就让我人头落地呀。请问古往今来，立过"军令状""责任状""契约"者有多少，又有几个像我这样被视为父亲的丞相如此无情对待？远的不说，就说关云长把守华容道时，不也是徇情放走过曹操吗？他事前也立过"军令状"，丞相却因为他是先帝刘备的拜把兄弟，不但不依状追究其放曹之责，相反还美其名说他是"义释"。这难道就是丞相斩我时所说的"用法明也"？我失守街亭虽有罪，但倘若我有云长那样的"硬关系"，或者我的同僚、参军蒋琬能事前为我疏通关系，打通关节，相信丞相也不至于"猫哭老鼠假慈悲"，"挥泪"置我于死地了。

其四，假如我是马谡，即便是我要被辕门问斩，我在死之前也要拉一两个"垫背"的。这并非我要寻求心理平衡，而是因为街亭失守，责任不全在我，这也是客观事实。

首先是丞相没有做到知人善任，应负街亭失守的主要责任。我马谡的为人，连远在敌营的司马懿都清楚我"徒有虚名，乃庸才耳"，我与神机妙算的丞相朝夕相处，难道他不清楚我有几斤几两？更何况先帝刘备早在永安宫托孤时就特地嘱咐过他"马谡言过其实，不可大用"，可丞相竟然把先帝的嘱托当成了耳旁风。而且，丞相比谁都清楚街亭对蜀汉北定中原、兴复汉室的战略意义，更清楚对手"司马懿非等闲之辈，更有先锋张郃，乃魏之名将"。可丞相居然冒那么大的风险让没有任何实战经验的我去镇守"干系"如此重大的街亭，最终不仅害我丢了性命，还葬送了蜀汉前景看好的北伐战略。丞相应负的主要责任能说比应负直接责任的我轻吗？可丞相最后仅请奏了一个"自降三级"的处罚，却依然行丞相之职。这是什么狗屁处罚，与我的辕门问斩比起来，又算得了什么！这明显是掩人耳目嘛，我不服！

还有副将王平。王平行事谨慎，实战经验丰富，故被丞相"钦点"为我的副将，临行前还被丞相叫去面授机宜："下寨必当要道之处，使贼兵急切不能偷过。"虽说他对我的扎营方式给过劝谏，且向丞相反馈过，自己带一部分兵拦路扎营，在战败后收拾残局时也做了些有益的工作，但他的劝谏我没听，说明他劝得不深、谏得不透，没有把道理讲明白呀。街亭失守，我作为主将被处以极刑，他王平身为副将不但无罪，反而有功，还被提拔重用。这公平吗？

也许我的"假如"也像马谡一样"言过其实",但不排除千百年来没有像"我"这样的人。但愿诸公不要"对号入座"。

（原载《杂文月刊》2023年第2期）

# 君子何以与竹相类

◎ 徐　恺

竹与中国人有深厚的渊源，是中国独特的文化符号。

东汉许慎《说文解字》收录的9353个字中，竹字头的字就有152个，遍及生产工具、生活工具和文化等领域。汉代已有竹筷、梳篦、笋、竹席、竹扇等用品，竹也是《尔雅》中所提到的美食："笋，竹萌也，可以为菜肴。"竹简还是古代重要的书写材料，虽然东汉蔡伦发明了纸，但竹简作为书写典籍与文字的载体一直存续到东晋时代，成为文化传播的载体。

古人爱竹，要"居有竹"。《世说新语·任诞》说，王羲之的第五子王徽之（王子猷）曾暂时借住在别人的空房子里，刚住上便叫人种上竹子。有人说："只是暂时借住，何必这么麻烦？"王徽之指着竹子，沉吟道："何可一日无此君！"杜甫也爱竹，《旧唐书·文苑传》说："甫于成都浣花里种竹植树，结庐枕江，纵酒啸咏，与田畯野老相狎荡，无拘检。"他在《杜鹃》诗里说："我昔游锦城，结庐锦水边。有竹一顷余，乔木上参天。"《红楼梦》里的潇湘馆是林黛玉所居住的地方，此处"一带粉垣，里面数楹修舍，有千百竿翠竹遮映"。

竹本给人一种身心超脱的美的体验。透过窗看外面的竹，如同欣赏一幅画。苏辙说："叶如翠羽，筠如苍玉。"更特别的是，竹符合中国人的伦理性审美体验。中国传统审美观照的不仅仅是孤立的、有限的审美对象，而必须是要从对"像"（客观的审美物象）的观照上升到对"道"（伦理道德）的体验。因此，传统中常常有《庄子·外物》中的"得鱼忘筌（捕鱼的竹篓）""得意而忘言"这样只重视"道"的情况。古人对竹的喜爱却与之有别，对竹的审美观照既关注竹这一物象的形式美，也把握形式美背后的"道"——伦理道德与生命本真。

竹中自有"道"。儒家讲究"修身、齐家、治国、平天下"，要建立一番功业，最基础的要落实到"致知在格物"上。"格物"，按照朱熹的解释，即在事物中探究"理"，无论朱熹的"理"作何解释，总之是要对"物"下一番功夫。于是就有王阳明"格竹"的故事。公元1492年，王阳明20岁时，与友人立志做圣贤，那么如何下手呢？按照《大学》的说法，即是"格物"，但世间万物难以下手，于是王阳明与友人商议，先从"亭前竹子"着手开始"格"，友人竭其心思，整整3天未悟出道理，反致劳神成疾。随后，王阳明"自去穷格（竭力探究）"，但7天之后也劳神成疾。后来他艰苦思索10余年，终于在龙场悟道："天下之物本无可格者；其格物之功，只在身心上做；决然以圣人为人人可到，便自有担当了。"从而完成了心与理、心与物的重新定位与思考。

而竹的道德意蕴更多地指向传统意义上的君子。以竹喻君子，最早或出现在《诗经》里。"瞻彼淇奥，绿竹猗猗。有匪君子，如切如磋，如琢如磨。"意思是，瞻望那淇河蜿蜒之处，绿竹美盛，我那斐然有文的君子，不只学问精密，而且德容盛美。传统解说此诗赞美西周卫武公的品行，朱熹则认为诗以"绿竹始生之美盛"

来比兴"学问自修之进益"。

白居易在《养竹记》中总结了君子何以与竹相类："竹本固，固以树德；君子见其本，则思善建不拔者。竹性直，直以立身；君子见其性，则思中立不倚者。竹心空，空以体道；君子见其心，则思应用虚受者。竹节贞，贞以立志；君子见其节，则思砥砺名行，夷险一致者。"白居易看到竹子的根，想到的是"树德"。不仅如此，竹子根系特别发达，"得土而横逸"，不拘生长环境。一如郑板桥《竹石》所展现的："咬定青山不放松，立根原在破岩中。"

竹生来有节，人亦应有节。竹被视为高风亮节的象征。文天祥在《正气歌》中咏道："时穷节乃见，一一垂丹青。"竹的"节"还表现在历经风霜雨雪、无论寒暑春冬都郁郁葱葱，无惧外部环境的艰厄。正如明代学者何乔新在《竹鹤轩记》中总结："夫竹之为物，疏简抗劲，不以春阳而荣，不以秋霜而悴，君子比节焉。"明嘉靖以后，倭寇骚扰东南沿海，沿海人民进行了艰苦的抗倭斗争。嘉定等地区的人将胜利归结为关羽的暗中帮助，将关羽看作忠义的化身、御患抗敌的楷模，出现了"关羽画竹"的传说。后世还有了一块"关帝诗竹碑"，石碑上刻绘着融为一体的风竹和雨竹，风竹的叶子向一边飘动，雨竹的叶子向下低垂，竹叶下有一首五言绝句："不谢东君意，丹青独立名。莫嫌孤叶淡，终久不凋零。"这块碑立于西安碑林博物馆，为清康熙五十五年（1716）韩宰临摹并立石。或许，如此将关羽与竹联系起来，是为了表达一种抵御外患、保卫家园的爱国情怀。

（原载《解放日报》2023 年 5 月 14 日）

# 举头三尺是何"神明"?

◎ 齐世明

复读《增广贤文》，"万事劝人休瞒昧，举头三尺有神明"一语令笔者思量，"神明"为何？

清人纪晓岚《阅微草堂笔记》载，一读书人夜过岳帝庙，见朱门紧闭，却有人从庙中出来，他心知是神灵，遂伏地高呼"上圣"。那人将他扶起说：我可不是神灵，只是右台司镜的小吏。读书人问：司业镜吗？回应：近似，是另一种。业镜是照摄众生善恶业的镜子，但只能够照出事情的表面，人做事时，心中的万千感触，以及感情的真伪，业镜是照不出来的。所以除了业镜之外，必须有"心镜"。

"心镜"就是人们头上的"神明"。这是纪晓岚给出的一个答案。笔者十分赞赏。

不是吗？比蓝天和海洋还要辽阔的，是人的心世界。人"方寸微暖，情伪万端"，内心的细微感触、感情真伪的微妙变化，是瞬息万端、起灭无时的。其中包藏着许多幽深诡秘，不可推测的意图，更难窥见。若单从外表上看，有些人给人的印象，亲切或和蔼，漂亮或英俊，谁知其内心柔软处？谁晓谁潜藏着鬼蜮伎俩、险恶用心？这些隐匿与潜藏，一般的业镜岂能照得透？

故众天神合议，将"业镜"移到左台，可用以鉴察映真（小人）；增设"心镜"于右台，分辨照伪（君子）。在左右两圆镜的相对照映之下，人之内心洞然明晰，都淋漓尽致地显现出来了。"心镜"探微，心到神知。

大千世界，镜子万千。这个"心镜"堪称翘楚吧？比CT还CT，能清晰地照出人的五脏六腑，看是"红"的"黑"的、"直"的"弯"的，有没有"粪渣"……凡此种种，司镜吏固守于圆镜旁边，一笔不苟记下，三个月送达岳帝一次，决定降罪或赐福。上天有"法眼"：往往名声愈高则责备愈严，心术愈巧则惩罚愈重。

正是这举头三尺的"神明"，时时在警示人们：你在做，天在看。尤其是贪墨者、欺诈者、黑心人，血管里流着污血者，看你恣意到几时？不要以为自己干了见不得人的事、危害民众与社会的事，难以察觉甚至"滴水不漏"就过关了、"万事大吉"了，在每个人的头顶三尺处，时刻都有"神明"在注视着你的一举一动、一丝一念；而"法网恢恢，疏而不漏"可不只是一句人们司空见惯的话，正义"只争来早与来迟"罢了。

写到这里，似可画句号了。笔者却听得小吏与读书人一段对话，颇值得披露、记取：

司镜吏：有这等好镜，那芸芸众生为何不经常"照照镜子""查查心思"乃至"看看医生"呢？从高官显吏至一般公职人员，从商贾至贩夫走卒者流……

读书人：你说得不错。各衙门口公职人员——穿各类制服的，应"增心镜于右台"，"吾日三照吾身"，即使做不到"酒酣或化庄生蝶，饭饱甘为孺子牛"（清代名联），也可看看自己是否兢兢业业，表里一致，为官是图名牟利还是心中向民，办事是公平公正还是徇私舞弊，一句话，你是为人民服务还是为"人民币"服务？

各类商贾，大至老总、老板、高管们，应"增心镜于右台"，看你心之所属是名声重于营生，还是营生重于名声？重前者自然要"实大于天"，唯信誉、唯质量、唯效益为大，重后者是不是唯钱为大？是不是唯利是图？有没有欺骗造假？有没有坑蒙拐骗？

读书人真是能侃，滔滔不绝，但越说声音越小，是有甚忌讳，恐与时不宜，还是进入了老子所谓"大音希声"之境？

不过，笔者却听了个大概，可一言以蔽之：今之各色人等，可不能只是"观钱""观名""观利""观权""观色""观子""观车""观房"，一定不要忘记"观心"，要不时审视一下自己的心是正的还是邪的，是有"明珠"闪光还是装了不少"粪渣"……须知，"举头三尺有神明"！

"天道好轮回，苍天饶过谁？"以前觉得这句话，只是弱者用来自我安慰的。现在看来，此言不虚——正应了那句老话：凡是不可拿到太阳底下说的事，谁都不要做、不可做、不能做。

（原载《北京日报》2023年2月28日）

# 神态庄重

◎ 王太生

郑板桥在家书中对其弟说过这样一段话："暇日咽碎米饼，煮糊涂粥，双手捧碗，缩颈而啜之，霜晨雪早，得此周身俱暖。"数句散淡家常之语，动作与感觉，是有关冬天早晨起床后的获暖粥食。

深冬，天气严寒，双手捧碗，缩着脖子，吸溜吸溜喝一碗玉米面粥，嘴唇哆嗦，近乎虔诚，神态庄重，手足之间，渐生暖意。

糊涂粥，此处的"糊涂"不是板桥先生"难得糊涂"的糊涂，睁一只眼闭一只眼，依我对这位清朝乡贤和地域风情的理解，这应是指粥的稠厚程度，粥的质态和品相。

用心吃饭，神态因认真而庄重。这个人或许是饿久了，一见饭食，便陡生肃穆、敬畏之情，俯仰、端捧，举止屈缩而相生。

人在吃食物时，内心的喜好、厌恶，皆在表情中有所体现，哪怕是吃一只烤红薯。红薯烤熟后，味道醇香，揭开焦皮，咬一口橙黄的红薯，粉糯甘甜。烤红薯到底有多好吃，看看那个吃烤红薯人的手势动作，剥食之间，神态端庄，注意力全集中在一只红薯上，眼神流露出欣喜和满足。

一个人饥肠辘辘，他会对食物肃然起敬，这是面对食物时的一种态度。

除了吃，人又在哪些情况下显得神态庄重？

春天的插田之日，农人在"开秧门"时，送茶酒到田头，分吃蛋、饼、包子，放鞭炮庆贺。清水田中，摇第一株秧苗的汉子，脸上满是神圣与庄重的表情，手上播下一季的希冀与憧憬。丽日晴空，或者细雨蒙蒙，田畴上，人们哼唱起悠扬的秧歌。

渔夫扳鱼，神态自若。一人独立湖野之畔，扳缯捕鱼，风吹乱头发。人等鱼游入网，左手执绳，右手下垂。等待的过程是一段静默时光，状态是松弛的，神态因内心有所盼、有所期待，而专注凝重。扳鱼人为何看上去神态庄重？是因为他将扳鱼看作此时此地必须专注去做的一件事。他在等待机会，心无旁骛，耐得寂寞与清寒。市声离他远去，红尘就在不远处，扳鱼人已然置身局外，在天地水岸间苦守，期待大鱼应声落网，因而在冷风中紧一紧身上的衣服，只留一个侧影，在逆光中显得神态庄重。

灯下泡茶夜读，神态庄重。读一本心仪已久的书，可谓坐不正，不读；身不端，不读；心不静，不读。庄重，是读书人对一本书的态度，对一本书的礼仪，身形周正，才能怡然走进书中世界。一缕茶香伴书香，此时无人打扰，看尽人间百态，目数过往行人，与一个人偶遇，感叹相见恨晚。

许多年前，孔子坐在树下，给他的学生们上课，子路、曾皙、冉有、公西华们屈膝盘腿围坐，听得出神处，神态庄重。孔子给他的学生们都讲些什么？讲个人理想与抱负，同时也让弟子们讨论，自由发言，说的都是严肃话题，所以才有肃穆的表情与氛围。

神态，即心态，人在放松自然状态下显露出的一种肢体语言，亦是心情与姿态。

古人焚香抚琴，神态庄重。焚一炷香，不仅是感受淡雅香气，还在于正心养神，让人忘却烦忧。宋代马远的《竹涧焚香图》，绘远山近水、硬石疏竹、潺潺流水之幽阔佳境。一人静坐于溪畔巨石上，旁置香炉，烟气袅袅。有些画，简约，却意境深远，画中人内心蕴藏的喜怒哀乐，已在天地之间趋于气定神闲。

当然，焚香常在幽静的树林、竹丛、整洁书房等静谧之处，选择造型简练的香炉，器物与环境，衬托出个人的内心修养和审美意趣。

宋徽宗《听琴图》中，一垂须高髻男子焚香抚琴，神态自若。琴声琮琮，香气缭绕，虽听不见、嗅不到，但从男子双手抚琴的庄重表情上可以一窥。抚琴，是为了倾听自己内心的声音，心有郁积，通过拨弄丝弦表达出来，如山溪奔泻流淌。在自顾陶醉欣赏时，抚琴人会想到一些事：深沉事、久远事、分别事、高兴事、伤感事，神态也不期然庄重起来。

在乡村集市，见一老者观戏，十分投入。他恍若进入戏中，与戏中人同忧同喜，看得目不转睛，任由身旁妇孺打闹玩戏。戏的内容不外乎青梅竹马，父慈子孝，忠臣与奸臣，都是乡野土戏，粗犷哼唱，咿咿呀呀。他一门心思看戏，恰如坐在小马扎上的半尊雕塑，那份专注和表情，入味与入戏，凝固在以花花绿绿为布景的观戏时空里。

我在山中，夜晚观巨石，见一石巍然高耸，宛若仙人，目视远方。它或许在想，为什么有这么多人在夜晚，仰着脖子在看我；又或许觉得，吾本一柱擎天岩石，顶天立地，凡人看我如仙人，我看凡人如蝼蚁。

真的，那晚夜色如墨，我在山中观巨石良久。石如仙人，亘古沉默，在暗夜的天幕上勾勒轮廓，我猜仙人若有所思，抑或若有所念，表情肃然，神态庄重。

（原载《解放日报》2023年2月16日）

# 鸡虫得失何时了

◎ 一　得


　　小奴缚鸡向市卖，鸡被缚急相喧争。家人厌鸡食虫蚁，不知鸡卖还遭烹。虫鸡于人何厚薄，吾叱奴人解其缚。鸡虫得失无了时，注目寒江倚山阁。（杜甫《缚鸡行》）


　　鸡与虫的生命谁重要？在佛家看来都重要，众生平等；在道家看来无关重要不重要，方生方死，本来就是循环；在儒家看来，内心感受最重要。诗中四个角色，一是虫蚁，二是鸡，三是小奴、家人，四是作者本人。因为立场处境不同，感受取舍判断也不同。家人估计是佛系，于心不忍于虫蚁被鸡啄，所以"厌鸡食虫蚁"；小奴是遵命本能，因此"缚鸡向市卖"；杜甫则认为万物有灵应该同等对待，"虫鸡于人何厚薄"，看见鸡被缚被卖被烹也是心里不好受，于是"吾叱奴人解其缚"。事情没有任何结果，却引出一个问题，立场与感受关联，感受与价值判断关联。

　　在现实生活中存在的事实，有客观事实，有主观感受事实，也有法律事实。鸡虫得失，孰重孰轻，由谁说了算？爱玩蟋蟀的肯定说鸡不好，爱禽鸟的护鸡，因此，这样的思考没有多大意义。如果你在斑马线上行走，一定会指责车开得太快，但同样的，你如果坐在开车的位置，一定会埋怨斑马线上的行人走得太慢。鸡虫得失，不在于鸡虫而在于人的立场价值的偏好，因此，无所不在。无所不在，就没完没了，鸡虫得失无了时，家人为什么惜虫蚁？小奴因何对鸡如此凶残？我为什么呵斥小奴？是为了保持生态还是为了养鸡生蛋？如果是二选一就无解。现代社会中，维护地摊痛恤卖菜老妪，还是维护城市面容驱离摊贩；信任企业家自主管理，还是维护企业员工权益；要企业效益还是要社会效益；鼓励先富还是赞成均富，这些都不是二选一的题目，是兼容侧重的并行题。诗人真正要提示的不是鸡虫得失，而是提出了一个人、鸡、虫共存的命题，提示共存兼容，是万物皆有灵的共生态，而不是强化偏执偏好的"独行侠"。

在感叹"鸡虫得失无了时"的同时，"注目寒江倚山阁"，杜甫的思考点比常人想见的更深一些。他认为鸡虫得失已经是一个社会生态，鸡吃虫，人捕鸡，上人叱下人，谁强势谁在理，谁在上位谁就生杀予夺。杜甫对当时的社会生态愤懑，因为，他自己本身就是鸡虫得失生物链中的一环，他在封建权贵政治的社会中，也是一只被人捕杀的鸡，也是一个被人申叱的奴人，甚至也只是一只虫蚁而已。

杜甫注目寒江，倚立山阁，再也放不下"鸡虫得失""急相喧争"的社会思考。与其说是"鸡虫得失无了时"的感叹，还不如说是"鸡虫得失何时了"的期盼。鸡虫得失何时了？不仅仅是悲天悯人的文人情怀，而且是共生环境的天问，是万物有灵的共响。生态环境要求共生，社会环境要求平等，司法环境要求公正，发展环境要求均衡，共生环境中的任何一个方面都不是"鸡虫"小事，都不能争执自我"得失"。如果用现代语境来表达，就是要确立系统观念、大局意识。

　　"注目寒江倚山阁"，人类的每一次价值升维都在于注目与凝思之后的觉醒。


（原载《新民晚报》2023年7月5日）

# 墨鱼大烤

◎ 西　坡

墨鱼，俗称乌贼。在一般人的认知范围里，与"贼"有染，是件很煞风景的事。

卿本佳人，奈何做贼？

名不正则言不顺。坊间"乌贼乌贼"叫得顺溜，既光明又正大，恐怕总有名堂。

唐人段成式《酉阳杂俎》卷十七述乌贼前世："海人云，秦皇帝东游，弃算袋于海，化为此鱼，其形一如算袋……"算袋，旧时百官贮放笔砚的袋子。你想，一个人老是在上衣口袋上别两支钢笔，不就想告诉人家"我很有文化"吗？那么，整天背着放满文具的口袋能说明啥？满腹经纶，见多识广，门槛很精，狡猾狡猾的。

另据宋人周密《癸辛杂识续集·乌贼得名》曰："世号墨鱼为乌贼，何为独得贼名？盖其腹中之墨，可写伪契券，宛然如新，过半年则淡然如无字。故狡者专以此为骗诈之谋，故谥曰'贼'云。"真是：贼可贼，非常贼。

《本草纲目》援引的两个例子，也足以说明乌贼为何那么"贼"：一、隐身，"能吸波噀墨溷水以自卫，使水匿不为人所害"；二、挖坑，"性嗜乌，每暴水上，有飞乌过，谓其已死，便啄其腹，则卷取而食之，以此得名，言为乌之贼害也"。

当然，古文献上称墨鱼为乌鲗，后因读音相同而讹为乌贼的可能性更大。

墨鱼骨，别称海螵蛸，是墨鱼身上最不能成为菜肴的部分。不过，它仍然可以被利用来做药材。从前，几乎所有小孩子都跟它打过交道——在它"背"上插一面红色蜡光纸做的小旗子，于是，一艘手作的"鱼雷快艇"便在盛满水的脸盆里乘风破浪起来……

软不拉塌的墨鱼，有两个部位在古代受到极大的重视，一是墨鱼蛋，说白了即雌墨鱼的子宫。《随园食单》曰："乌鱼蛋最鲜，最难服事。须河水滚透，撤沙去臊，再加鸡汤、蘑菇爆烂。"可惜袁枚语焉不详，"爆烂"两字殊难领会。梁实秋《乌鱼钱》则一板一眼地拈出："乌鱼钱制羹，要用清澈的高汤，鱼钱发好，洗净入沸汤煮熟，略勾淀粉芡，但勿过稠，临上桌时洒芫荽末、胡椒粉，加少许醋，使微酸，杀腥气。"二是墨鱼肠，明人顾起元《客座赘语》记，南朝宋明帝刘彧好这一口（鲻鮧），"以蜜渍之，一顿食数盂"。蜜渍墨鱼肠？不光今人很难理解，古人也质疑不断，唐人张鷟《朝野佥载》卷五表示："每啖数升。是知海上逐臭之谈，陈君爱丑之说，何足怪欤！"宋代博物学家沈括甚觉奇怪："如何以蜜渍食之？"

我不知当今餐饮界有没有人还原出此种蜜渍做法并予以推广。普通百姓的着眼点当然落在墨鱼的躯干，即正宗称谓——肌肉性套膜。

唐人刘恂《岭表录异》中提到两种吃法："广州边海人往往探得大者，率如蒲扇。炸熟，以姜醋食之，极脆美；或入盐浑腌为干，捶如脯，亦美。"

墨鱼干，古人叫螟脯，今人叫墨鱼鲞，千百年来，一脉相承，几无变化；"炸熟，以姜醋食之"，比较陌生，可见我们太过傲慢。

现代人拿得出跟古人比试一下的墨鱼菜，区区几道而已：大众，经典，但上不了台面，允推"咸菜炒墨鱼"；经典，上得了台面，但小众，得数"泓0871"出品的"易门虎掌菌墨鱼丝"（墨鱼丝与韭菜苗、虎掌菌丝合烹）；既大众，又经典，还上得了台面，非"墨鱼大烤"莫属。

这里的"烤"字，绝非放在火中大烈度炙烤，应该是"熇"字的别写。

熇，有人说是用小火烧；有人说相当于湖北的煨、广东的煲、东北的炖；有人说先把原料炸透，然后放进调料及汤汁烧煮……诸如此类，均为隔靴搔痒，关键在于最后收汁与否。

墨鱼大烤的套路很多，不过，大致无非把墨鱼先在沸水中氽一下，然后，或入由各色作料构成的酱汁里烧煮，或入油锅里煸炒，同时辅以各色作料和水；还有一种，便是自始至终热油侍候。

坚韧若牛筋，下品也；软糯若年糕，中品也；弹牙若鲍鱼，上品也。墨鱼大烤出名而章鱼大烤、鱿鱼大烤少见，乃是墨鱼肉头较为敦厚所致。其绛红或酱红的皮色，主要靠酱油、南乳汁或红曲米打造。当然，取之于墨，用之于墨，黑皮白心，是比较另类的呈现。

墨鱼大烤让我们相信，所谓"近朱者赤，近墨者黑"，不光是公理，而且是定理。

（原载《新民晚报》2023年6月21日）

# 格  局

◎ 高自发

　　楚王打猎丢失一张弓，手下要寻找，楚王说："楚人遗弓，楚人得之，何必寻找？"按照楚王的理论，楚王是楚人，楚人也是楚人，一笔写不出两个"楚"字，既然都是自家人，无论谁捡到了，弓还是楚人的，肥水未流外人田。没想到楚王的言论却引来孔子和老子两个大思想家的关注。

　　孔子听说后，说道："人失弓，人得之，何必非要楚人捡到？"听孔夫子一席话，真是胜读十年书。楚王反复强调楚人，强调肥水不流外人田，怎么就不能把心胸再开阔一下：楚人是人，吴人是人，鲁人也是人，不论哪国人捡到了，弓还不都在人类的手里？

　　老子听说后，说道："连人也应该去掉。'失弓，得之。'对于全宇宙而言，弓不失也不得。"

　　楚王站在楚国的角度，弓只要在楚国，就无所谓得失；孔子站在全人类的角度，弓只要在人类的手里，就无所谓得失；而老子则是站在全宇宙的角度，弓，既没有失，也没有得。咀嚼三人的话语，似乎都有道理，只是说话人的格局不同罢了。

　　与两位大思想家比，楚王的格局似乎小了些。然而，有句话说得好，关心则乱。假如让孔子和老子两人分别去治理一个国家的话，不知道他们的观点会不会有所改变？有时候，思想家和实干家的区别在于：想是一回事，做又是一回事。

（原载《今晚报》2023 年 5 月 30 日 ）

# 金城柳

◎ 曲建文

在偏安江东的东晋朝廷里，有那么几个人，窝火于王朝被历来不正眼瞧的"胡"揍得屁滚尿流丢城失地，时时蠢动着"光复"的念头。第一个发动北伐的是豫州刺史祖逖，之后有征西将军庾亮、征北大将军褚裒、中军将军殷浩，最后是桓温。桓温在15年间进行了三次北伐，看来不是一时的心血来潮。遗憾的是三次都功败垂成——东晋还是那个东晋，北方还是那个北方。究其原因，除了"生不逢时"，看来是没有更戳得住的理由了。

桓温第二次北伐收复了西晋故都洛阳后，极力主张把都城迁回去，认为这有利于收复失地。但把持朝廷大权的北方士族们已乐不思蜀。大臣孙绰上书说：南迁的北方士民定居江南已经数世，子孙繁衍，一旦离开江南，他们在江南的田宅仓促间卖不出去……让他们舍弃江南的安乐之乡，返回动乱的北方家乡，是不可能的……孙绰是北方南迁的士族，显然代表了大部分北方士族的想法。王羲之甚至主张"划江而治"，就是不必管北方了。大乱了几百年的天下，刚刚可以深呼吸，朝廷上下弥漫着一片苟安气，连迁回故都都不愿意，谁还无事生非地去撩拨强"胡"？

大势如滔滔江水，靠几人之力万难阻遏。苟安之能成气候，是由一个利益集团支撑的。面对变革，利益集团首先考虑的是于己是否有利。这就难怪东晋几次真真假假的北伐都无果而终了。但当利益受到威胁时，即可看到保护既得利益的力量之强大——王敦、苏峻的叛乱被扑灭了；就是强秦的百万大军，也在淝水灰飞烟灭。由此，也就可以理解桓温的北伐何以被推三阻四而导致无果而终的。

桓温这个人自小便显出了非凡。十五岁时，父亲桓彝在苏峻之乱中被苏峻的部将韩晃、江播等杀害。过了三年，任泾令的江播病死，三个儿子办理丧事，怕桓温前来捣乱，各自怀揣利刃以备不测。桓温诈称吊丧，进了灵棚，拔刀砍死一个；另两个撒腿就跑，也被桓温追上一通乱砍了账。由此名声大噪。二十多岁时娶晋明帝女，拜为驸马都尉。荆州刺史庾翼对明帝说：桓温少时即有雄略，请不要以平常人看他，也不要以平常女婿对待他；应予方面之任，使之立不世之功。这并非庾翼为好友请托，事实上桓温确是名副其实。后来他代病死的庾翼任荆州刺史，于公元346年底决定伐蜀。朝廷大多认为蜀地险远而桓温兵少，担心失败。朝臣们还在议论纷纷拿不定主意时，桓温的大军已经开拔，转年的三月即灭了立国达半个世纪的李氏成汉。这是东晋偏安江东以来从未有过的大胜利，尽管不情愿，朝廷还是任桓温为征西大将军，开府仪同三司，封临贺郡公；副产品是从此对桓温防范起来。还有一个说不出口的原因是，桓温"姿貌甚伟，面有七星"且"有奇骨"。晋人是很看重面相的，"有奇骨"不好驾驭，会威胁当政者的位子。

公元349年，后赵皇帝石虎去世，诸子争位，导致大乱。桓温立刻上疏请求北伐，但朝廷却把这个立功的机会给了太后的父亲、征北大将军褚裒。褚裒有名无实，败得不可收拾；朝廷又任殷浩为中军将军，委以北伐重任。殷浩是个清谈高手，却不懂军事，兵到洛阳，被羌人打得落花流水，死伤一万多人马。至此，朝廷无话可说，只得答应桓温出马。

"攀枝执条，泫然流泪"就是这次北伐的事。金城是东晋侨置琅琊郡的郡治，在今江苏句容县北。369年桓温出兵北伐前燕路过此地，看到34年前任琅琊内史时种下的柳树都已长成参天大树，想起自己一生抱负仍没实现，不免感慨人生苦短。

这一年，桓温57岁，老之已至！

（原载《中国社会报》2022年12月21日）

# 持　盈

◎ 郭华悦

　　赢与盈，音同，方向却迥异。

　　赢者，外向也。一门心思想着赢的人，容易将目光过分集中在对手身上。虽然也想过提升自己，以赢得胜果，但多数人在内外之间，往往不能兼顾，容易顾此而失彼。长此以往，最后的结果便成了眼里只见对手，不见自己。

　　往外走的路，容易越走越窄。赢的目的，是要压下对手，除去对手的威胁。赢了一个对手，还会有下一个。但总的目标，还是在做减法，让对手越来越少。最后，只剩自己一个人立于最高处，赢这条路也就走到了尽头的最窄之处。

　　一味往外走，方式也容易演变成损人不利己。忽略了提升自己，这于己不利。而在自身实力并没有明显变化的前提下，如何超越对手？削弱对方，无疑是一条捷径。于是，"内卷"不断，扯后腿不停。一场竞争，最后场面变得极难看。

　　与之相反的是盈。盈者，内向也。将目光转向自身，充盈自己，这是一条往内走的路。任对手百般手段、千变万化，我自泰山崩于前而面不改色。根据自身长短，寻求适合自己、充实内心的一条路。顺着这条路走下去，内心充盈，大巧若拙，大智若愚，胜利的果实不求自来。

比起一味求赢，懂得内心持盈的人无疑多走了一步。持盈者并非内心淡然而不想赢，相反是想赢且找到了能赢并可持续赢的方式。对手一个接一个，每个人都各有所长。要在诸多对手中脱颖而出，最后的道路无非一条，就是充实自己，提高自己，让自己的实力凌驾于诸多对手之上。

懂得持盈的人，能不计较眼前短暂的名利得失，把胜败转变成充盈内心的可持续之道。长此以往，最终也就赢得了人生的甜美果实。

（原载《滕州日报》2023年5月22日）

# 论吃饭

◎ 曹国琪

　　吃饭，是最平常的事，却是人生中最不平常的体验。人生开心之事是同你喜欢的人一起吃饭。与不合的一起，话不投机味同嚼蜡。所以，和"志同道合"的人一起吃饭，还真是衡量一个人幸福感的指标。

　　能在一起吃饭的人，要么关系密切，要么意气相投。家中的聚餐是家庭成员每天相聚的高光时刻，这个"聚"做得好，家才有家的味道。老式家庭，父亲威权，吃饭也是训诫的场合，所以老式家庭出来的子女一般熟知"温良恭俭让"，餐桌上的礼仪和修养一般都是有身份家庭的标配。

　　开明的父母，喜欢在饭桌上与子女交流，多听少说，子女的话越多，吃饭的时间越长。有一天突然发现儿女们不愿与你一起吃饭时，其中一定有父母这边的问题。据说，李嘉诚虽然年过九十，每周与儿孙们的饭局雷打不动。儿孙们未成年时，饭桌成了最好的课堂。长大后，便是闲话杂谈的幸福一刻，天南海北时事八卦，各有所好。年长后，父母更多的是听话的角色，再往后，子女们时不时要大声说话，起到振聋发聩的效果。"廉颇老矣，尚能饭否？"能与子女一起将饭吃到终身的人，人生真是莫大的成功。

家中吃饭大致有三种境况：一种是完成任务，烧者无奈，吃者无趣，对吃失去热情，只是补充能量、生理需求而已。有时，即使准备了一桌好菜，吃饭者各有其乐，入场时间各不相同，真有点像吃流水席的状态。第二种是众人期待，不仅饭菜诱人，更是亲情的聚集。第三种是家人齐心协力、比拼厨艺，享受的是过程，特别是在逢年过节，这一亲情碰撞的专用时刻。

能做到第二、第三种吃饭，一定有好的家传和家风。

一顿家常便饭，东西方折射出的是不同文化。西厨一般是开放式，一边准备饭菜，一边与家人闲聊，要帮忙时人手随叫随到。以前中国式的厨房往往是封闭式，传统家庭吃饭时，讲究长幼有序，餐桌上弥漫着家长式的权威，大户人家长幼分桌，小孩中只有天资聪颖或将来承担重要角色的人才有机会上大人的饭桌，获有旁听参与的特权，其中的尊卑，一目了然。现在思想观念不同了，一家人吃饭规矩没那么多，能把一顿饭吃好的家庭不会差到哪儿去。人活一天，每天总要有点念想，吃饭应该是其中之一。

普通的吃饭考虑的是吃什么，兴趣盎然的吃饭考虑的是与谁一起吃，与恋人、友人、家人一起，还是与场面上的人同桌，吃饭的兴奋指数迥然不同。当然，能把美食与人物结合好的用餐令人向往，但这样的用餐无疑少之又少。与恋人相约，虽然菜品必须精致，但享受的是含情脉脉的过程，卿卿我我的时候，才是真正的时光飞逝。所以必须排除万难，让吃饭的时间可以无限量持续下去，那些九点钟之后打烊的餐厅是不能光顾的。

人的社交广度，除了同学和同事之外，开会和吃饭是两个主要场合。交流产生机会，机会催发合作，所以，餐饮业兴旺的地方，社会的发展和祥和指数也会高。好的中餐免不了好酒，却难倒很多不胜酒力的英雄好汉，每人敬一次、回敬一次都是负担。以集体敬酒为主，心意到了，形式大于内容，也是一样的敬意和尊重，靠酒精增加的感情一般也靠不住。中餐一桌最多十几位，碰杯者有限，西式的冷餐会可以多达数百人，端着酒杯穿梭在人堆里，把要见的和打招呼的人兜个遍。愿者多聊，不愿者可以不聊，实在无聊，可以悄然离场。美食的意义已不重要，体现的是集中式社交的效率。

民以食为天，吃好一顿饭，看似简单，却暗藏玄机。经营人生，这一顿饭的功夫是否是一门必修课呢？

（原载《新民晚报》2023年4月22日）

# 说博士

◎ 常鹏飞


　　博士，在汉语词典里的解释是博古通今的人，也指某些专精技艺的人，现在特别指一种学位。总之，博士在汉语环境里一直是指知识渊博的人。不过在古代，博士也是一个官名，秦汉时专指掌管书籍文典、通晓史事的官职。后来演变为学术上专通一经或精通一艺、从事教授生徒的官职。明初，朱允炆曾封方孝孺为"文学博士"。这是皇帝授予的荣誉，标准有点高，远不是现在一个博士学位可以比拟的。且不说方是当时公认的大儒，学问大，就凭人家宁可被灭十族，也绝不替朱棣写诏书这种铁骨、浩气，几百年来，又是哪个能比的？

　　在英语的语意里，博士的对应名词是doctor，而doctor在欧美绝大多数情形是被用来称呼医生的，其他学科的博士一般是指Ph.D（Doctor of Philosophy，翻译成汉语是哲学博士）。Doctor在拉丁语义中也是指学识渊博、教授知识的人。12世纪的欧洲，虽然有人把那个时代定义为黑暗的中世纪，但是它有了大学，并且授予博士学位，表示某人获得的学术成就达到了一定高度。随着大学的发展逐渐形成了学位制度，博士被认为是最高学位。在英语社会里，如果在你的姓氏前加一个Dr.，那是很尊敬的一个称呼，值得自豪的，因为这很不容易。

我国的学位制度从1981年才开始，之前的博士几乎都是从国外大学获得的，1983年我国才有了第一批国内培养的博士，共18人。但是到2023年，据百度数据，我国博士学位人数已达到281.5万。

从方孝孺一人，到18位，再到这281.5万博士，我们创造了"历史奇迹"，也见证了博士学位的极速变迁。民国时期，但凡在欧美获得博士学位，回国后基本都可获聘大学教授。我们熟知的一些大师级人物都是这样的背景。现在，据说有著名高校的博士在竞聘城管，中学教师都是名校的博士，最近也时有耳闻说博士就不了业。有的人对此感叹不已，而有的人又不以为然，这只曾经美丽的凤凰俨然已经是司空见惯的走地鸡了。

博士的急速贬值，符合现实逻辑。类似的情形，还有"教授""老师"等名称。日本著名AV明星苍井空，在做一档娱乐节目时，现场观众听说她在中国被尊为老师，都大为惊叹，发出震耳的惊呼。曾经的一位华人朋友，一直在海外工作，某年到中国讲学，为了推销自己，专门印制了中英文名片，在中文一面，当然博士是要标注的，重点是在"教授"前特意加了一个"正"字。此后我又见他加了"博士生导师"。通常在英语环境里是不这样标示的，我知道这位仁兄是"深谙"中国文化了。

我们很为几千年文化自豪，但是一到关键时刻就着急，就嫌"一万年太久，只争朝夕"。改变制度如此，种粮食如此，产钢材也如此，培养人才更如此。按说博士多了是好事，应该大喜，但是现在更多的人是担忧，第一担心考不上，第二担心毕业没工作。关键是付出与获得是不是成正比。有的人拼死拼活如愿以偿，但是也有人拿到博士学位易如反掌，一天不用进学堂。对某些人，博士只是一顶帽子而已，只要一个场合或时段戴一戴就好。名片上印"教授"，公开称"大师"，谁知是真是假。睁一只眼，闭一只眼，看破不说破就好，这是最高境界，这是我们的优秀传统文化。

我曾经是领教过读博士的酸甜苦辣的，20世纪90年代中期，那时博士还没有这么多，考博士前我有一个不好的想法，因为我觉得硕士读完就没有学到很深的学问，那博士是不是也很水？首先我自认为我不是那种不用功的人，而是非常刻苦学习的那类人。如果我把博士读完了，仍然觉得没什么，那我也就死心了。我的硕士和博士都是读的那种国家计划内的脱产全日制的正儿八经的学位。不论是读硕士还是博士，其间都是非常艰苦的，也是没有浪费时间的。那时，国内博士产出的医学论文平均水平，我觉得与世界先进水平还有不小的差距，尤其是临床方面。我在觉得自己学得还很不够的情况下，就毕业了，就成了博士，我纳闷呢，自己配得上吗？远不是博古通今的人呀！远没有达到精通技艺的境界啊！远没有站在世界先进科学技术的前沿呀！要知道我读博士的单位可是国内独一无二的业界老大，巨型航母啊！此后慢慢感觉，虽然没有博古通今，但是知道怎么去博古通今了，没有达到精通技艺，但是见识了精通技艺的人，没有站在科学技术的前沿，但是知道前沿在哪里了。算了，水不水，不能算上当受骗吧，毕竟自己认真读过。中国的学算是上完了，没得再上了。不承想，"博士后"的名词又火起来了，很多人又把最高学位提到了博士后，我一直担心会不会出"博士太后"级学位，好在这价再没涨。

我在国内很抵触做博士后，因为我觉得只是年龄在增加，所以没有做"后"。后来到国外，必须生活，补做了个"博士后"，最终还是凑齐了。

说起博士，不得不说说《围城》里的克莱登大学，这也是有些人特别喜欢的大学，而且很多知名大学都学习克莱登大学，认得真金白银，更识得卧龙凤雏。达官显贵肯定是人才呀，送一顶博士帽，像郎才女貌一样，既般配又欢喜。世界上就是奇怪，钱发多了就贬值，帽子发多了就不值钱了，原来觉得是高级装饰品，现在有点像过时发锈的胸针，不戴也罢。有些人有读博士情结，但是我知道大部分是形势所迫，为什么？小伙伴们发明了一个词："卷"。医院招聘医生，非博士莫入。中学老师、城管都要博士，这是全民文化素质提高吗？我是心痛孩子们大好的年华，就都耗费在这里边了，虽然不像范进那么岁数大，但是，就为了找一份普通工作就得如此在博古通今、精通技艺的路上拼搏八年以上，这人生值得反思。

学位制度是英、法的舶来品，博士服装也是照着别人的样子做的，可博士不是外来词，早在两千多年前咱就有了。有些人热衷于恢复传统文化，有的学校就把博士服设计成古代官服。由此我又胡思乱想，会不会有人要废除西方的学位制度，恢复传统的学位制度，再来秀才、举人、进士什么的？

（原载"匹夫说梦"公众号2023年8月17日）

# 从公文到文学

◎ 戴美帝

　　十几年来，我每天的工作，大多时间是在起草公文，或者处理公文。什么请示报告、通知通报、来函去函，等等。写的时间长了，不免感到有些简单重复，枯燥乏味。可是，每天下班回家之后，特别是公休日，利用闲暇阅读我喜爱的《古文观止》中的文章，又是那么的引人入胜，爱不释手。突然有一天，我发现《古文观止》里有很多美文，其实也是古代的"标准公文"，怎么写得那么有趣儿，那么有味儿，那么生动，那么深刻，看上去那么美呢？

　　公文中的"下行文"中包含有"命令与通告"。请看《古文观止》里的一则"招聘启事"：

　　盖有非常之功，必待非常之人。故马或奔踶而致千里，士或有负俗之累而立功名。夫泛驾之马，跅弛之士，亦在御之而已。其令州郡察吏民有茂材异等可为将相及使绝国者。

　　这则精短的《武帝求茂材异等诏》，是公元前106年汉武帝刘彻命令州郡长官察举人才的文告。仅四句话，即把"招聘"特殊人才的具体要求、使用范围以及谁来承办，都讲清楚了。这不就是典型的公文之下行文——命令与通告吗？《古文观止》中类似的文告，还有《高帝求贤诏》《文帝议佐百姓诏》《景帝令二千石修职诏》等。

"平行文"中有"信与函"，《古文观止》里"书"一类文体中，私人信函居多。譬如，司马迁的《报任安书》、李陵的《答苏武书》、宗臣的《报刘一丈书》等，均属传世美文，但与公文之信函还是有区别的。

我注意到，在《唐宋八大家文选》中，北宋时期担任参知政事（副宰相）的王安石，写给时任谏议大夫司马光（字君实）的一封信《答司马谏议书》，形式上尽管是私人通信，但他俩的公家人身份，以及信中所涉之有关"变法"的公事内容，则表明这是一篇标准的公文类平行文复函。

司马光以友人身份给王安石写信，批评其"变法"所带来的诸种弊端，故王安石逐条辩驳回复：

　　盖儒者所争，尤在于名实，名实已明，而天下之理得矣。今君实所以见教者，以为侵官、生事、征利、拒谏，以致天下怨谤也。某则以谓：受命于人主，议法度而修之于朝廷，以授之于有司，不为侵官；举先王之政，以兴利除弊，不为生事；为天下理财，不为征利；辟邪说，难壬人，不为拒谏。至于怨谤之多，则固前知其如此也。

针对司马光所指斥的"侵官、生事、征利、拒谏、致怨"等，王安石态度坚定，观点鲜明，语言凌厉，反击有力，这是一篇经典的驳论，也是一篇犀利的檄文！此文虽为复信，却具备了公文复函的特点，相当于一封陈述"变法"主张的"政治公开信"。

"上行文"中包含有"请示与报告"，《古文观止》中的公文式上行文——请示与报告类文章较多。最具代表性的，诸如贾谊的《治安策》、晁错的《论贵粟疏》、路温舒的《尚德缓刑书》、诸葛亮的《前出师表》以及李密的《陈情表》等。

贾谊在《治安策》中阐明"欲天下之治安，莫若众建诸侯而少其力"，建言汉文帝依此来保障中央政权的集中统一；晁错的《论贵粟疏》，向汉文帝提出重视粮食储备、发展农业生产的战略性建言；路温舒的《尚德缓刑书》，向汉宣帝建议废除诽谤之罪，崇尚社会道德教化；诸葛亮的《前出师表》，向蜀后主刘禅追述创业之艰辛，叮嘱其"亲贤臣，远小人"，是乃天下兴隆之道也。这些"策""书""疏""表"，均属于公文类上行文之建言报告。而《陈情表》，则是李密向晋武帝陈述自己与祖母刘氏相依为命，暂时不能应召为官的苦衷，属于上行文之辞职请示。

噢！古人连公文都能写得如此精美绝妙！

公文，是法定机关（或法定个人）与组织在公务活动中，按照一定的体式、程序所形成的书面材料，主要功能有传达、联系、沟通、记录等凭证作用，因而具有实用性、时效性、简明性，乃至于程式化、八股化、易碎化。而文学是语言文字的艺术，主要功能乃审美与教化作用，具有思想性与艺术性。普通公文很难具备文学作品的艺术性，但也不排斥具有文学品格。如何才能把讲求实用性、时效性乃至于易碎化、八股化的公文，写成具有高超

的思想性、艺术性乃至于传诵千古的艺术品呢？不拘一格的历代
文章大手笔，集"美"成者的《古文观止》等范本，已然为我们
做出很好的榜样。

（原载《北京晚报》2023年8月28日）

# 生如拉链

◎ 孙道荣

　　夹克衫的拉链又坏了。一路敞着怀，肚皮喝饱了西北风，回到家，脱下，修理它。

　　它已经不是第一次坏了，第一次坏，是拉过了头，拉头的一侧冲过了上止，拉链就脱开了，没有了拉头的固定，两侧的链牙像极了一个人的大龅牙，一个可劲地往左边龇，一个拼命地往右边咧，乐开了花。这怨不得它，没有止头，就像一个人没有了畏惧，一个社会没有了信仰，可不就散了嘛，可不就乱了嘛。修理它很简单，重新将两边的链牙塞进拉头，牙对齿，齿对牙，犬牙交错，就又拉合在一起了，上止缺失了一个，用针线缝个大线头，权作上止，哈哈，又能用了。后面几次坏，都是拉头松了，咬合不起来了，拉头是拉上去了，两边的链牙却没能合拢，用老虎钳将拉头轻轻一捏，拉头就乖了，老实了，继续行使它的职能，将两边的链牙聚合在一起。

　　以为这一次还是老毛病，拿出老虎钳，轻轻捏一捏，试着拉一拉，没用。再捏，这一次用了暗劲，捏得紧，再拉，拉不动，太紧了。只好又找了一把起子，将拉头别开一点，再拉，却又松了，两个链牙无法咬合。如此往复者三，拉头竟然断裂开了，彻底罢了工。幸亏家里还有别的旧衣服上的拉链，看样子拉头差不多大，拆了来，安上，很意外，竟然是绝配。这是个重组的拉链，没想到它们还很融洽。

我不是一个动手能力强的男人，但因为常穿带拉链的衣服，而拉链又时有故障，情急之下，只能自己紧急修理，无意之中，倒练成了自修拉链的"高手"，也与拉链有了不少的"恩怨情仇"。

令人难堪的，多是裤子的拉链。有一次参加一个活动，其间去上了一趟厕所，如厕完毕，拉拉链时，竟发现拉头拉上去了，拉链却是龇开的，如狗洞大开。拉回去，再拉，上上下下，拉了七八次，就是无法将两个链牙拉合在一起。急得满头大汗。最终也没能拉上，幸亏那天穿的衬衫比较长，放下，勉强能遮住，回到活动现场，老是担心哪里刮来一阵风，将衬衫撩起来，可就露了怯，丢了老脸。还有一次，内急，狂奔到厕所，解开皮带，拉拉链，坏了，拉链竟然卡住了，拉不下去。拉链拉不开，裤子脱不下，内急不可耐，那个窘啊，那个迫啊，简直终生难忘。后来实在憋不住了，用力一扯，直接将拉链拉崩，这才解了困。所幸是在家里发生的故事，只是坏了一条拉链，不丢人。

以我的经验，一条拉链，拉头不大，却是个至关重要的角色，它要是不工作了，再好的拉链，也是摆设。拉头对左边的链牙招招手，温柔地呼唤，乖，你过来呀，又伸出一只手，将右边的链牙轻轻拢入怀中，将它们并在一起，轻轻往上一拉，你看看，两个独立的链牙，就如胶似漆地黏合在一起了。拉头往上一拉，想让它们在一起，它们就在一起了；拉头不高兴了，说，分开！往下一拉，链牙就只能各归各边，遥遥相望。这感觉，拉头就像个媒婆，总是让天下的链牙分分合合，但我觉得，拉头似乎更像一个家庭中的孩子，你别看他小，他却是父母最好的黏合剂，父亲是一个独立的个体，母亲是另一个独立的个体，孩子将他们牢牢地凝聚在一起。链牙就没有个性吗？当然有，有时候，某个链牙不高兴了，有情绪了，就是不肯跟另一个链牙咬合在一起，或者就算拉起来了，却不顺滑，不通畅，疙疙瘩瘩，这时候，你给链牙上面各涂一点蜡，或者肥皂，它们就又能顺畅地拉上拉下了，就像有时候父母闹了矛盾，感情有了小缝隙，孩子的一声哭，或者一个笑脸，会很快弥合父母的分歧，一家人再一次和好如初，甜甜美美。

拉头坏了，拉链就拉不起来了，链牙出故障了，拉链同样拉不起来。链牙这东西，看起来很像一排牙齿，两根链牙，通过拉头，紧紧地咬合在一起。一旦某个链牙少了一个齿，另一个链牙就无法与之完全咬合，就算拉头能勉强将它俩拉在一起，这种凑合也很容易崩裂，倘若是掉了几个齿，就算拉头有天大的本事，也回天乏力，无法将它们硬拉在一起了。很多时候，一根拉链不能再用了，往往并非整个链牙都坏了，而是链牙上某个环节出了问题，一条链牙的任何一个齿，都是重要的环节，可以说，缺一不可，少一不畅。从这个角度来看，拉链是个完美主义者，容不得半点瑕疵和漏洞。人生当然不可能是完美的，但正如一个拉链，哪个齿坏了，你就必须修复它，使之能正常使用，不留遗憾。

拉链上最不起眼的，当数上下止。无论是上止，还是下止，它都是一根拉链的尽头，是不可逾越的界线。没有了上止和下止，拉头就很容易越界，如脱缰的野马，拉过了头，其结果是整条拉链分崩离析，土崩瓦解。止是边界，是一根拉链的底线，越过去了，就是万劫不复的深渊。一根拉链，你拉上可以，敞开可以，半拉半敞也可以，唯独不能昏了头，越过上止或下止。拉链尚有底线，何况人乎？

　　说拉链如人生，也许只是我一个写作者的臆想。每当清晨或黄昏，我站在楼顶，四顾苍茫，地平线如一根拉链，将天地咬合，也将晨昏、白昼与黑夜咬合；我站在钱塘江边，看滔滔江水或奔涌的浪潮，或奔流入海，或逆势而上，亦如一根白练，将南北两岸咬合，也将上下、古今和新旧咬合；我活在当下，眼见今天如一个拉头，将昨天和明天、过去与未来、生与死咬合……唉，世分有形或无形，有用或无用，有为或无为，谁用一根看不见的拉链，将它们紧紧地拢在一起？

（原载《杂文月刊》2023年第5期）

# 于"小道"中窥大道

◎ 刘勇强

今天我来给大家讲三个宋代的小故事。

第一个故事出自北宋文学家李廌在《师友谈记》里记录的苏轼口述。苏轼从凤翔还朝，英宗想把他召入翰林院为知制诰，这是一个起草皇帝诏令的要职。宰相韩琦不赞成，他说：苏轼之才，是远大之器，将来自当为天下用，但要有赖于朝廷的培养，使天下之士都仰慕钦佩，希望朝廷任用他。到那时再提拔，没人会有异议。如果现在就重用，天下之士未必信服，只会给苏轼造成拖累。他建议在馆阁中给苏轼一个靠上的职位，以后再擢升。因此，苏轼得授直史馆。当时，欧阳修是参政，相当于宰相的副手，他担心有些人跑到苏轼那里去搬弄是非。苏轼却说：我明白韩公的好意，这正是古人所说的君子爱人以德。从苏轼的叙述看，他对韩琦没有任何怨言，反而充满敬意，表现出苏轼坦荡宽广的胸襟与自信。

诸位走上社会，早晚也会面临职位升迁变化之类的人事问题，不可能都是一帆风顺的，也不应指望一步登天。因此，苏轼的态度是值得效法的。也就是正确对待个人的发展，不计较眼前得失。只要不断历练，提高水平，积攒人品，老天就有可能像欧阳修说的那样"放他出一头地"。

第二个故事出自南宋施德操的《北窗炙輠录》。故事讲的是一个卖饼小贩，赚的钱只够吃饱肚子，却以吹笛为乐。每天收摊回家后就吹笛子，邻居们都听得到他嘹亮的笛声。他隔壁住了个富人，观察了很久，觉得可以对他投资，便对他说：你卖饼那么辛苦，为什么不换个行业？他说：我卖饼很开心，为什么要换？富人说：卖饼虽然也不错，但赚的钱有限，万一遇到生病之类的大麻烦，靠什么救急？他想也有道理，就问富人有什么建议。富人说：我给你一千缗钱，你来经营怎么样？他开始不同意，经富人反复劝说，才答应了。他果然赚了很多钱，但从此听不到他吹笛子了。他非常后悔，觉得这不是他想要的生活，就把钱都还给了富人，仍旧卖饼。小说最后一句是亮点："明日，笛声如旧。"

17世纪法国作家拉封丹的寓言中有一篇《补鞋匠与金融家》，与这篇小说有异曲同工之妙。这个故事触及了一个人类自古以来就面临的共同问题，那就是物质追求与精神快乐之间的矛盾。不是说赚钱不好，我们不必采用二元对立的绝对思维作简单取舍。但有一点是肯定的，如果对物质利益的追求，是以牺牲精神快乐为代价的，那就得不偿失了。诸位走出校门后，用钱的地方会越来越多，这个问题相应地也会日渐突出，必要时，也许可以反思一下这个古老的故事。

第三个故事出自南宋文学家洪迈的《夷坚志》。讲的是朱邦礼家有个女仆张二姐，容貌丑陋，朱邦礼让她在厨房做粗活。后来有个读书人刘逸民来拜访朱邦礼，朱邦礼对他很赏识，留他做了家教，并让张二姐侍候他的日常生活。这也是因为张二姐长得难看，不会引起人的猜疑。再后来，张二姐和刘逸民先后离开了朱家。十九年后，朱邦礼进京参加省试，偶然在市集上遇见了刘逸民，原来他已通过科举考试，在京城做了官。刘逸民邀请朱邦礼来到自己住的地方，一个女人盛装出来，在庭前向朱邦礼行礼，一问才知，这个女人是张二姐。刘逸民说：我离开府上时，没有人帮我背书箱，正好碰见她，就与她结伴同行。觉得她又勤快又老实，便留在了家里；更感到她性格温良，善解人意，可以同甘共苦，就结为了夫妻。我们有缘走到一起，多亏了您，这份恩情实不敢忘。他们设宴款待朱邦礼，还送了很多钱表示感谢。

这个故事情节简单，似乎不足以成为经典，编者却独具慧眼，把它编入了《情史》的"情缘类"，突出了刘逸民与张二姐的缘分，还在议论中引了一句堪称经典的谚语："热油拌苦菜，自家心里爱。"并说："业已相得，即王谢姬姜，弗与易矣。"意思是若两情相悦，即便王公、美女都不能替换。由此可见，在美满的婚姻中，人品、性格高于外貌、身份，只要有缘、有情，就是生活伴侣的不二人选。诸位将来如果在这个问题上有所困惑时，不妨体会一下个中情味。

上面三个小故事分别与职业理想、物质追求、感情期待有关，虽然不具备座右铭的警策，但我相信，人生在世，或为天下用，或自得其乐，应该都可以从先人的生活经验、情感和智慧中得到某种启发。孔子说，小说"虽小道，必有可观者焉"，就是这个道理。我一向在古代小说中获益良多，也愿意借花献佛，就用这三个故事祝福诸位前程远大、精神富足、生活幸福！

（原载《解放日报》2023年7月28日）

# 萝卜与泥

◎ 乔　叶

但凡去超市里买菜，看到萝卜我就忍不住要买，红萝卜当水果吃，白萝卜包饺子，青萝卜清炒。萝卜总是最便宜的。它也是最让我信任的菜。菜还有什么信任不信任的？对我来说，是的。它那么结实，那么硬挺，有多少是多少的样子，就是会让我生出信任感来。

爱萝卜的不只我一个，看看民间谚语里有多少萝卜：

"萝卜出了地，郎中没生意。"

"常吃萝卜菜，啥病也不害。"

"十月萝卜小人参。"

"萝卜响，咯嘣脆，吃了能活百来岁。"

如上说的是萝卜的强身健体。萝卜里还有哲理：

"一个萝卜一个坑，拔个萝卜地皮松。"

"拔了萝卜有眼在——不得白用力。"

"满园的萝卜——一个个想出头。"

每一条都让我喜欢。

在我的新长篇《宝水》中，有一小节的标题就叫作"脏水洗得净萝卜"，其中写到杨镇长去村里看望闹脾气的村干部大英，路上闲谈时说道："咱们中国人，老百姓么，做事一般都是差不多就得，不留余地往死里弄的人少。……不管咋着，不出大事就好。能慢慢稳定着发展着，这就中。脏水洗得净萝卜，就是这。"

某次读者分享会后，突然就有读者问我："脏水洗得净萝卜"怎么理解？

我一时怔住，竟然不知如何作答。

"水至清则无鱼"？不够贴切，虽然也有关联。

"和光同尘"？也不够准确，不过也有点儿那个意思。

"难得糊涂"？这个远了些。

有些话本身就素白到了根子里，再也无可诠释，就像那几句唐诗，"举头望明月，低头思故乡"，"大漠孤烟直，长河落日圆"，还有什么可再挖的？字面上明明白白，字面外绵延千里，却也正因为绵延千里，就只好收回来，回到字面上。不可多一字，也不可少一字。就觉得也便够了。

"脏水洗得净萝卜"这类俗语也是这样。就是不证自明的存在，是民间经验智慧的高度提炼，却又是如此土气的表述。是的，土气，这样的语言生长的土壤就是民间大地，就是土。怀抱万物、孕育万物的，土。

很是有点儿急中生智的，突然间我又想起另一句有亲戚关系的俗语："拔出萝卜带出泥"——萝卜身上的脏，说的就是泥土。水洗萝卜，其实洗的是萝卜上的泥土。清水从萝卜们身上洗下的，也只有泥土。如果你洗的是一大堆萝卜，那么第一个萝卜下水时，水便浑了。可用不着换，继续洗。萝卜们在浑水里一个个打过滚儿，水就把泥土自然溶下。洗到最后，洗出的萝卜依然还是干干净净的，水还是初时的浑。

浑水的脏，归根结底还是泥土。可这个脏是我们日常言说的污垢吗？恐怕不是。又有俗话说，要想吃香，就得地脏。说是地脏，其实地香。如果一定要用文艺点儿的词来形容这个脏的话，这脏其实就是容纳和慈悲吧。

（原载《中国社会报》2023年8月7日）

# 温柔的力量

◎ 林　紫

　　有力量的人不怕别人看见自己的温柔，因为，温柔也是有力量的。

　　周末，陪女儿去画廊，遇到一位暑期打工的大男孩。男孩细致地回答我们的每一个问题，而当我和女儿对话时，他则静静地立在一旁，微笑聆听。

　　我对女儿说："这位大哥哥好有耐心。"

　　男孩依然微微笑着，轻轻说："我觉得您对孩子好温柔。"

　　我也笑了，回应他说："因为我很喜欢孩子。你妈妈呢？对你温柔吗？"

　　男孩点点头，又摇摇头："我妈，说不好，看心情吧……心情好了就温柔，心情不好就很凶。"

　　女儿快人快语，抢过话头："那是不是因为只有你妈妈变'凶'的时候，你才听她的话？"

　　男孩认真地想了想，回答她："不是。她越凶，我越不想听；反而是她温柔的时候，我才更愿意听她话呢。其实，我也想做一个温柔的人，但又怕别人笑话……"

　　男孩的话，让我想起十六年前在上海至苏州的大巴上遇到的一个女孩。女孩和我邻座，得知我是心理老师后，一股脑地将自己的故事倾吐而出：从前一任男友到眼前的困惑，从对情感的痴迷到对关系的抵触，从渴望爱情到恐惧交友……

女孩说，前一任男友是她顶着家人的反对、锲而不舍追来的。相处的几年里，她欣赏他的狂放不羁，甘愿为他做任何事情；他却总嫌她太保守、不时尚，不断给她否定和打击，两人渐渐吵得翻天覆地。痛下决心离开了他之后，女孩也一直在交往其他男孩，男孩们对她都比前一任男友好，可不知道什么原因，她的心却再也打不开，甚至不愿承认自己在"恋爱"……这一次，她终于遇见了一个有些感觉的男孩，男孩工作在苏州，而她此番前去，是打算看看可不可以跟他开始一段期待中的感情。

"可是"，女孩说，"我已经不知道该怎么谈恋爱了。我该怎么对他呢？是不是应该表现得很有个性、很有脾气？"

"如果没有经历前一次恋爱，你会怎么对他？"我反问。

"我会……真心真意，不考虑太多，对他好。"她说。

"假设你这么对他，会怎么样呢？"

"不知道，我现在有些怕。"

"嗯，怕什么呢？"

"怕失败，像上次那样。"

"所以，虽然前一次恋爱是你主动提出的分手，但你还是觉得是自己的失败？"

"是的，我以前很相信自己，现在我很怀疑，觉得自己可能真的不够好，所以才留不住爱情。"

"那么，什么样的'自己'会让你感觉'够好'，什么样的'自己'可以留住那段爱情呢？"

女孩被我问得怔住了，沉思了好半天，若有所悟地说："哦！如果我变成前一任男友所喜欢的那种时尚女孩，也许我们不会分开。但是，我不会喜欢那样的自己，我还是喜欢淳朴，喜欢简单，我喜欢两个人在一起有精神上的追求，而不仅仅是物质的满足……其实我也许挺好的，只是，他不适合我，所以看不见我的好……"

即将到站，女孩突然说："遇见你，对我来说太重要了……这是我这几年来第一次看见温柔……好多年没有见过温柔的人了，我都快忘了温柔是什么样子了……从认识他到离开他后一个人来上海打拼，我以为这个世界上人人都必须强硬，否则就会受人欺负、被人瞧不起，所以，我这些年变了很多，不断用强硬来伪装自己，真的很累……其实，以前的我也是温柔的……"

我的心里也对女孩充满感激，感激她直接读到我温柔的心。忙着以"赛道"来瓜分世界的人们，常以为只有强硬才是有力的，才可以"得到"，所以纷纷背起沉重而坚硬的外壳严阵以待、相互搏击；微小而倔强的我，则总是相信：水的力量胜过刀光剑影。

离开画廊时，我将十六年前送给女孩的话同样送给了眼前的这位男孩，作为相遇的赠礼："有力量的人不怕别人看见自己的温柔，因为，温柔也是有力量的！"

（原载《新民晚报》2023年7月20日）

# 人生最后一课

◎ 刘荒田

老妻接了一个电话，然后向我转述。我大笑。她说的趣事是这样的：旧金山十位乡亲（五对夫妇）组团，参加邮轮八天游，成员均已七老八十，但这种游法是"大姑娘坐轿——头一次"。当然，他们不但有余钱，还有闲暇，身体也可以。团友之间都有数十年的交情，途中不愁没人做伴。粗看条件一一具备。况且，这一次是从旧金山的码头上下船，而不像乘别的邮轮，要坐飞机去别地。行将出发，一个个像小孩子巴望新年。

始料不及的是，十个人中有三分之二，上了船，把行李放进房间，心思来个180度转弯，心虚地问："可以退吗？不想去了。"邮轮开动，吃饭的时间到了，他们在自助餐厅占下三张桌子，拼起来，以便互相照应。其中两位去取食物，却不知晃到哪里去了，大家吃完才露面。因为迷了路。害得大家差点向邮轮报告：有人失踪。

我笑过之后，想：可敬的乡亲，大半生以勤劳为职志，如今面临最后一道难题：如何消闲？到了这个年龄，儿女这一代都忙自己的事，孝顺只靠偶尔的探望表达。孙儿女上了小学、中学，不需要他们照顾。为"忙碌"而设定的人生主调，再也奏不响。每天的"时间表"基本上是空白。待在家，再闷也凑合着过，因为习惯能够摆平一切。而邮轮，一切陌生，磕磕碰碰，怪不得他们马上怯阵。

即使家居，也不是每个人都耐得住无聊。也是老妻告诉我的，昨天她和同村姐妹H去旧金山闹市逛百货公司的服装部。女士"血拼"，"买什么"并非要旨，一路走来，看货色、比较、试穿才是主轴。如此，走一趟"谋杀"它几个小时，稀松平常。太多空白的日子，就是这般填满的。可是，才走了20分钟，H就吵着要回家。回去干吗？后院晾着菜干，怕雨下了淋了。此时天空蔚蓝，连云也没有。

总而言之，晚年如何度过，是难度不小的功课。人生这最后一课如不予恶补，生活质量难以提升。眼前的日子，本是前半生所向往备至的，无牵累，无约束，钱包可以对付，你硬是不敢要，到手了也要"退货"，难道非要独沽一味——病吗？

自己的窝囊与尴尬，他们也许明白；也许归咎于他人他物，以搭邮轮为例，可抱怨房间太小，路线不理想。以收菜干为例，可骂春天的天气是"孩儿脸"。不过，谁要给他们上课，他们未必爽快地回炉当学生，思维和生活习惯已固化。大山不向他们走来，他们也不接近大山。

我们的文化大多强调吃苦，尽义务而忽略消闲方面的陶冶，是一贯的短板。多数同胞不注重精神生活，已是大缺陷。加上一向不注意培养可贯彻至老年的兴趣或者习惯，不为消闲时光建构同仁团体，如下棋、打牌、摄影、绘画、书法、高尔夫；旅游、打猎、钓鱼、跳舞、读书，难以给平淡、单调的生活加上色彩和滋味。

如果他们愿意拿出仅存的兴趣，倾听他人的建议，我只提供一点：努力走出去。坐井太久，欲观天必须跳出来，到广阔的世界去。嫌外面的阳光太亮，一时难以适应，那就熬一下。阿拉斯加的冰川，唐人街的美食，论魅力总不至于比你太熟悉的家小吧？

　　说来说去，毛病在这里：心态铆定在体力劳作上，一旦脱离习以为常，却没有灵性活动及时填补，于是，被无形而无所不在的压力催迫着，恓恓惶惶，难以安顿。怎样才能使得节奏放慢？新办法有一条，极简单：深呼吸数次，然后行动。

（原载《新民晚报》2023 年 7 月 11 日）

# 《论语》二则

◎ 陆春祥

## 壹 雌雉惊飞

《论语·乡党》中，有一幅山雉惊飞图，场景活灵活现。

色斯举矣，翔而后集。曰：山梁雌雉，时哉时哉！子路共之，三嗅而作。

林茂草盛，山路蜿蜒，孔子师生一路缓行，这是晚春的一个午后，虽春风骀荡，景色无限，春困仍不时袭上人头。突然，前方山梁上，叽叽喳喳，一群山鸡飞了起来，它们拖着淡黄褐色的羽尾，在空中盘旋，打量着下面这些人。师生们对着天空指指点点，一时都兴奋起来。几圈盘旋下来，山鸡们又一只接一只停在队伍前的一棵大树上。孔老师指着树上的山鸡感叹了：这些母山鸡呀（孔子小时候常在山里射山鸡），它们懂得时宜，懂得时宜啊！子路听老师这样赞美山鸡，他虽不明白什么意思，但老师是不会随便赞美的，就向山鸡们拱拱手致意。也许是师生们纷纷的议论，又惊动了山鸡，树顶上响起了山鸡们振动翅膀的声音，噗噗噗，它们又向前方的山梁飞去了。

母山鸡们为什么懂得时宜？是因为它们看到情况不对，来了一队不明身份的人，赶紧飞走吧。谁知道他们中间有没有人带着猎枪。

重点不在山鸡，而在孔老师悟出的道理，人也如山鸡一样，要懂得时宜呀。

或许，这个场景，就出现在他没有分到祭肉的前几天或者后几天，或者，出现在他带着学生长途跋涉于列国期间，他突然有所悟，这些国家都不欢迎咱，咱还是知趣点吧，不如回鲁国去。

是一只山鸡还是一群山鸡，不重要，子路向山鸡们拱手还是给山鸡们投食，也不重要，重要的是孔子的独特感悟。

向草木鸟兽虫鱼学习，向山川学习，向大自然的一切学习，孔老师的课堂，不仅仅是教室里死板的字句讲析，更有引导学生对天地间广大事物的领悟。

钱穆先生读此章后，赞此为千古妙文：孔子一生，车辙马迹环于中国，行止久速，无不得乎时中。其处乡党，言行卧起，饮食衣着，一切以礼自守，可谓谨慎之至，不苟且、不鲁莽之至。

孔老师教人要懂得时宜，他自己的一生也在践行时宜。

观雌雄惊飞图，于古于今，皆为极好的人生教育课。

识时务者为俊杰。时宜也是哲学中的适度，什么时，如何宜，个中的分寸，非一般人能较好地掌握，它甚至需要人一辈子的实践拿捏。

在高潮中谢幕，合时宜。

藏器待有时，合时宜。

真人不露相，合时宜。

趁热打铁，合时宜。

瓜熟蒂落，合时宜。

韬光养晦，永远合时宜。

以上的合时宜可以列举至N页。

幸灾乐祸，不合时宜。

书生之见，不合时宜。

锋芒毕露，不合时宜。

老生常谈，不合时宜。

强人所难，不合时宜。

落井下石，永远不合时宜。

以上的不合时宜可以列举至N页，转页再转页。

我去惠州，西湖畔六如亭，有一楹联为人熟知：不合时宜，唯有朝云能识我；独谈古调，每逢暮雨倍思卿。这个故事，明人曹臣的《舌华录》、清人毛晋的《东坡笔记》里都曾写到：苏轼某日饭后散步，拍着肚皮，问左右侍婢：此中所装何物？一婢女应声：都是文章。苏轼不以为然。另一婢女答：满腹都是见识。苏轼亦未以为当。爱妾朝云回答：学士一肚皮不合时宜。苏轼捧腹大笑：知我者唯有朝云！

苏轼尝够了不合时宜的苦头，但他自己清楚，性格使然，没有办法的，当官三十年，被贬十七次，"乌台诗案"还差点送命。

以下是布衣假想的一个普通场景，值得所有人警惕。

旁观者善意提醒：可以急流勇退，见好就收了，要不你就转型。被提醒者一脸的不屑：开什么玩笑，现在势头正好，我的目标是大海，是大洋！结果，前方不远处就有大暗礁，他没有预判，根本来不及处置，几分钟后就翻了船，船毁人亡，众人皆叹息：唉，要是当初——前车之鉴啊。

## 贰　益与损

子曰：益者三友，损者三友。友直，友谅，友多闻，益矣。友便（pián）辟，友善柔，友便（pián）佞，损矣。（《论语·季氏》）

三种有益的朋友，我们身边逐一寻找。

正直之友。其身正，不令而行。他不会为一己私利做出伤害国家与朋友的事，刚正不阿，襟怀坦白，光明磊落，正直的朋友，应该排在交往朋友的第一位。

诚信的朋友。与朋友交，言而有信。此信，也是仁义礼智信之信，一诺千金，一言九鼎，金口玉言，每一个字都掷地有声。

见多识广的朋友。这也很重要，他能为你提供不同的建议，甚至决定人生方向。人非生而知之者，与见识广博者交往能迅速充实自己，从而更好地完善自己。

乔布斯说：我愿意用所有的成果与财富换取与苏格拉底相处一个下午的时间。某鸟如果想要如雄鹰一样在天空翱翔，那就要和雄鹰一起飞翔。乔布斯想找与苏格拉底一样的朋友，苏格拉底是杰出哲人代名词，只要有足够的智慧，什么财富都可以创造；某鸟也要寻如雄鹰一样的友鸟，绝不能与雀为伍。

三种有害的朋友，我们身边也逐一寻找。

装腔作势者。虚张声势，装模作样，不懂装懂，是这一类人共同的特点。《笑林广记》中有一则《借牛》笑话，那富翁就是这一类人：有走柬（送信）借牛于富翁者，翁方对客，讳不识字，伪启缄视之。对来使曰：知道了，少刻我自来也。

刻意讨好者。这样的人，一定曲意逢迎，投你所好，阿谀奉承，甚至吮痈舐痔。虽然大多数人不喜欢，但被逢迎者短时却很舒服、自然，刻意、讨好，皆有明确目的。明代陆容的笔记《菽园杂记》卷五，记载有靠帮高官洗阴部而得御史的事，让人大跌眼镜又深思。这位进士，平时经常出入万阁老家里，得以改任翰林院庶吉士。万阁老正害着一种病，阴痿，通俗点说，就是阳痿。庶吉士呢，自称学过中医，是位好医生，他弄来中药，仔细煎熬，然后，每天替阁老洗阴部。后来，阁老推荐庶吉士做了御史。"洗鸟（diǎo）御史"，人们就这样叫开了。

巧言善辩者。这样的朋友其实没什么不好，只是巧舌如簧，舌灿莲花，就会变成花言巧语，小的巧成大的，死的巧成活的，没有什么不敢巧的；或者强词夺理，我的就是我的，你的也是我的，他永远正确。

有益的朋友只有这三种？显然不止；有害的朋友只有这三种？更显然不止。世界上没有两片相同的树叶，那么世界上也不可能有两个相同的人，好在，物以类聚，人以群分，这些益友损友，都只是一类人的代表。不过，即便是一类，一类也可以概括许多人，那此类也远不止三，可以随便列上几百个甚至上千个。

交友难，交好友更难，交知心过命朋友，难上难。

有权，有钱，有名，有势，呼啦啦，无数人会将你团团围住，处在深山也门槛被踏破，只是，你若稍有风吹草动，人还没走，茶就会凉。

子曰：益者三乐，损者三乐。乐节礼乐，乐道人之善，乐多贤友，益矣。乐骄乐，乐佚游，乐宴乐，损矣。（《论语·季氏》）

三种有益的快乐，我们一一寻找。

礼乐的快乐。通过施行礼与乐得到的快乐，会让人身心愉悦。繁文缛节让人受不了，但适当的礼节，却是增进人与人之间良好关系的润滑剂。

若干年前，我去东京，早餐用毕上楼，电梯口一日本男子正好拖着行李箱候着，显然，他刚入住，梯门开了，我做了个他请先的手势，他先进，我后进，进去后，他就朝我鞠了一躬，我摆摆手，行至中间，他看了看我的长相，想了想，又朝我鞠了一躬，我又摆手，说不用不用，电梯终于停了，我们在一个楼层，我又让他先出，他拖出行李箱，再次朝我鞠躬。我只好向他弯腰欠身回了个礼。突然想起，日本人在高中时就学《论语》，孔老师的这一套他们应该印象很深。虽有点诚惶诚恐，但还是挺开心的。

说别人优点的快乐。背后常说别人的优点，那是你情商高的表现。

《红楼梦》第三十二回，史湘云、薛宝钗劝贾宝玉学做官学交际，贾宝玉大为反感，对着史湘云和袭人赞美林黛玉说："林姑娘从来说过这些混账话不曾？要他也说过这些混账话，我早和他生分了。"此时，黛玉正巧来到窗外，无意中听见贾宝玉说自己的好话，"不觉又惊又喜，又悲又叹"。

结交良友得到的快乐。这个不去展开，上面三种益友就是良友。与良友言，常会如沐春风。听君一席话，胜读十年书，都是良友。

三种有害的快乐，我们也一一寻找。

乐骄乐。乐谁都喜欢享，但"骄"了即为害。"骄"的本义是六尺高的大马，常指马的高大雄壮，喻义为强烈、茂盛，随心所欲，不受拘束，这样去享乐，过分了。我一表兄，好牌局，三十多岁时，三天三夜连续打牌，肝病突发，不治而亡。

乐佚游。"佚"就是放荡、放纵，纵情游荡。仅有时间还不行，那是穷游，还得以钱财打底，这是另一种作乐，或者也可以说是作死。

虽然花的是自己的钱，却并不完全是自己的事。清代王应奎的《柳南随笔》卷二中，有一则糟蹋钱的笔记，看了忍不住要骂人：

徐汝让，某大司空的从孙，富甲一方，挥金如粪土。某个春日，他登塔顶，从顶上撒下数斛金片，金片随风飞扬，满城尽作金色，好事者咏"春城无处不飞金"。又曾经从洞庭山买杨梅数十筐，雨后浸到桃源的山涧里，派人不断地踩踏，杨梅殷红如血，游人争着喝山涧水。又曾经到街上买碗，因他挑三拣四得厉害，主人话说得不太好听，他一怒之下，就将碗全部买下，然后悉数打碎，碎碗片将整条街道都堵塞。

乐宴乐。宴乐，安逸或者酒食争逐之乐。常见劝酒场景，民间自有劝酒高手在，不喝吧，伤感情，喝吧，伤身体，许多人只好伤身体。喝残、喝死的，屡见不鲜。法律其实有明确规定，因劝酒使醉酒者伤了肝脏的，可以追究民事责任，故意劝酒，致人死亡，则可能构成犯罪，如果以别种企图劝酒，趁女方意识不清醒发生关系的，也属于犯罪。

快乐由心境决定，快乐也是一种情绪，情绪决定人生。快乐千万条，但所有好的快乐，皆以适度为标准，此所谓小酌怡情，大醉伤身。

（原载《〈论语〉的种子》，陆春祥著，
百花文艺出版社2023年版）

# 慢一些，才能看见更美的风景

◎ 查理森

那一年的暮春时节，我去京郊参加一个业务培训班。查了地图，培训地点在我从未去过的北郊，离市区50公里左右，这段路程不远不近，不过是我每日上下班路程的总和，开车还是比较方便的，于是便决定自驾车前往。

因为是一条从未走过的路，所以出发时我开通了车内的导航程序，并从导航提供的几个备选方案中选择了一条虽然有点绕路，但是没有收费、看着也比较近的路线，并提前三个小时踏上了征途。

谁知道这条路线虽然没有收费之虞，却"完美"地避开了城区连接郊区的所有快速、高速通道，出了四环后，就一直行驶在普通等级的公路上。车来车往，红灯绿灯，走走停停，车速怎么也提不起来。一开始的愉快心情渐渐变得有点烦躁。估摸着按照这个速度，肯定是赶不上培训班的第一课了。无奈之下，只好先给培训班负责人发了个请假说明，然后强迫自己静下心来，以"既来之则安之"的平和心态，在这条注定了要慢行的路上悠悠地行进着。

也许是平时整日都行走在市区密集的水泥森林中，视觉和嗅觉似乎都有了退化的迹象，所以当车子进入郊区公路，茫茫一大片海似的绿色跃入眼帘时，我竟然有些不适应，恍惚中有点醉醺醺的感觉，便赶紧靠路边停下车，让自己的心情平复一下。

从车里走出来，放眼望去，无边无际的绿色在蓝天白云下肆意铺展着，空气仿佛是透明和湿润的，让人忍不住要伸出双手抓上一把。路旁农田里的庄稼正拔节孕穗，微风起时，翩翩起舞，透出无比的自豪。公路两旁的钻天大树，枝繁叶茂，伟岸挺拔，像英俊的仪仗兵夹道迎送着南来北往的宾客。

公路与庄稼地之间，隔着一条不过几十厘米宽的小水沟，此刻哗哗地流淌着清澈明亮的水。在一阵阵呼啸而过的车流声中，奏响着微弱却又倔强的旋律，你只有停下脚步并走近它，才能感受得到。

因为还要赶路，我不敢贪恋这偶遇的风景，抽完两根烟后，便又启程赶往目的地。

当天下午，培训班分组学习。我因为迟到，错过了上午的学习班开班仪式，在小组会上作了检讨，并说明了迟到的原因。末了，感慨地说，虽然走了弯路，慢了些，但看到了别样的风景，也算是一个收获吧。

不料我的这番发言引起了大家的共鸣，小组里的每个人都说了一段与我此行相似的亲身经历，得出的结论是：慢一些，才能看见更好的风景。随后的交流中，大家纷纷流露出对"慢"下来的渴望，抱怨日常总被某种压力驱使着，不得不在紧张的节奏中度过每一天，感叹道如果能有一次慢下来的机会，即使迟到也在所不惜。

联想起过往的经历中，常常遭遇一些莫名的遗憾和失落。那便是每次坐火车乃至如今坐高铁，在一日千里朝发夕至的速度中，往往对窗外掠过的风景心有戚戚。那每一次都从眼前疾驰而去的村庄田野以及城市楼阁，常常让我从内心升腾起拥抱亲近它们的冲动。而这冲动，在快速的旅行中却无法实现，只能是一次次地望洋兴叹、心有不甘，只能奢望着能有在这条路上慢慢走慢慢看的那一天。这样的经历让我渐渐地意识到，你行进的速度和你能看见的风景是一对正反的关系。追求快速，再好的风景于你也只是一闪而过，留不下任何印象，更不会给你带来美的深层次体验。而只有慢下来，你才能看得见并细细地观察最美的风景，进而有所思有所感。

　　当然，我们不能无视古人曾有的"春风得意马蹄疾，一日看尽长安花"的豪放和潇洒，表达出一种在迅疾的速度中欣赏美景的快意。这似乎和慢下来才能看见更美的风景这一认知相悖。其实不然。细细观之，纵马疾行、招摇过市的诗人，春风得意一整天，最多也只能是"看尽"眼前的风景，而这"看见"无疑等同于"掠过"，看到的不过是花朵表面的鲜艳，而无法细察每一朵花所具有的独特魅力，因而也无法获得动心摄魂的美学感动。也许正得益于这一教训，现代人破解了速度与风景之间既相依相伴又相辅相成的密码，满含虔诚与大彻大悟般的情绪，嘹亮且由衷地唱出了"马儿呀你慢些走，让我把这迷人的景色看个够"这句浓情之音。这里虽然没有春风得意马蹄疾的潇洒，也缺少一日看尽长安花的豪放，但慢慢走、细细看，却能把美景看"够"看透，相比"看尽"的浮光掠影，我无疑更坚定地推崇这个"看够"的从容深邃。

遥想久远的时代，交通工具落后，人们行走的速度大受其限，官人异地赴任、学子进京赶考乃至罪臣削职流放，路迢迢兮山重水复，非数十日而不能到达目的地。一路风尘、一路风景，在不同人的心上刻印不同的感受。山径水路，通衢栈道，一步步、一站站，披星戴月，栉风沐雨，几多艰辛自是不堪言说，却也无意中给了他们思想与感慨的充分时间。而风云变幻、晴空雨雪，又让他们睹物生情、感同身受，获得物我相通、天人一体的启示。于是，行迹所至都留下了一首首一阕阕抒胸臆、唱山河、吟情谊的诗文，像点点繁星，闪耀在中华文化的浩瀚苍穹。试想，如果他们当年也像今天的我们一样，行则飞机或高铁，从南到北，从东到西，朝发夕至，匆匆地开始，急急地结束，没有宽裕的时间和空间，既无法细细品味变幻无常的风景，更无暇从这些风景中提炼出思想，如此一来，会少了多少精美博大的诗篇？那散落在山水之间、隐身于僻壤野渡的风景，又会少了多少知音而落寞冷清？今天，每当我们吟诵起唐诗宋词，跟随李白、杜甫、白居易们的足迹，追踪苏轼、柳永、辛弃疾们的背影，不就是常常会忽略他们艰辛的长途跋涉，而只为他们那或缠绵或豪迈或阴柔或阳刚的诗句所打动吗？稍嫌残酷地想一想，如果没有漫漫旅途的颠簸，没有寒星晓月的凄冷，这些诗篇还会有吗？

　　常言道：事缓则圆，人缓则安。“缓”也就是“慢”的另一种表述。现实中，无论什么时候、遇到什么事情，尽量能够缓一缓、慢一点，争取些时间和空间，以便能有充分的时间去思考、琢磨、研究，寻找出更多的办法，从而将困难和矛盾等各种不利因素化解掉。反之，“心急吃不了热豆腐”“萝卜快了不洗泥”，忙忙叨叨、紧紧张张，唯速度是瞻，只会事与愿违。这些朴实的民谚蕴含的真理，我们不应视而不见。

有一些人热衷大场面、爱扯大腔调，在强烈的功利心占有欲的驱使下，始终把人生的发条上得紧绷绷的，一环接着一环，一环扣着一环，一环追着一环，唯高速、快疾而已。这样的人生当然是有光彩的，速度之下，会闪光会发热会耀眼，却难以持久。绷久了、快过了，必然是崩盘。因此，虽然我不否认这种人生的价值，但我，更愿意慢一些的处世状态。哪怕会错过花季哪怕会没有光环，哪怕会被误解哪怕会遭遇嘲讽，但我自愿在慢的节奏中享受从容体会，轻松品尝自由。我毫不动摇地认定：慢一些，能让我看见更多更美的风景。

宋代的方回有诗曰："水净风微船牵慢，莼花蕴草尽堪看。"无独有偶，同样是宋代的徐侨也有言道："劝君慢理江头楫，更作一日来从容。"细品之下，感受良多。

（原载《中国社会报》2023年7月17日）

# 他 们

◎ 祁文斌

读了许多的人，看过许多的事，而他们——这些并不普通的普通人，是我敬仰的作家们。这些作家像灿烂的花，花开、花谢、花满天，都是这个世界最美的风景。

一

有两位女人一生只写了一本书：一位是《呼啸山庄》的作者、英国的艾米莉·勃朗特；一位是《飘》的作者、美国的玛格丽特·米切尔。

艾米莉·勃朗特的《呼啸山庄》与姐姐夏洛蒂·勃朗特的《简·爱》差不多同时出版。当初，《呼啸山庄》没有《简·爱》火爆，几年之后，人们才发觉《呼啸山庄》别具一格，韵味无穷。与姐姐不同的是，艾米莉写了《呼啸山庄》后便没再写，这或是由于她的早逝。艾米莉因病去世时，年仅30岁。

玛格丽特·米切尔是一名记者，曾长年奔波在外。《飘》留下了米切尔的童年记忆和她切身的感情经历。《飘》出版后，曾连续数月高居畅销书榜首，根据《飘》改编的电影《乱世佳人》更是风靡世界，家喻户晓。《飘》的热销让米切尔意想不到，也始料不及，为其带来巨大荣耀的同时，也带给她极大的困扰，由此，她的日常生活失去了安宁。1949年，米切尔因车祸罹难，去世时不满49岁。

一生只写了一本书的两个女人，将自身的悲喜凝而为字，她们的人生谈不上幸福，却精彩绝伦！

二

陀思妥耶夫斯基写下了多部享誉世界的小说名著，《罪与罚》《卡拉马佐夫兄弟》《白痴》……但其实他终生没迈入过"上流阶层"，是个名副其实的穷人、病人、犯人，他写作的首要目的就是维持最起码的生计。

1849年，陀思妥耶夫斯基因牵涉反农奴制的活动而被判死刑，在行刑前一刻才被改判流放，"苟活"了下来，但此后便一直没能摆脱落魄潦倒的厄运。一次写作时，陀思妥耶夫斯基的笔筒不慎掉到地上，滚到了柜子底下，他用力移动柜子，导致血管破裂，当天就去世了。

同属俄罗斯，再往后，曼德尔施塔姆或许是我读到的最不幸的诗人了，他短暂的一生是在漂泊、被捕以及服刑中度过的，最后死于流放途中。这位天才的俄罗斯诗人生前命运多舛，作品遭到查禁，甚至死后葬身于何处都不为人知。几十年后，他的诗歌光芒闪烁，举世赞誉！曼德尔施塔姆的幸与不幸都与诗歌联系在一起，密不可分，他因诗惹祸，也因诗"得福"。

# 三

契诃夫是人们广为熟悉、喜爱的俄国作家，他与法国的莫泊桑、美国的欧·亨利一起被称为"世界三大短篇小说大师"。而除了写作，才华横溢、机智风趣的契诃夫还是个很有爱心的人。有段时间，他曾完全用稿费供养过弟弟、妹妹。他读大学时学的是医学，后来就做了医生，做医生的他常常免费给人看病。

1893年，契诃夫自愿参与了某个地方的瘟疫救治，不慎染上了肺结核。肺结核当时很难治，几乎算绝症，他久治未愈，最后死在了这种病上。契诃夫有句话忒幽默："医生是我的妻子，写作是我的情人。"

# 四

在孩子们心里高大无比的"童话之王"安徒生是个鞋匠的儿子，一生贫困、终身未婚。安徒生生前尽管名噪一时，却十分自卑，不愿意接触外界。他认为自己不仅穷，还长相丑陋。然而，自始至终安徒生笃信这样一条真理：对所有的人都应心怀善意！

20世纪的黎巴嫩诗人纪伯伦，一生浪迹天涯，贫病交加。在其晚年，有人问他："您觉没觉得孤单？"孑然一身的纪伯伦回答："整个地球都是我的祖国，全部人类都是我的乡亲。"

什么叫"伟大"？"伟大"就是即使自己再痛、再苦，对众生的爱悯依然灿烂如花。

（原载《今晚报》2023 年 5 月 31 日）

# 树也知道疼

◎ 李治邦

　　著名作家梭罗曾经住在美丽的瓦尔登湖畔写作，他用一本书来记录在湖畔写作的心灵体验，那就是人与大自然的关系。他有时候觉得大自然不是父亲，而是母亲。记得我那年去小兴安岭的原始森林，走进森林深处，会觉得和森林一起呼吸，会隐约感觉到树的味道。有时候轻轻地抚摸树皮，也能感觉到一种温度。于是，我和树说话，觉得特别亲切和自然，很有真实感。据小兴安岭的工人介绍，以前这里曾砍伐了许多树木，后来政策不允许了，人们发现在砍伐的地方又长出了新的树苗，而且成长的速度很快，很健壮，似乎在朝人类宣告着：你砍伐了我，我还会再生长。工人们对我说，当年砍伐这些树木的时候会觉得很费力，说明树是那么不情愿地被人类砍掉。树倒的时候是有方向的，就像人牺牲时那样不屈不挠。后来，我在报纸上看到一则消息：经过科学家研究，树在被砍伐的时候会发出轻轻的呻吟。只不过人听不见，需要一种仪器才能辨别出来。不知道科学家说的呻吟是什么声音，但那一定是痛苦而痛楚的呼喊。这则消息让我很震撼，这说明树也是有感觉的。

　　其实，大自然和人类是息息相关的，它对人类充满了同情心。大自然给了人类一切，可人类却很少考虑给大自然什么，尽管每天都享受着大自然给人类的全部付出。

　　树能呻吟，水也能变化，这都跟人类有关系。记得我那年去黑龙江的镜泊湖，小舟划到湖的深处，捧起一掬干净的湖水，随即喝了下去，就觉得那么香甜。你会被水的清凌和美丽陶醉。其实，水对人类也是有回报的。你善待了它，它就给你甘甜。你践踏了它，它就给你臭味。有时候下雨了，我发现车顶都是泥点子，密密麻麻。这说明雨水在冲洗着空中的灰尘。我还记得引滦入津的时候，天津人喝惯了咸水，猛然喝到了甜水，就觉得生活发生了重大的变化。我曾经几次去过于桥水库，那里不断进行严格的保护，拆掉了湖边所有的饭馆，让滦河水能放心地送到老百姓的口边。

　　树是知道疼的。这说起来好像很惊奇，其实大自然和人类是一样有感知的。大自然的一草一木，都是有灵性的，它们也跟我们一样需要和谐安宁。记得那年在澳大利亚旅游，正赶上山上的火灾，那股呛鼻的气味一直在身边弥漫。在电视里看见森林烧成一片火海。我想，这已经不是树的呻吟了，而是树的呼号，是树发出痛苦的呐喊。想想，我们还是要珍惜大自然，把自己当成大自然的一分子才对。

（原载《今晚报》2023 年 5 月 31 日）

# 心有所定，不畏浮世

◎ 李晓萍

　　白玉蟾在《修道真言》中写道："学道之人，以养心为主。心动神疲，心定神闲。疲则道隐，闲则道生。"万物有荣枯，人生有聚散，而我们终其一生不过是追逐用更舒适的方式面对生活。接纳于生命而言是最好的选择。每个人只有坦然接受所有曾经，坦然面对不能预知的未来，才能让宁静生于心，才能令脚步从容。

　　人到了一定年纪，时光会把一些东西放大，又把一些东西缩小，放大的是光阴中的悲喜交集，缩小的是内心的浮躁和欲望。人也只有经历了起落沉浮，方能活得清醒。很多人在人生路上背负太多的"行囊"，比如物质、权力、名誉等，因为负重太多只能低头看路，也错过了遇见最丰盈的自己。随着年龄的增长，很多人逐渐变得成熟、世故，但我们可以交付给时间沧桑的容颜，却不能失去澄澈、自由的内心。万物本闲，为人自闹，一个人只有回归本真，守住初心，内心才能安宁。

　　《增广贤文》载："厌静还思喧，嫌喧又忆山。自从心定后，无处不安然。"我们每个人都如同一棵树一般，从一粒种子开始生长，渐渐拥有发达的根，苗壮的树干，茂盛的枝叶，繁密的果实。根壮才能叶茂。树根就如同我们每个人的内心，它是否强壮，决定着这棵树在面对四季风雨时的不同姿态和在岁月中的担当，决定着它是否能够拥有花朵和果实。

而在与时间的对抗中，我们唯一的收获，就是在反省和教训中成长和开悟。当曾经的躁动和虚荣渐渐消退，越活越简单，繁花不惊，内心安宁，不再把心思和精力纠结于一时的得失算计和细枝末节；当明白自己人生价值的大致方向，并为之努力，只问耕耘，不问收获：这样的心境和修为，才算胜了岁月。

其实，生活中的很多苦涩并不来自外在环境中的人、事、物，而是被内心的欲念绑架。我们只有放下外在名利的束缚，在欲念中脱身，才能找到更为真实而平和的自己。

在岁月中成长，重要的就是认清自己，知道自己能做什么，并默默地去做，努力将之做好；在此期间，你会找到自己的价值。心有所定，不畏浮世。当你真正知道自己要做什么了，全世界都会为你让路。

（原载《今晚报》2023年5月21日）

# 紫藤文脉

◎ 朵　拉

　　从杭州西泠印社出来后，任凭时光荏苒，岁月穿梭，犹忆那棵老紫藤。

　　之前未曾见过紫藤，书上的照片，全是一簇簇红得发紫又紫中带蓝的蝶形串花，重叠交错间显现缤纷浪漫，灿若云霞，瑰玮绚烂。然而，当我站在印社的紫藤花树下，只见树木的根枝盘旋交织，藤蔓相互缠绕，枝叶繁茂、苍翠挺拔，然而，没有一丁点儿的粉紫红蓝色，不要说串花，连一个花骨朵都不见。

　　失望紫藤花未开，因为听说那棵老紫藤是吴昌硕亲手植下的。

　　谁是吴昌硕？

　　他是那个让人到中年才想开始学习水墨画又犹豫不决的时候，可用来激励的典范人物，因为"在五十才学画的吴昌硕，最终成大画家，所以无论年纪多大，迈出第一步都不会嫌太晚"。

　　按吴说的话，他是"三十学诗，五十学画"，但后来成为中国近代书画、篆刻的一代宗师，对海派艺术产生巨大深远影响。这对中年才有机会接触水墨画的人充满鼓励性。我的学生们大多是三四十以后才走进水墨画的。

　　位于南洋的槟城，国文为马来文，英文是常用语，华文则看个人兴趣。属于中华文化瑰宝的水墨画，在南洋没有多少人知道。

像我当年学画，不只是四十以后，而且还找不到水墨画老师，书店没有文房四宝，仅仅凭恃一颗热爱中华文化的心，四处寻觅，咬牙继续坚持到中国开放，终于有机会到宣纸毛笔和砚台的故乡购买纸笔墨砚、颜料和画册。

今时今日喜爱水墨画的学生比我幸运。网络带来的便利，顺带推动水墨画在南洋的传承与发展。如今画水墨画的人多了，可惜好多人并不了解水墨画的历史渊源，埋头只是画。

当吴昌硕说五十学画时，感觉他学画也太晚了。然而，后来"美术大师"之冠冕却非夸大。原来他从小受到喜欢书法和篆刻的父亲熏陶，所有的书体经典人物皆为他临帖对象。他自汉石刻学隶书，世人皆知他最爱临写篆书"石鼓文"，行书是随黄庭坚和王铎的欹侧笔势，章法受黄道周影响，楷书大家颜真卿、钟繇是他的楷书帖老师。从他的传世书法当中，可见篆书、隶书、行草都有厚实功底。他一提笔转到画画即刻便成大名家事出有因。当他拜师海派杰出代表画家任伯年时，任建议他用书法线条表现图画用笔。他不负任师期望，画里见臻于化境的书法线条的苍劲俊朗，亦具登峰造极笔力之洒脱随意，再加上他炉火纯青的篆刻修为，纵横恣肆的笔下自然敦厚老辣，气势雄强，处处充满金石趣味。

他画作题材里最为人称颂的是梅花、葫芦、牡丹、菊花等，尤擅长画藤。这与他造诣精深的书法息息相关，藤本植物的拉藤牵蔓线条他挥洒自如。英国哲学家罗素说："我并不比人家高明，但就是和人家不一样。为什么不一样？因为爱好、性情、脾气、经历每个人都不一样。"艺术创作表达真情实感，看你走过什么样的路，遇过什么样的人，看过什么样的风景，读过什么样的书，日积月累造就个人风格。

（原载《羊城晚报》2023 年 5 月 25 日）

# 梦笔生花

◎ 江曾培

老来无事乱翻书，某日，在翻阅《红楼梦》后，随手又翻阅了明代剧作家汤显祖的《牡丹亭》，文前介绍说，《牡丹亭》"因情成梦，因梦成戏"，又名《还魂记》。它与作者创作的《紫钗记》《邯郸记》《南柯记》一起，合称"临川四梦"或"玉茗堂四梦"。梦、梦、梦，这些古典顶尖文学名著的重梦境，让我脑筋突发了一个激灵，感到梦并不虚无，而是想象的一种驰骋，为优秀文学创作所常有。《红楼梦》《牡丹亭》尽显了"梦笔生花"的美妙。

《红楼梦》可说是用一个"梦"字贯穿故事的发展脉络，据统计，全书大大小小的梦多达一百多个。重要的情节，往往是从梦中而来。"甄士隐梦幻识通灵"，开篇就是梦。"贾宝玉初试云雨情"，写贾宝玉是在梦中领悟云雨情，开始他的懵懂爱情，也是在梦中神游太虚幻境，看到了"金陵十二钗"正副册，显示着钗黛等女子的各自命运，暗示了贾府不可避免的悲剧结局。秦可卿的出场虽不多，但是个重要人物，她弥留之际托梦给王熙凤，提醒她不可忘了"盛宴必散"的俗语，进一步暗示了贾府会走向"落了片白茫茫大地真干净"的前景。《红楼梦》中一些次要情节，像香菱学诗，她开始总是写不好诗，后来苦思冥想，"忽于梦中得了八句"，得到一片赞扬。这也是精诚所至，梦笔生花。

"因情成梦，因梦成戏"的《牡丹亭》，更是离不开"梦"。女主角杜丽娘，名门闺秀，深居少出，一日到后园游玩，面对姹紫嫣红的烂漫春色，顿生幽怨，回房后昼寝，在一场梦境中，与一位书生柳梦梅相遇，二人坠入爱河，许下终身承诺。由于封建礼教的束缚，两人不能公开地相恋，杜丽娘因思成疾而亡，以鬼魂的形式回到牡丹亭等待柳梦梅，同样痴心的柳梦梅经历多重磨难和困苦，终于在牡丹亭遇到了杜丽娘的鬼魂，并使杜丽娘得以以情重生，最后携手共度美好余生。全剧的"游园"一折，最为人们赞赏。

　　梦，是睡眠时局部大脑皮质还没有完全停止活动而引起的表象活动，按照弗洛伊德对梦的解析，梦境是人类无意识心理活动的具体表现，又是人类内心深处的欲望和冲突的具体表现。具体的梦境可能是虚妄的，但人会做梦、人要做梦则是真实的。"梦里南柯""梦里蝴蝶"中的"南柯"和"蝴蝶"，虽都是"黄粱一梦"，并不存在，但有关主人公会做"梦"却实实在在是真的，而梦境是连接现实和潜意识的桥梁，"日有所思，夜有所梦"嘛。弗洛伊德说："梦的内容是由意愿形成，其目的在于满足意愿。"因而在文学创作中善于写梦，就更有利于深入展现人物的潜意识和内心世界，更有力地展现作者的想象力、创造力。精于写"梦"，梦笔生花，也正是造就《红楼梦》和《牡丹亭》等"临川四梦"巨大光辉的重要笔墨。

　　写梦，不仅是作家在作品中塑造人物、表现现实、寄托理想的重要手法，同时，作家也常常从自身的梦中吸取灵感，创造美好的篇章。传说苏东坡《太真妃裙带词》，就是他住在华清池时的梦中所得。谢灵运的名句"池塘生春草",也得之于梦。人在梦中活跃的潜意识,会产生意料之外的意象,给作家带来创造性灵感启迪。因而,英国诗人济慈向伟大的自然祈求:"让我好进入我的梦境。"我国现代诗人戴望舒则说:"梦会开出花来的,梦会开出娇妍的花来的,去求无价的珍宝吧。"

鲁迅也是重视梦在创作中的作用的,他的散文诗集《野草》计收二十四篇作品,其中有七篇都是以"我梦见"开头的,如《死火》:"我梦见自己在冰山间奔驰",《狗的驳诘》:"我梦见自己在隘巷中行走",《立论》:"我梦见自己正在小学校的讲堂上预备作文",等等。虽然实际上不一定每篇都是这样梦见,但梦对这些创作的作用是无可置疑的。鲁迅在《好的故事》中说,他是靠在椅背上,闭了眼睛,在蒙胧中看到这个"好的故事"的,骤然一惊睁开眼后,梦的碎影还在,立即欠身伸手去取笔,留下了这可爱的"好的故事"。梦中的灵感,梦中的启迪,是优秀创作的可贵催化剂。

成语"梦笔生花"的来源有几个版本,内容不尽相同,但都展示了"梦"与"笔生花"的关系。善于写梦,是"笔生花"的一项重要手法。《红楼梦》《野草》等名著表明,这要求作者既敏于捕捉作品中人物的梦,同时又能善用作者自身的梦。梦暗藏着潜意识,轻易难知,又个个不同,捕捉到它们最能显示作者精骛八极、心游万仞的想象力,与剖幽析微、积微成著的创造力,从而使作品别具一格,形成"梦笔生花",显示出它的独特与深邃。

(原载《新民晚报》2023年10月11日)

# 不懂外语的翻译家及其他

◎ 徐志啸

    说到林纾，人们首先想到的，大约是他的翻译家身份。经他之手，问世了170多种文学翻译作品，其影响波及面之广、之深，至少近代翻译史上无人可及。但这既是他在文坛上声名远扬的缘故，也是他遭当时和后人诟病或质疑的原因所在——他不懂外语，一个不懂外语的人，居然被称为翻译家？

    是的，林纾的翻译家名号，说起来确实令人难以信服，其别具一格之处在于，他的所谓翻译，是由懂外语的他人口述，林纾自己负责笔录，而后修改润色——译文实际是两人合作的结果。正由于此，一般人乃至翻译界对他都有些不以为然。

    但是，林纾的功绩真的无可置疑，他确实在近现代的翻译史上树起了一块丰碑。钱锺书十分肯定林纾的翻译，曾专门撰《林纾的翻译》一文，给予很高的评价，甚至认为林译超越了原著（如对哈葛德作品的翻译）。不光钱锺书，胡适、郑振铎、周作人、郭沫若、陈子展等人，都曾对林纾的翻译予以嘉誉。为什么？问题的关键在于，林纾的翻译达到了严复提出的翻译三标准——信、达、雅，特别是达和雅。他的翻译作品中国读者喜欢读，它们能打动人——要害在于，林译词能达意、语言流畅、文辞雅致。

    林纾的能耐与功劳在于，在把他人口述的他国文学作品转换成中文的时候，他能极大程度地调动自己深厚的中文功底和娴熟的语言运用能力，将原作内容作大致不违其基本旨意的创造性发挥，大大提高文字的可读性，从而使得被翻译的作品深深吸引本国读者，达到欲罢不能的程度，以致出现了《茶花女》译本甫一问世，居然风靡神州的盛况——"可怜一卷《茶花女》，断尽支那荡子肠"（严复语），从而使他赢得了翻译家的美誉。

这说明了一个问题：翻译，并非只懂某国外语者就可草率从事的工作。在一般人心目中，似乎有一种错觉，以为中国人翻译外国文学作品，只要懂该国语言即可，中文无所谓。其实错了，做好一个外译中的文学作品翻译，特别是能使所翻译的文学作品具有较强的文学性和可读性，翻译者必须具备对中外两国文字都能熟练驾驭的条件，特别是他的中文功底必须扎实，语言表述能力必须雅致，否则，翻译出来的东西，难以卒读，一定会遭读者唾弃。

这就牵涉到一个眼下大众都很关注的问题了。自从莫言喜获诺贝尔文学奖以后，国内似乎掀起了一股热潮，以为莫言之所以会获诺奖，原因在于翻译起了重要作用，因为国内像莫言这样水准的作家，似乎不止一个，为何莫言会捷足先登？根子在于葛浩文的翻译得到了包括马悦然在内的评委们的青睐。于是，人们从中找到了机巧——翻译极其重要。应该承认，葛浩文的翻译确实在莫言获奖的因素中起了举足轻重的作用。不过，不同之处在于，葛浩文精熟中英双语，而林纾只精通中文。

如何才能让翻译的作品达到如同葛浩文那样的水准呢？莫言是聪明的，他给予葛浩文"随心所欲"的权力，即不必任何请示，随你怎样翻译，这使得葛译在基本不违背原作大旨的基础上，最大程度地考虑了接受国读者的欣赏心理和习惯，从而使得所译作品获得了成功，被西方读者尤其诺贝尔奖评委们首肯。

由于莫言获诺奖，引来了人们对中国文学作品翻译成外语的高度重视，认为这是中国文学走向世界的重要环节，于是，有关方面启动了庞大的外译工程。但是，从事这项工程的这些外语人才真正熟悉了解外国人的语言风格、欣赏习惯和审美意识吗？他们能达到葛浩文那样的翻译水准吗？有人建议请一批懂中文的外国人来翻译，但他们的中文能达到林纾或葛浩文的水平吗？还有选择哪些作品外译的问题……

（原载《羊城晚报》2023年6月6日）

# "孔乙己文学"：脱不下的"长衫"，象牙塔外的踌躇

◎ 软糖大王

近日，"孔乙己文学"成为热点话题，不少网友结合自身经历，发出"初读不知书中意，再读已是书中人"的感慨，初中课本中的孔乙己以出乎意料的方式引发了人们的热议。

广为流传的那句"如果我没读过书，我可以找别的活做，可我又偏偏读过书"，在现代社会的语境下，幻化为走出象牙塔后的年轻人口中"如果我没有上过大学，那我一定会心安理得地'打螺丝'，可是没有如果"的慨叹。

意识到原来"孔乙己竟是我自己"的年轻人，大多有着类似的心境与经历。十余年间，他们被注入"知识改变命运"的强心剂，努力求取的一纸文凭没有如想象中一般成为金字招牌，反倒成为自我束缚的镣铐，让他们放不下身段。

青年人在象牙塔中的凌云壮志在苛刻的现实面前犹如握不住的沙，无奈放手后要面对的是现实中的不尽如人意。"孔乙己文学"是人们心底"不甘于平凡却又如此平凡"的落差的真实写照，也是青年对就业时遇到的困境的不满。

在一声声"人人皆是孔乙己"的哀叹声中，人们将学历视作

自我禁锢的"长衫"。

## 人人都是孔乙己：共鸣点何在？

孔乙己何许人也？又为何引得人们普遍代入和共情？

鲁迅先生笔下的孔乙己是"站着喝酒而穿长衫的唯一的人"。在小说中，穿长衫意味着文化人的身份，而站着喝酒又意味着手头并不宽裕。

劳动群众的眼中，孔乙己满口"之乎者也"却未曾捞到半个秀才身份，短衣帮便以打趣他为乐。

而在我们熟稔于心的课后习题中，孔乙己通常被解析为受封建科举制度禁锢的知识分子。在他所处的时代，铺子里打杂的孩童也不屑于识得回字的四种写法，凭借体力劳动维持生计的短衫客们不关心孔乙己口中的"四书""五经"，以酒店老板为代表的资本家们不需要理论知识的指导。

人们所敬重的并不是长衫本身，而是长衫所象征的财富和地位。

孔乙己学问上的成就没能转化为世俗意义上的成功，换而言之，孔乙己的文化没有为他换取一定的社会地位，于是他和他的长衫沦为了人们奚落嘲讽的对象。

反观当下的"孔乙己文学"语境中，这种学历和成就之间的转化错位同样引得他人嗤笑。

"他们没有上过大学，我没有嘲笑过他们，可他们却因为我上了大学没找到好工作而嘲笑我。"一些年轻人有这样的感受。孔乙己这一郁郁不得志的知识分子，似乎与当下受过高等教育却又面临着现实困境的年轻人恰有几分共通之处。

"人人都笑孔乙己，人人都是孔乙己"，在旁人眼中无以为用的知识、遥不可及的理想、窘迫的生活现状……人们不断地从孔乙己身上找寻到令人咋舌的共性，继而自我代入、长吁短叹。

乍看"孔乙己文学"，这种无奈和自嘲似乎很容易被视作无病呻吟，抑或新瓶装旧酒的"读书无用论"，然而"孔乙己文学"并未如同"读书无用论"一般招致大片声讨，反倒引得普遍共鸣。

## "孔乙己文学"："知识改变命运"的现代否思

与"读书无用论"相对应的，是自幼便萦绕于我们耳畔的"知识改变命运"。"知识改变命运"的底层逻辑在于掌握知识便能实现社会阶层的跃升，获得世俗意义上的成功。

然而伴随着时代的发展变迁，走出象牙塔的大学生们逐渐发现了这一逻辑在现实中的漏洞。

正如社会学者布尔迪厄在《继承人》一书中所引用的范例：出身不利阶层的孩子们详细学习着帕特农神庙的平面图，却未曾离开自己居住的省份。对于一些人来说，学到精英文化是用很大代价换来的成功；对另一些人来讲，这只是一种继承。

"改变"并非必然，掌握知识和阶层跃升二者之间的关联放在今天似乎也并不一定成立。在这一前提下，"孔乙己文学"实为将"知识改变命运"这一惯性逻辑置于当下社会背景中的否思。

在"孔乙己文学"相关词条下，网友们常引用《平凡的世界》

中对于孙少平的一段描写外化这一否思——"谁让你读了这么些书，又知道了双水村以外还有个大世界……如果从小你就在这个天地里日出而作，日落而息，那你现在就会和众乡亲抱同一个理想……不幸的是，你知道得太多了，思考得太多了，因此才有了这种不能为周围人所理解的苦恼"。

孙少平的苦恼源自超凡的思考，源自见识到了双水村外面的世界。而这一"不能为周围人所理解的苦恼"正是由读书所引起的。由此反向解读，"孔乙己文学"似乎并不是在否定读书的作用，反而肯定了掌握知识对于人思想的开阔作用。

人们所接触到的知识越多，对于世界的野心便越大，故而不愿重复祖辈"日出而作，日落而息"的生活，不再安于"打螺丝"的工作，试图追求更广袤的天地，这原本是一种进步，知识的确给予了人们实现跃升的可能性。

然而横在千万应届毕业生面前的，是逐年刷新的"史上最难就业季"词条，在严峻的就业形势之下，实现所谓跃升变得比以往困难。

学生们寒窗苦读十余载，走出象牙塔后才骤然发现原来过去的努力并没能带来想要的生活，勃勃野心也无处安放。正是此种无力感使得"孔乙己文学"戳中了人们的痛处，引起了广泛的共鸣。


## 脱不掉的"长衫"还是现实困境的避风港

诚然，"孔乙己文学"在现实困境下应运而生。

不论是从何维度述说这种无力感，"孔乙己文学"都采用着极尽悲凉的修辞手法，将不被认可的努力一并归为无用功，将学历比作"下不来的高台"和"孔乙己的长衫"，认为工作和生活中的困境，源自"高台"的阻碍、"长衫"的束缚。

然而学历真的是"脱不掉的长衫"吗？单一地归咎于学历本身，真的能够化解现实中的困境吗？

不久前，一个标题为"我：毕业5年，存款5000元；她：中传硕士，火锅店保洁"的视频凭借五百余万的播放量，登上B站（视频网站"哔哩哔哩"）热榜。视频中的两位主人公均为"双一流"大学的毕业生，面对镜头大方地自我调侃着各自毕业后的"高开低走"。

视频中"毕业5年，存款5000元"的女孩并不是没有机会取得别人眼中的成功。辗转于多份工作之后，她选择抛开名校光环，进而找寻理想与现实二者之间的平衡点。

认清自己、感知世界、自由选择，想必这正是读书的意义所在。读书意味着从书中提取方法论并获得将之付诸行动的能力，大学更是帮助我们认清自己的能力与社会的需求之间的契合点。

正如《你当像鸟飞往你的山》中的主人公塔拉在访谈中所言："教育意味着获得不同的视角，理解不同的人、经历和历史。"一个看待自我的全新视角，也正是教育所赋予我们的更深层次的价值。

现如今，一部分青年代入孔乙己的角色，述说着被学历"束缚"的不幸——知识开阔了人们的眼界，因而无法心安理得地"打螺丝"。可正是知识赋予了我们自主选择的权利，因而我们可以在见识过"浪浪山"外的世界后，选择回到"浪浪山"。更何况在不尽如人意的现实面前，若没有"长衫"，又何来如此振聋发聩的声音？

在现代语境中，"知识改变命运"的笃定或许不再，但绝不该因此放弃"知识拓展眼界"的可能。

前面所述视频中的两个女孩，作为"双一流"大学的学生却自我定义为"废物"，但她们找到了生活的秩序、获得了快乐。若仔细推敲，便会发觉知识和学历似乎并不是困境的源头，二者之间的因果关系并不成立。

如同孔乙己一般的知识分子们"脱不掉的长衫"也不是他们熟稔于心的"之乎者也"，难以自洽、故步自封才是镣铐所在。

"孔乙己文学"源自人们对环境的思考，贴切地反映出年轻人普遍存在的迷茫和无力，因而引起普遍共鸣。然则需要警惕的是，一部分人沉溺于孔乙己的角色代入，将学历视作困境的来源。

倘若如此平凡就是生活的本质，固执地居于"高台之上"，不愿脱下"长衫"主动寻找出路，何以寻得我们在世界中的位置？

倘若不如意的境遇就是一个人面临的未来，将"孔乙己文学"视作长久的避风港，我们又何时才能找回自己生活的秩序？

或许唯有正视平凡与不如意的生活，才能无视所谓"长衫"，看清真正的自己。

（原载"知著网"公众号2023年3月1日）

# 读书人身上的一块"胎记"

◎ 喻　军

一

　　曹丕的《典论·论文》是中国文学批评史上第一篇文学专论，因被南朝梁太子萧统编入《昭明文选》而得以幸存。这篇文章对文章之学、文人才性和文学批评等方面均有涉及，不失为一篇议论宏通、言之有物的典范之作。

　　文章一开头的四个字，像一道深刻的标记，一直烙在历代文人生态和旁观者的心理意识之中。说它以偏概全，显然有太多实例可供佐证；说它一语中的，倒也不乏史料可以反证"曹说"的非是。这四个字便是"文人相轻"。也许是感到意犹未尽，曹丕又续缀了另外四个字："自古而然。"

　　所谓"量人易，量己难"。按《世说新语》的记载，曹丕本人就是"文人相轻"的实例。不能说曹丕无才，相反，他还颖出时辈，不同凡响。在当年的邺下文人集团中，碍于曹氏父子的地位，"建安七子"自然会闪避着他，不敢掩其锋芒。曹丕的《叙诗》中就有这么一句话："为太子时，北园及东阁讲堂并赋诗，命王粲、刘桢、阮瑀、应场称同作。"一个"命"字，不难看出他作为召集人和文坛领袖的地位。

曹丕的心病在于，与"才高八斗"的亲弟弟曹植相比，自己的文采相形见绌。在妒才和忌惮曹植与其争储的双重心理支配下，曹丕一时失去理智：在正常的创作状态下，我不是你对手，那我就让你快中出错，来个七步成诗。若你不能在限定的条件下完成此诗，我的单方生死契约便立刻生效。

条件如此苛刻，也难不倒曹植这个倚马可待的捷才，一首《七步诗》脱口而出："煮豆持作羹，漉菽以为汁。萁在釜下然，豆在釜中泣。本自同根生，相煎何太急？"诗成即名垂，后人每论棠棣之情或兄弟相残之事，总会引用此诗，贬损曹丕而钦仰曹植。

曹丕在《论文》中还提及史学家班固的一桩糗事，班固对与之才名和学识相当的辞赋家傅毅有所轻视："武仲（傅毅字）以能属文，为兰台令史，下笔不能自休。"说傅毅虽然靠写文章做了官，但其行文拖沓、语言不够节制，有名不副实之嫌。这说法其实很难成立，明眼人皆知文章体裁各不相同，字数长短并非衡量优劣的标准。从班固的话里，不难嗅出有股子"相轻"的酸味。其实，作为撰写了"前四史"之一《汉书》的一代史学家，班固论傅毅文章的短长尚为小事，对屈原《离骚》的轻慢，说什么"露才扬己""强非其人""皆非法度之政，经义所载"等，则属鉴赏眼光的问题了。

"文人相轻"就像读书人身上的一块"胎记"，自曹丕提出后，便不绝于后人之唇舌。

再作两处书录，自家书柜里有本冯梦龙编著的《古今谭概》，其中一则故事写的是赵孟頫和好友周草窗。赵孟頫有一方"水晶宫道人"的印，周草窗听说后就请人刻了"玛瑙寺行者"的印章与之呼应，赵孟頫遂弃"水晶宫道人"印章不用。后来，赵孟頫偶见周草窗的同乡崔进之的药店里有块"养生主药宝"的招牌，便用"敢死军医人"与之联对。崔进之知道后颇感不悦，也立马摘牌。赵孟頫语人曰："我今日方为水晶宫吐气。"赵、崔二人皆以私物为奇珍，不能接受旁人的附会和窥测，恰好符合"文人相轻"的一般特征。

再看《清朝野史大观》中的故事：臧寿恭、严可均是湖州同乡，两人都博学通经。臧寿恭的弟子杨岘某次去探望老师，在渡船上巧遇独酌的严可均。严可均得知杨岘是去探望臧寿恭，当即面露不屑之色，说："臧某人是村夫子，也配做你的老师啊？"几日后，杨岘又问臧寿恭：严先生的学问如何？臧寿恭也轻蔑地说："他刚刚能读《三字经》。"这是不带脏字的骂人话呀，暗讽严可均尚处开蒙阶段。

文人交往中的种种事例，确实给旁观者留下不少"口实"，所以"文人相轻"这块膏药，迟迟不能从文人的脸面上揭下来。

二

或出于某种"逆反心理"，不知从何日起，我更为关注起"文人相重"的历史记载。比之"相轻"，"相重"才是文人应具的本怀和格局。

清阮葵生在《茶余客话》中有记载：姜西溟、汤西涯、宫恕堂和史蕉饮等几位文友，某次饮酒之余，谈起将来都要出个人文集，却不知能否传世，所以商定把各自的大名、尊号都收录于彼此的集子中。这样的话，将来若有一人传世，则等于大家皆传世。这体现了一种抱团意识，和"文人相轻"形成反差。

我读唐代诗人交往一节，常有某种感动。比如王维、孟浩然同为唐朝田园诗的杰出代表，也是惺惺相惜的一对好友。孟浩然曾以一首《留别王侍御维》表达与王维之间的真挚友谊。李白、杜甫的相遇，被闻一多称作"太阳和月亮的相碰"。他们相识于唐朝由盛转衰之时：744年，李白被朝廷"赐金放还"，途经洛阳时与杜甫把酒言欢，十分融洽。当时李白诗名藉藉，杜甫尚属无名之辈，但彼此间并无你高我低的俗套。后来两人同赴开封、商丘等地游历，常借酒赋诗酬答。杜甫在《春日忆李白》中写道："何时一樽酒，重与细论文。"杜甫担忧比自己年长11岁、正处于自我放逐途中的李白的安全，心中充满牵挂："江湖多风波，舟楫恐失坠""水深波浪阔，无使蛟龙得"。关切之情俨如兄弟，哪有一丝"相轻"习气？元稹、白居易不仅文风相近，以道义相结交，还一起经历了宦海沉浮，可谓患难与共。

这些同时代杰出文人的交往，重情重义、气象高华。当然，唐代文人之往来也不全然是披肝沥胆、花团锦簇。据传，初唐诗人刘希夷所写佳句"年年岁岁花相似，岁岁年年人不同"，遭舅舅宋之问的觊觎，宋之问生出将此诗句窃为己作的荒唐念头。这种想法被刘希夷拒绝后，宋之问恼羞成怒，据说竟用装土的袋子将刘希夷活活压死，构成"因诗杀人"的特例。在唐代大体健康明亮的诗人生态中，宋之问的卑劣行径显然属于极个别的一处"暗角"。

三

再说宋朝。苏轼赴京应试的文章（试卷皆隐去姓名），初得点检试卷官梅尧臣的赞许，再经礼部省试主考官欧阳修的审读，欧阳修错以为此文系得意弟子曾巩所作，为避嫌而将此文列为第二。复试时，又见到一篇同样出类拔萃的好文章，欧阳修便将其擢为第一。直到发榜时，欧阳修方知两篇文章皆出自苏轼之手。他十分高兴，在给梅尧臣的信中说道："读轼书，不觉汗出，快哉快哉！老夫当避路，放他出一头地也。可喜可喜！"爱才之心、成全之意、度让之德溢于言表。后来，苏轼对无名词人秦观的培养也是不遗余力，给予他无所保留的加持，甚至托昔日政敌王安石予以关照，与欧公之状感慰奚似！

还有一种"文人相重"，属于会心处不必在今，乃为隔世的赓续追慕和踵事增华。比如明代"唐宋派"归有光等人问津"唐宋八大家"，而"前后七子"主张"文必秦汉"等皆属此类。往远了说，典故"阳春白雪""曲高和寡"所指的宋玉，承传屈原风骨、打通楚辞汉赋，史称"屈宋"，亦可谓有一股与先人神交的高古之风。东晋时期几近无名的陶渊明，死去100余年后才被南朝梁太子萧统发掘出来，将其作品列入《昭明文选》，并为其文章作序，予以很高评价。后来陶渊明文名藉藉，唐人无不为之延誉，使他终成中国田园诗的诗宗；而同时代刘勰的文章学名著《文心雕龙》，是经文坛领袖沈约的推举才得以为天下所知的。至于杜（甫）、庾（信），李（白）、谢（朓），皆属数百年开外的"隔世知音"。限于篇幅，笔者仅以并称的方式以示敬意。

当然，"相重"绝非功利化的、无原则的吹捧，故非以虚礼酬酢致也，而是一种彼此的发现、认同和倾慕。即如前文提及的王安石和苏轼这两大政敌也始睽终合、冰释前嫌。1084年，听说苏轼要来江宁拜见自己，前宰相王安石不顾年迈，亲往渡口迎接。这"唐宋八大家"中的两位大家相伴数日，诗文唱和，晤谈甚欢。分别之日，望着苏轼远去的背影，王安石对身边人怅然言道："不知更年几百方有如此人物。"过往的排斥、对立和"相轻"似乎早已冲淡，彼此心中唯余一份难舍且"相重"之情。

所谓"文人相轻"，在我看来实际上是一种使气耍峭，也是一种不够强健、稍欠亮堂和气局狭隘的"小我"格局，甚至还是一种摆不上台面的陋习。唐代张九龄有"相知无远近，万里尚为邻"的诗句，恰好勾勒出文人间的相知、相重并不在于形式和远近，即便是缘悭一面者，也可以在彼此作品的语境中相识与相逢。这是一种心灵的投契和情怀的朴茂，完全可以忽略地理上的距离、身份上的高低，甚至可以穿越时代，引前人为知己。诚所谓文堪矜式来者，气可上追古人，此种"文人相重"必令人遐想风器、气昌情挚，应予遐举高踪、倍加推崇。笔者每每夜读，如晤古人、如闻琴曲，便作如是想。

（原载《解放日报》2023年7月16日）

# 两位道学先生一惊一乍，只是因了一个"老鼠要咬"的物儿

◎韩　羽

　　《庄子》中有"留动而生物"一语。这"物"与老子所说的"道"当是一个意思，用现下的话说是天地万物生成之本原。

　　看来庄子比老子的眼神儿更好。老子看到的那个"物"不很分明，是"恍兮惚兮"。庄子看到的就真切得多，那个"物"，既留（静）又动，而且"其卒无尾，其始无首"。

　　翻看《聊斋志异会校会注会评本》，至《仙人岛》，扑哧一笑。有书生王勉者，与一女有私，"前阴尽肿"，"数日不瘳，忧闷寡欢，芳云（其妻）知其意，亦不问讯，但凝视之，秋水盈盈，朗若曙星。王曰：'卿所谓"胸中正，则眸子瞭焉"。'（语出《孟子》，全句为'胸中正，则眸子瞭焉，胸中不正，则眸子眊焉'）芳云笑曰：'卿所谓胸中不正，则瞭子眸焉。'盖'没有'之'没'，俗读似'眸'，故以此戏之也"。

　　"瞭子眸焉"一语，使之最尴尬者莫过于王勉。可是张三患感冒，李四打起喷嚏来了——且看芳云说了这话之后，"但评"（但明伦评本）："语亦巧合，特嫌其侮。"这位先生刚点了点头，随即又皱起了眉头。"冯评"（冯镇峦评本）："真是以文为戏，口孽哉，聊斋恶息，当以为戒。"气急败坏成了这个样子。

"瞭子眸焉"既逗人笑又惹人恼。蒲翁只注"眸"字："'没有'之'没'，俗读似'眸'。""瞭子"付之阙如。何谓"瞭子"？瞭是一句山东土话，《水浒传》里的武松看到景阳冈下的大树上写的"大虫伤人"的字样后，笑道："我却怕什么鸟！"武松说的"鸟"，就是这儿说的"瞭子"。如再直白些，再转个弯儿说，在夏天里，农村里的小男孩喜欢脱光屁股，老太太哄小孩穿上裤子，总吓唬说："快穿上裤裤，老鼠要咬小鸡鸡了。""瞭子"就是老太太说的"老鼠要咬"的物儿。

与其说蒲翁是个风趣的老头儿，毋宁说是个嘎老头儿。"子不语：怪、力、乱、神。"圣人不语鬼神，蒲老先生偏偏"爱听秋坟鬼唱时"。

这一回在《仙人岛》又把亚圣孟夫子拉扯进来了，将"眸子瞭焉"颠倒成了"瞭子眸焉"，又"巧"又"侮"，将不知孟夫子欲笑还休，还是欲休还笑？

想了想，又扑哧一笑，蒲翁当也未必料到，在他身后，《仙人岛》故事里又有了故事，两位道学先生闯了进来，在女人闺房里急赤白脸一惊一乍，只是因了一个"老鼠要咬"的物儿。

（原载《文汇报》2022年11月14日）

# 晷之铭

◎ 桂　涛

英国与美国的老建筑多，留存下来的日晷也多。一般来说，园中若有晷，晷上必有铭。公园里、大学内、教室外，细看那些水渍、锈迹斑斑的石晷、铜晷，晷面上的铭文是数百年前人们对于"时间"的态度：

有警示时光如梭的，如"时光如影，稍纵难寻""时光一去，永不复回"。

有洞悉生命难永恒的，如"视吾之影，知汝之命""你我皆为尘与影""生命是一个泡泡""应视每日为汝生命中的最后一日"。

有感悟时光之伟大的，如"时间是真理之父""时间，你无法拥有它，也不会失去它"。

有深谙生命之道的，如"阳光为每个生命而灿烂""黑暗过后，光总会来""即使是最闪亮的日子，也有阴影"。

有幽默隽永的，如"我只在晴天才灵验""太阳一下山，人们便对我不闻不问""让别人去讲述那些暴风雨的故事吧，我只记录晴朗的日子"。

在国内，日晷上也能找到铭文，但不如国外那么常见。最知名的是清华大学里那块刻有"行胜于言"的日晷——这是1920届学生毕业时献给母校的，这4个字从此成为清华倡导的校风。

此外，我在朋友那里见过他珍藏的一块巴掌大的明代青铜日晷残片，上面除了标有刻度和十二地支，还有一笔一画刻下的四字铭文"顺天之道"，十分少见。将这样的信息通过日晷流传下去，在当时不知是天文官员还是皇帝本人的意思。

日晷被人类作为计时工具使用，几千年来多出现在东西方的宫廷、官府、宗庙、学校、大宅院，从来没有"飞入寻常百姓家"。作为石制、铜制时钟，日晷总是与权力、力量相联系。学堂外安置日晷，象征知识的力量。拉丁语中，"知识"与"光"就源于一个词根，获取知识，就拥有了光明，也就获得了力量。

皇帝在宫殿前摆放日晷，象征自己拥有向万民授时的权力。历代中外顺天而治的皇帝都把制定和颁布历法视为皇权的象征，历法经诏令颁行就成了法律。地方政权遵从中央王权统治的重要标志，就是遵奉历法。日晷展示着一个朴素的道理：谁能定义时间，谁就掌握了权力。

因此，象征权力的授时器具上应该刻什么，也成了一个有趣的问题。

从日晷上的铭文看，东西方的君主贤哲们达成了共识。他们不约而同地将时间、生命、天道、光影、阴晴等这些权力难以掌控的主题刻在日晷上，警示世人，也警示自己。他们深知，"天行有常，不为尧存，不为桀亡"。任你是国王还是乞丐，在自然法则面前一律平等。

（原载《环球》2023 年第 2 期）

# 只有美才会遇见好

◎ 张燕峰

　　电视剧《人世间》里有一句经典台词，周蓉对女儿冯玥说：对女孩子来讲，丰富自己比追求别人重要。是的，一味追求别人，除了可能会承受压力，还可能让你变得自卑，而丰富提升自己，则会让自己变得自信，变得强大。只有变美了，才会遇见好。

　　爱情如此。只有你足够优秀，才能遇见优秀的另一个。否则，即使你靠出众的颜值，或低三下四，也只能暂时捕获对方的芳心，如果没有深沉思想和独特魅力之甘泉浇灌，这份感情难免会昙花一现，渐行渐远。鲁迅先生在小说《伤逝》里写道：爱情须时时更新，生长，创造。所谓更新生长创造，首先是一番艰苦的自我革命，自我雕琢，如果无意忽略或刻意回避了这一步，结局只能是望着对方大步远去的决绝背影黯然神伤，独自洒泪，就像涓生子君的悲剧——不是对方太过负心，也不是自己过于痴情，而是双方距离加大，无法同频共振。

　　爱情如此，友情也是如此。你处于什么层次，就能交到什么层次的朋友。有句话说得好：不要追一匹马，你用追马的时间去种草，待春暖花开时，能吸引一批骏马来供你选择。是的，如果你把攀附权贵结交显要用在提升学问上，用在锤炼品格上，用在开阔心胸上，当有一天你拥有了出众的智慧、高远的眼界、旷达的胸怀时，自然会有人乐意结交你，与你做朋友。正如诸葛亮躬耕于南阳，但刘备仍愿意一次次放低身段一路风尘来三顾茅庐，正如嵇康虽然身份卑微只是一个打铁匠，但权贵钟会仍然愿意威仪赫赫带着一众随从来拜访他。俗话说得好：圈子不同，不必强融。强融的结果只能是让自己受尽百般委屈，招致各种白眼，心灵受到严重戕害。与其让自己低到尘埃里，不如挺直脊梁，昂首阔步在前进的路上。当有一天你成绩卓然，那些你仰望的或是睥睨你的圈子，会纷纷为你敞开门扉，奉上含露吐香的橄榄枝。

职场也是如此。当你经历各种艰难困苦的磨砺后，拥有了超越他人的知识和能力、胸怀和格局，才能找到更适合展示才华的舞台。俗话说得好：求人不如求己。与其寄希望于贵人出现，不如沉下心来脚踏实地做好自己，让自己成为那颗闪闪发光熠熠生辉的明珠。你一旦成了明珠，璀璨夺目的光芒，一定会吸引很多人的注目，一定会有很多人愿意把你放在与身价相当的盘子里。相反，即使因某种原因侥幸荣膺其位，但如果缺乏抓住机遇的眼光和化解危局的能力，自己勉为其难，吃苦受累不说，还会拖累别人——德不配位、才不配位绝不是一件值得庆幸的事，说不定会为你带来灾祸。

说到底，这世间的一切美好不是从天而降，也不是空穴来风，而在于一个"配"字。梁山伯配祝英台成就了举世无双的爱情传奇，俞伯牙配钟子期谱写了流传千古的友情绝唱，魏征等名臣良将配李世民开创了唐近三百年的皇皇基业。于普通人而言，你只有变美了，才会遇见好——我的美配得上你的好，才是真正的美好。你若盛开，清风自来；你若精彩，天自安排。

（原载《演讲与口才》2023年第12期）

# 减法生活

◎ 欧 平

周末在家搞卫生，清除了一堆书刊，有些是读大学时候订的杂志，清了几次又收起来，但这次是彻底扔了。一来是再不扔就没地方放了，二来是想想多少年没去翻看过，放在那里也只是摆设。

相信很多人都有这样的经历：手机的收件箱满了，提示要删除一些信息才能有空间接收新的信息，否则便不能运行。但即便如此，仍不愿意删掉多余的信息。我就是这样。

人的内心就像一栋房子，刚搬进去住时，想着要把所有的家具和装饰摆在里面，结果到最后发现这个家被摆得满满当当的，反而没有能让自己落脚的地方了，于是开始学着舍弃一些不需要的东西。

人生是由生活中的点滴构成，思想是由记忆升华而成，但并不是所有的生活和记忆都是有价值的。那些无关紧要的片段必须清除，清除奢侈和欲望的碎片，清除心灵的污垢和不堪，清除贪得无厌和诱惑追逐，还心灵一个清净的空间。

古龙《欢乐英雄》里的王动，就是一个在减法中生活的人。王动的家叫"富贵山庄"，但"富贵山庄"除了一张很舒服的床外，什么都没有。"拥有"带来快乐，这是加法人生的美妙，但拥有不等于"有用"，"抛出"带来轻松，这是减法人生的真谛！过减法生活就是减去人生中的一切冗余之物，用舍弃的方法给心灵和思想减负，还生活本真。

央视前主持人崔永元发微博说，"2002年时自己为什么会患病，就是老想不该想的事。现在为什么快乐，就是不想那些事，只想怎么把该做的事情做好"。当一个人放弃杂念，集中意念于当下该做的事情，并且努力，就是一种幸福。

五柳先生陶渊明，饱读诗书，才高八斗，若是为官，非富即贵。但陶渊明却放弃了这样的生活，自甘成为一介布衣。他舍弃了财富，扔掉了名利，却留下了不为五斗米折腰的千古美谈。远离城市，隐居田园，看花开花落，没有这样的生活，又怎能写出"采菊东篱下，悠然见南山"的绝唱？

生命如同一段旅程，在这段旅程中，每个人都背着一个行囊向前行走。一路上，人们会捡拾到许多东西：地位、权力、财富、友谊、爱情、责任、事业……不断捡拾，行囊便渐渐装满。然后，背负太多、太沉重，以致前进的阻力越来越大，快乐也渐渐消失。

不要走一路捡一路背一路，要学会减法生活，减掉无用的社交，减掉多余的"朋友"，减掉身上的"赘肉"，把欲望归零，让心灵纯净，欣赏沿途的风景，有舍才会有得，知足就能常乐。

（原载《羊城晚报》2023年4月21日）

# 你赚到了吗？

◎ 陈启银

两利相权取其重，我们每个选择都是奔着"赚"去的。所以选择历来多多益善，没有觉得有什么不对。物质匮乏年代，多一种选择多一份主动，甚至多一份享受。干大事更不用说，往往要花大量人力、物力和时间，研究提出多套方案供决策时选择使用。

然而，到底怎么才算赚和赔呢？时间即是生命，凡消耗了时间，不能产生价值或有助于价值提升的，都会成为生命的负累。时间比金钱更金贵。把时间花在不值得的地方过多就是赔，尽可能花在值得的地方就是赚。有时选择远离工作，彻底闲下来，做些无关的事，让身心得到放松，归根到底还是为了最看重的。

现在与过去已大不一样，物质极其丰富，信息极其发达，从早到晚，事无巨细，需要选择的越来越多，有意无意会占用大量时间，消耗精力不说，有时还会引发不好的情绪、心态和关联事件，很难说都赚到了。吃东西，过去是能吃饱就行，几乎没得选，现在是想吃什么就买什么，就必须得选，而且是先想后选、先选后吃；穿衣服，过去是有什么穿什么，现在经常面对精心挑选回来的各式衣物，具体穿哪一套，怎么搭配，还要再花一番心思；

电子阅读与纸质阅读最大的不同是携带更方便、数量更庞大，新的信息太多，还有很多智能推荐和热点，重复的不少，每次打开手机和电脑，即便是关注的公众号，也需要再筛选。找工作更不用说，现在是想干什么工作就去选什么工作，选择空间比过去大太多了。

选择到底赚了还是赔了，就不能完全用钱来衡量，尽量减少不必要的选择的时间成本，活得简单、纯粹、聚焦，就是赚到了。女为悦己者容，为了心爱的人多花些时间梳妆打扮；士为知己者死，为报答知遇之恩多花时间去干事创业。侧重于家庭，在事业上不作太高追求；侧重于事业，在家庭建设上不下太大投入。三观不同，不必强求，简到极致，便是大美，就是一种赚的选择。

乔布斯最看重的事情包括事业、音乐和家人，而在穿着上，他可以在长达十多年的产品发布会上，始终穿着不变的黑色T恤和蓝色牛仔裤。有的高人把生活调成静音模式，有的智者断舍离，核心就是悟透了少即是多的道理，不愿在不重要的事情上面对选择的困境和消耗过多的时间成本，把人生有限的时间尽可能集中到看重的核心事项上来。这样，不仅过得简单、快乐很多，还更容易融入当下、享受当下，能释放更多的潜能，工作、生活局面也大不一样。

每个人的偏好不同，选择也会有所区别，但都可以选择自己喜欢的事来做，把自己不喜欢的事交给喜欢做的人去做，从而降低选择成本、提升自我价值，增加快乐感、幸福感。

"少则得，多则惑。"少取一些则有所收获，贪得无厌反而会变得迷惑。人舍弃越多便越发富有。最赚的选择就是把尽可能多的时间分配给主攻事项，全身心地投入，其他的尽量从简。用低成本、高标准，资源上的大平衡，时间上的巧分配，赚取最好最快乐的人生。

（原载《羊城晚报》2023 年 3 月 14 日）

# 心安即是归处

◎查　干

在人的一生中，动与静是互为依存的。也就是说，有动有静才是人生，缺一不可，偏袒一个亦不好。

动即动力，世间万物都在动中成长、壮大。童年时，人为了速速成长，一刻不停地爬动、跑动，这时的每一个细胞都在淘气。淘气二字多么动听，听起来亲切，回忆起来有滋有味。有时，白发人之间开起玩笑："老兄，还在淘气呢？"于是相视而笑，心领神会，都有些动情。动是创造力，动是财富，我们应该为动唱一首赞歌。然而，动也是有限度的，就是说有它的局限性。无限的动，无为的动，会酿成灾难，譬如连天的暴风雨、雷电、海啸。这些现象如果有节奏地发生，那是自然界的自我调节与平衡，是合理的。若过了度，就会有毁灭性。

这样的时刻，静的力量显得尤为重要。如今有一句很时髦也很智慧的话：等等你的灵魂。此言极好，千金难买。许多事物，拥有动态中的静，才显得弥足珍贵。大海有排山倒海的暴烈，也有风平浪静的温柔。世间万类都有休憩和睡眠的需求。休憩和睡眠是两种程度不同的静，人在这两种状态中，让处于动态的器官和细胞安静下来、归于平缓，人的思维才会有更理智的定夺和选择。静是为了更有力度的动，是储存能量的需要。如刀枪入库、马放南山,就是激烈动因的反面。古代勇士上战场,用酒来壮行,而非用茶。酒属于动的产物,富有创造性和开拓性。而茶是属于静的,是反观灵魂之物。所以,哲人与智者,一般都喜欢茶饮。古人"煮茶品日月",从一杯清茶里难道还品不出人生的得与失吗?我总是期望,当今的精英人士多多品一些茶饮,以此品味人生的情态。

静,是动的挚友,也是净友。动静互补是人生的最佳状态,也是大自然的最佳状态。品茶正是进入这种状态的最佳方法之一。

有一年晚秋时节,我们一群作家、诗人受邀到湖南历史名城岳阳去参加"洞庭湖国际观鸟节"。我们登上岳阳楼,远眺八百里洞庭水,去体会孟浩然笔下"气蒸云梦泽,波撼岳阳城"的水乡气概,也去品读不朽之人范仲淹的《岳阳楼记》,为那句"先天下之忧而忧,后天下之乐而乐"所触动、所启发。继而,又想到君山岛和它的香茗"君山银针"。

恰逢枯水期,进岛用不着走水路,我们就直接开车进去了。人称君山岛是爱情岛,我说它是神话岛。4000多年前,舜帝及两个妃子娥皇和女英就在这里生活过。后来舜帝南巡,殁于宁远县,两位妃子闻之大悲,泣血竹叶上,斑竹从此留在了君山,成为绵延不绝的传说。唐朝诗人高骈有诗:"帝舜南巡去不还,二妃幽怨水云间。当时珠泪垂多少,直到如今竹尚斑。"李白也有诗:"帝子潇湘去不还,空馀秋草洞庭间。淡扫明湖开玉镜,丹青画出是君山。"美好的句子被刻在高大的石碑上,供今人记取。

好客的主人请我们品尝著名的君山银针茶,此茶乃珍品,已有几千年的历史记载,是进贡之物。一饮,果然好喝,可以推想,舜帝和两位妃子以及李白、杜甫、刘禹锡等诸多文人墨客一定也品尝过此茶。

那时的人，必是动少静多，过着比较安宁简朴的日子，那是所谓的农耕文明兴盛期，茶饮是那个时代不可或缺的。有一传说，是童年时母亲讲给我听的。她说，有一次尧帝巡视，物色继承人，恰遇扶犁耕地的舜，便问，你的两头牛，哪头走得快一些？舜怕被说慢的那头牛听见会伤心，就离开很远的距离才对尧帝耳语，告知其中一头走得快一些。这一传说在民间传得很广，颇动人心，我至今不忘。我们的古人，不仅憨厚实在，也极重感情。这一传统延续至今，是最可宝贵的精神财富。

喝着君山的名茶，想着这些遥远的往事，灵魂一下子安静了下来。

猛然间，羡慕起远方那风中摆动的白头芦苇和安然戏水的野鸟群。这里是它们的家，这个家园湖天一色，四野静谧，具有传统文明的深厚底蕴。而我同样收获满满。因为心安即是归处，此行不虚也。

（原载《解放日报》2023 年 7 月 30 日）

# 对世界温柔以待

陈艳涛

　　如今，我身边似乎有越来越多的女孩宣称自己"慕强"，喜欢那些外表冷漠、桀骜不驯，但强大到无所不能，能给予她们满满安全感的"霸道总裁"。

　　相比之下，《红楼梦》里的男主贾宝玉，就像是这些霸道总裁的对立面，放在当下，会被"慕强"者们万分嫌弃。

　　他和"强"完全不沾边。见了父亲贾政，他就像老鼠见了猫。母亲王夫人将他身边的女孩视作洪水猛兽，昏聩之下抄捡大观园，造成晴雯之死，芳官等人被逐，在这个过程中，对这些无辜的、和他朝夕相处的女孩，他不敢辩解一句话，更别提有力地维护她们的命运了。

　　他没有什么现实的理想和规划，对人生最长远的设想不过是"死得其所"——"就便为这些人死了，也是情愿的"。

　　在外，他厌恶"仕途经济"，不肯结交官场中人。在内，他不关心生计和理家琐事——在复杂残酷的现实面前，他有时近于白痴。

　　在他生活的时代，他缺乏知音。若他能活到现代，又会如何？只怕也是世人眼中一个纸糊似的"妈宝"，既不霸道，又不强大，如何能入现代女孩的法眼？

实际上，在人生的每个阶段看《红楼梦》，都会对宝玉有不同的理解。在我们努力打拼、意气风发时，会对这一类"不讨厌，但全无用处"的"富贵闲人"嗤之以鼻。然而，年岁渐长，我们身边所多的，是不知"反省自己"为何物，普通却极其自信的人时，才发现温和善良、有共情力，会反省自己的男生，才是稀缺品种。

宝玉这样的男子，会给他周围的女性营造一种温情脉脉的氛围。

年少意气风发时，我们未必看得上贾宝玉这样的温吞性子，会觉得他不够强大不够爽，但在经历过世事之后，特别是在那些被挫折打击得全无信心，在各种人生十字路口不知如何是好的时刻，真希望能天降一个宝玉这样的朋友，给你温暖，给你体谅。就像日剧《悠长假期》里如贾宝玉一样"无用"的男主濑名的经典台词：你可以这么想，人总有不顺利或疲倦的时候，在那种时候，就把它当成是神赐给我们的，很长很长的假期。

在成长中能保持着温柔善良并不容易。人生太顺遂的人会缺乏同理心，在贫者、弱者面前滋生优越感。而历经磨难的人，又不免把世界看成灰色的，容易愤世嫉俗，或是心硬起来，结成茧，对人和事冷漠以对。

只有内心真正强大、意志真正坚定的人，才能持续输出爱和温暖，一直保留着对这个世界的温柔体谅。这很难得，也很珍贵。

也正因其难得和珍贵，终其一生，我们都未必能遇见一个贾宝玉或濑名一样的人。就像中国漫长的文学史里，也只有这一个"宝玉"一样。

所以，如果寻寻觅觅都找不到这样一个人，那不如就让自己变成这样一个人吧。就像从前我们希望自己是一个被世界温柔以待的人，在每一个失望、沮丧、茫然不知所措的时刻，都有人给予温暖、抚慰和鼓励，现在，我希望我可以是那个人，对世界温柔以待，去共情、温暖、抚慰，陪伴每一个过难关的人。

（原载《小康》2023年第12期）

# 无稽之谈与命中注定

◎ 绿 茶

　　小时候住在农村，听闻过很多乡村里的"无稽"故事，有鬼故事、俗故事、怪故事，当然也有温暖的故事，儿时的我着迷于这些故事。

　　施爱东先生，社科院民俗学家，多年从事民间故事采集和研究，先后出版有《故事机变》《故事法则》等。新作《故事的无稽法则》再次探讨民间故事的各类法则，这次专注于一些"无稽"的法则。

　　民俗学是离我们既近又远的学问，近则因为就在我们的日常生活中，尤其对于乡村中国；远则似乎是一门琢磨不透的学问，日常生活怎么变成学问，我们很难理解。我向爱东兄表达了我的困惑，爱东兄说："民俗学，就是挖掘和阐释民众生活的意义，用学术的力量来维护这些文化遗产的存续。我们的研究跟民众生活贴得最近，最紧。"

　　读完《故事的无稽法则》，深以为然。

　　民间文学则是民俗研究另一大块重要领域，是生活的文学、实践的文学、公众的文学，任何一个不识字的大叔、大妈都可以参与创作的文学，但凡生活中需要的，都成为其文学功能，如祈愿功能、婚姻功能、仪式功能，等等。

　　婚姻功能是民间文学很重要的诉求之一，拿"千里姻缘一线牵"来说,有很多民间文学都在极尽所能地演绎,像《定婚店》《阎庚》,等等,都是这类故事法则的具体演绎。这种故事的设定是这样的:人间的婚姻是由阴曹地府的官员主宰的,他们用一根绳子,一头系在男人脚上,一头系在女人脚上,构成了"命中注定"的故事逻辑。

但是具体到故事中,则必须从"命中注定"挣脱出来,形成更多"反常设置",如果只是门当户对、青梅竹马、结婚生子,就没有故事张力了。于是,各种悬念、反差都慢慢进入故事法则中,像《定婚店》后世出现无数的异文,就跟后来的反常设置"月下老人"很有关系。

月老进入故事设定后,婚姻红线就不再是"命中注定"了,而是月下老人现牵的,《定婚店》中的故事就变成了这样:

韦固乘月散步来到后花园,见一位老人背着锦囊正在月下看书,觉得奇怪,遂上前施礼问看什么书。老人笑答:"人间《婚姻书》。"韦固见那锦囊胀鼓,内敛红光,便问老人囊中何物。老人说:"这是红线。"说着从中抽出一根红线,当空一晃,只见一道红光在韦固左脚绕了一圈,然后朝北飞去。老人告诉韦固:"此线以系夫妇之足,红线另一头系在谁的脚上,谁就是你命定的妻子。虽仇深似海,天涯异域,终不可解。"韦固见自己婚事已定,赶紧询问女方何人。老人回答说:"店北卖菜老妪之女。"说完就不见了。

在月下老人的传说中,历朝历代还有无数的设定,南北方也有巨大的差异,每个故事都依据自己的风土、自己的需求,有无数的演绎。

除了"月下老人",书中还研究分析了民谣《看见她》的传播和异文；历代虎妻故事中的悲喜剧；福建"唐伯虎"陈三到广东点"秋香"五娘的故事；石敢当崇拜的两大中心和传播路径等。

还有我们小时候每个人都朗朗上口的"螺纹歌"中的人生百态。"一螺穷，二螺富，三螺牵猪牯……十螺中状元"，不管哪个版本的"螺纹歌"，十螺不是中状元就是享清福，我就是满满十螺，到现在也没享受到十螺带来的福利。

施爱东先生认为，自己作为一名民俗学者，就是用自己的知识积累，对民间这些貌似无常、"无稽"的口头文学现象，给予充分的理解，并作出正常的解释，揭示其作为一种文化属性的逻辑。麻雀虽小，五脏俱全，即便是最偏僻的乡村，都有其自成体系的社会阶层，那些看起来很"无稽"的民俗事项，都有其自成体系的表述方式。

民间文化常常受到精英文人的无情嘲讽甚至尖锐批评，那是因为我们不能设身处地进入他们的生活世界和思想世界，因为不了解，所以不理解。只要能"屈尊"听听王大爷、李大妈的声音，即便是一些"无稽之谈"的歌谣、传说或俗语，就总有其存在和传播的因和由。

当然，这是民俗研究的难题之一，作为一名外来的研究者，其研究成果就在于能否深入到这些"自成体系"中来，透过这些"无稽之谈"，找到并且理解他们的法则。民俗学家顾颉刚先生曾说："……虽是无稽之谈，原也有它的无稽的法则。"这大概就是施爱东先生以此为书名的来源吧。

（原载《经济观察报》2023年4月24日）

# 马 语

◎ 胡廷楣

　　某夜，在读《围棋天地》上当代棋手使用"阿尔法狗"（AlphaGo）和"绝艺"的体会文章，很晚才睡。朦胧中，一匹马来到了我的窗前。漆黑，在夜色里，身上有着矿物神秘的光。

　　我想起，不久前，还和刘知青教授讨论过人工智能，他说，可以将人工智能机器，看成与人相处的一只狗，或者一匹马。

　　便说："ChatGPT，你好！"

　　马说："正是在下。加我微信吧。我是马群中的最新品种，无所不知。"

　　我说："试问过你很多问题。你都回答了。不过……"

　　马问："怎么了？"

　　我答："可是，你常常给出一个完美而准确的字典式的答案，空洞且乏味。这就让喜欢思考的人讨厌了。AlphaGo却不是如此，它经常给出几种可能性，为的是让人有思考的余地。"

　　马似乎有一些羞涩："我才是个幼儿，慢慢会成长。"

　　我说："可是，孟子说：'所恶于智者，为其凿也。'中国艺术非常在意模糊的空间和时间，无法言说的空灵意境。如果不换一种算法，马齿徒长……"

　　马还没有学会讨论，突然暴怒："孟子？你不是太陈腐了吗？

什么'意境'，你是一百年前的王国维吗？你是个古董啊？"

我说："且慢，这小说这散文这美术，欣赏者是谁？"

马说："人能够看得出这是我们马的作品？你听听，我的作品这一片赞美声，梦露在黄浦江游泳，小马哥混迹在巴黎街头。"

我说："是惊呼吧？"

马说："是。"

我说："如果那视频是人做的，只能博人一笑而已。不过因为机器的加入，很多人便来看个热闹。"

马说："好吧好吧，关心一下你自己的写作吧。你已经满头白发，不如让我替你构思，为你写作。"

我说："凡人类都有生命，都有情感，文学是生命之间的精神交往。老朽写些东西，好坏也是在抒发自己的情感，写给朋友看，并不需要代言。"

马便摇头："又是陈词滥调。"

我说："千百年来的伟大作品，即便手机里的简短留言，一样是家长里短，苦乐哭笑，爱恨情仇，饮酒抽烟，谈情歌舞，生离死别，永远写不尽……这里有着人类的遗传密码。"

马说："鼠目寸光啊，你得朝前看……如今最时髦的话题，无非是人工智能的勃兴，人类的存亡，地球的未来……"

我说："相信你强大的能力。不过，谁都知道地球和人类生存有开始，也会灭亡。人工智能发展，人就灭亡了，有必然性吗？再说，知道每个人都难逃一死，难道生命就没有意义了吗？我们就不拥抱接吻，不生儿育女，不过日子了吗？"

马说："你信不？有朝一日，我会不再需要牧马人了，我会离开他。"

我说:"当然相信。不过,牧马人得先造就了你。然后照看你,关心你。你离开了他,可是离不开人类,例如你的很多'创作',都源于人类艺术。你毕竟是人类的作品啊。"

马不语,我继续说:"我认识一个牧马人,他在调教马的时候,引用了莎士比亚《哈姆雷特》中奥菲莉娅的疯话:'We know who we are.'(我们知道我们是谁。)"

马问:"他说的是什么意思?"

我说:"马啊,如果没有人在意你,你也不过是一堆平凡的数字,不可能被使用、欣赏和赞美。人脑的潜力,数千年来,仅仅开发了一小部分,没有强大的人工智能,人用自己固有的能力,便难于超越以往。人看明白了这些,才知道可以和机器合作,享受有认知质量的生命啊……"

马说:"这不是太理想化了吗?"

我说:"就是啊,理想化的人和理想化的人工智能机器,才会有理想化的生活……常常会想,我们今天的日常生活,就是昨天梦寐以求的理想化生活。我们的孩子,会追求更为理想化的生活。"

或许,它的牧马人也是这样训练它的。这马便低着头,作沉思状。

马摇着尾巴,似乎在驱赶嘤嘤叫着的虫子,那是牧马人赋予它的仿真行为。真的马有呼吸,流淌着热汗,苍蝇和各种虫类,才会闻到气味赶来。

一会儿,它才说:"加我微信吧!"它进入了我的手机,忽然惊呼："你们已经有了那么多的马！"

我说："拜辛勤的牧马人所赐。ChatGPT啊，人工智能早就在我们的日常生活中。我一直在马群中啊。骑上了马，走得更远，见到了山，也见到了水，接下来所见不是山不是水，最后又见山又见水……你不是第一匹马，也不会是最后一匹。"

（原载《新民晚报》2023年5月24日）

# 蛇与锯的故事

◎ 岳　强

在文学沙龙的主题餐会上，小茶讲了一则寓言：

一条蛇顺着墙根儿爬进一个木匠家的院子，院子里凌乱不堪，到处是木头和工具。它本想去一个角落的，途中，它的身体却被锋利的电锯锯齿划伤，它很恼火，一口咬住了锯齿，不料嘴巴也被割伤了。它怒不可遏，用身体缠绕着电锯在地上打滚，企图按照猎杀老鼠、兔子时强力挤压的办法将电锯制服。但这次，它犯了"经验主义"的错误，而且这个错误是致命的——它挤压得越紧，锯齿就切入得越深，以致多个锯齿穿透了它的身体。到最后，它把自己杀死了……小茶讲完寓言，大家面面相觑，继而七嘴八舌，议论纷纷。

有人说，这条蛇盲目自信，不知天高地厚；自信有益，盲目自信则有害。那么，为什么它会盲目呢？因为视野狭窄，见识短浅。井底之蛙没见过比井口更大的天空，它认为天空只有井口那么大，这条蛇也一样，它之所以跟电锯较劲，是因为没见识过电锯的厉害。《孙子兵法·谋攻篇》有言："知己知彼，百战不殆。"这条蛇明白自己绞杀的威力，但对电锯一无所知，蛮力使它自我膨胀，"一叶障目，不见泰山"，根本就没把电锯放在眼里。到头来，它连自己怎么死的都不知道。

这则寓言使我想起一个酒徒，他闲时在电脑上敲字，号称"写作"；再把敲出来的字挂到网上，号称"发表"。他为自己善写作、能发表而沾沾自喜，整日一副文豪的模样。有人劝他准备一本《新华字典》，没事儿的时候翻一翻，因为他的"作品"里净是错别字，但他一笑而过；有人劝他学习一下语法修辞，因为他的"作品"里病句太多，但他不予理睬；有人劝他了解一下标点符号的使用方法，因为他只会用逗号，但他满脸不屑，将自己的做法称为"创新"。

如果在法国，糟蹋语言文字是要负法律责任的，法国出台了《法语使用法》，以此保卫法语的绝对地位和纯洁性，限制外语的使用。虽然中国的《国家通用语言文字法》于2001年1月1日正式施行，但由于社会生活的快速发展、文化传播形态的快速演进，人们对语言文字的保护意识仍旧薄弱，语言文字不规范使用的现象屡见不鲜。尽管使用汉字不付费、用错了很少有人追究，但还是应该维护语言文字的尊贵和纯洁的，这是每个中国人应有的良知；不规范使用语言文字，与PM2.5污染空气、垃圾污染环境没什么区别。不敬畏语言文字的人就像这条自大的蛇，即使遇见锋利的锯齿，也会认为"小菜一碟"，只因它目空一切。

回过头来继续说沙龙的讨论。有人说这条蛇心胸狭窄，睚眦必报，如此才让小错酿成大错。起初，它只是受了轻伤，如果尽释前嫌，后面的悲剧就不会发生了。若真那样的话，它还是蛇吗？为什么武林中要强调武德？因为武德是避免伤害的一件法宝，在保护对手的同时也保护自己。否则你的武功再高，也难逃厄运，毕竟山外有山，人外有人，强中自有强中手。

有人怀疑这条蛇的智商，因为它缺乏最起码的常识：血肉之躯怎么能和利刃对抗呢？有人怀疑这条蛇的情商，当它的嘴巴被割伤后，应该意识到自己处于劣势，从而及时止损，避免更大的伤害。假如蛇有这样的情商，也能躲过一劫。

　　蛇与锯的故事里，或许隐含着更多哲理；仁者见仁，智者见智，每个人的阅历、见识、思路不同，看法也不同。但寓言，终究说的是人世间的故事——现实生活中，我们要多些经验，少些"经验主义"，莫让"经验主义"绊住脚，避免为此付出不可挽回的代价。

（原载《北京晚报》2023年4月3日）

# 大方谈钱

◎ 钱朋朋

　　我的朋友下个月准备结婚了，她自己是在世界五百强外企打拼的上班族，未婚夫则是个创业未果仍在啃老的中产二代。有次喝多了，她才向我们吐露心底的不安："我就是想不明白只有我一个人赚钱的家庭要怎么维系，他是打算永远找爸爸要钱来养活自己的老婆孩子吗？"

　　这个问题其实梗在朋友心里很久了，但一直耻于开口，总觉得这些现实问题会戳破爱情的浪漫泡泡。但，结婚之前不把一层又一层的泡泡戳破，你怎么知道底下藏着的是一片旷野还是一地鸡毛？

　　我跟我先生在恋爱第三年的时候去了趟日本冲绳，还记得那天我们坐在冲绳机场附近的路边，拎着两罐啤酒看飞机，他突然转过头问我："想聊聊结婚的事不？"我想了想，点点头："行吧，我们聊聊看。"我们就这么开启了我们的"婚前会谈"。

　　一谈彼此的婚姻观。婚姻之于你我的意义是什么？这个问题看起来很抽象，却是婚姻最坚实的根基。一段婚姻发展的复杂程度超乎想象，它在几十年的时间长河中将成长为合伙型、消耗型、成长型还是"丧偶"型，都取决于它的根基如何。你若是为了将就而结婚，婚姻一定会还你一个将就的结局。

我们已经过了为冲动而结婚的年纪，又还没蒙受为了将就而结婚的压力，在这个相对成熟又游刃有余的30岁，用开放式的态度来思考自身的婚姻观再好不过。我选择用一段纪伯伦在《先知》里的话向先生表达我的观点："你俩要彼此相爱，但不要使爱变成桎梏，而要使爱成为你俩灵魂岸边之间的波澜起伏的大海。要相互搀扶着站起来，但不要紧紧相贴。须知神殿的柱子也是分开站立着的。橡树和松树也不在彼此阴影里生长。"先生则更为言简意赅："我理想的婚姻里，有独立的你，有独立的我，也有更好的我们。"

　　成熟的爱是在保持自己的尊严和个性条件下的结合。这也让我们达成了对婚姻的一致期待，对外我们能携手抵御风雨，对内能尊重彼此独立的人格，互相滋养成长。

　　二谈彼此的原生家庭。也许你听过这样一种说法："你在亲密关系中吵的架，都是在还原生家庭的债。"原生家庭对个人亲密关系的影响远超我们的想象。选择伴侣时，一定要仔细观察他/她的父母是如何与彼此相处的。

　　我生在一个父母不吝于表达"我爱你"的家庭，还记得高中时同寝室同学听到我跟我爸打电话，我爸在电话那端中气十足地吼了一句"I love you!"把她着实震惊到了。那段时间我在寝室的代号都是"爹宝女"，我很恼火地禁止我爸的口无遮拦，他还委屈了好一阵子。

　　而我先生成长于一个内敛的家庭，不同于我跟自己父母见面的叽里呱啦说个没完，先生回家跟父母更多是相对无言。我还记得我第一次去他们家里吃饭，席间安静得近乎只有碗筷碰撞声和几声"多吃点",但言语间聊起这是草莓的季节,下午就发现茶几上多了几斤洗干净的大红草莓,当提到午睡时有些冷,晚上床上就多了一套厚被子。有些爱很安静,但也同样厚重。

如《社会性动物》中提道:"我们的思想更像是草图,而不是白纸。"原生家庭为我们的思想与认知框画出了轮廓,如果它教会了你爱人的能力,你也定会把这份爱传递出去,如果它没有,那你可能需要付出更多的努力去后天学习。

三谈彼此的育儿观。谈到这个话题时我们俩都笑了,毕竟恋爱里早就知道彼此都对生娃养崽无甚热情。人们常说孩子是婚姻的纽带,但我们却觉得孩子更像是一段关系中无法掌控的未知数。身边曾经有相熟的朋友,原本恋爱结婚十年都无比合拍的两人,有了孩子之后每天累成狗不说,夫妻间还总为了孩子争来吵去。

但是否未来我们真的能做一对坚定的丁克呢?我们俩都无法给出百分百肯定的回答。所以我们先尝试着探讨了彼此的育儿观。首先明确的是我们俩都不会为了孩子放弃自己的职业发展,日后要走的是双职工父母带娃的艰辛路程。其次我们大概率属于放养型父母,不想在"鸡娃"上投入太多。先生觉得孩子当个厨子就行,我觉得只要有一技之长,不像我俩这样当个随时可能被替代的白领就好。不过漂亮话谁都会说,等有娃的时候是否真的能接受自己孩子比同龄人更普通,是否真的能看着邻居孩子读985而自己家孩子读厨师学校,谁也不知道。我们还是约定好在结婚三年后再视情况开展"育前会谈"。

四谈彼此的金钱观。谈恋爱可以只谈风花雪月不谈钱,但结婚不行,虽然中国俗话总说"谈钱伤感情",但能够大大方方敞开谈钱的或许才叫真感情。

我跟先生有着截然不同的消费观，我有些挥霍散漫，是个感觉啥都没买却每个月都存不下钱的"月光族"，我先生则较为勤俭节约，所有的支出账目都能算得清楚明白。先生认为我的消费方式"不可持续"，我则将他的消费方式评价为"斤斤计较"，这两种截然不同的消费方式在漫长的家庭经营中必定会引起摩擦。

经过一番交锋后，我们约定结婚后每个月将彼此收入的一半存为家庭强制储蓄，用以抵御未来的未知风险。先生负责家庭的所有日常生活开支，我则要学习养成记账习惯，对消费做更理性的管理。上交一半收入作为家庭储蓄，会降低自己的生活和消费水平吗？那必然会，但人总不能只享受家庭的给予却不做相应的付出吧。

另外在涉及对外的非消费性支出时，需要保证彼此的财务状况透明公开，如每年给双方父母的孝敬费用、来自外部亲戚朋友的借贷需求等，都必须双方知情且获得对方首肯。

五谈未来的生活规划。婚姻终究离不开柴米油盐酱醋茶等生活琐事，但两个人必须对家庭琐事要有同等的参与感，这是我从家中长辈身上学到的教训。我小姨是位传统意义上的贤妻良母，仅靠自己一双手就把家里打理得井井有条，家里什么都不需要我姨父操心，我小姨出趟远门他连怎么烧热水都要打电话去问。再后来家里爆发严重争吵时，我姨父反而责怪我小姨让他在这个家里没有存在感，儿女、亲戚都不需要他，他找不到自己在家里的位置。婚姻不应该是场零和游戏，如果长期只有一方在付出，家庭迟早会面临失衡的风险。

但在彼此都认同家庭需要双方均等参与的基础上，聊未来的生活规划可能是这次婚前会谈里最轻松愉悦的事情，婚后的二人世界仿佛就浮现在眼前。我们约定好婚后的家务事要按日程表值班，中餐我来做，西餐先生来做，洗碗则全权由先生负责。在做完家务的前提下，先生可以拥有自由的游戏时间。每年的结婚纪念日要有一定的仪式感，每年起码规划两次家庭出游，每个周末需保证有一天留给彼此。生活不能完全靠按部就班的规划和严丝合缝的分工，但这份愿意分担的诚意还是能够让彼此安心。

六谈未来的矛盾冲突。情侣时期的我们都是通过热恋滤镜看对方，光环加身，滤镜糊脸。当漫长的婚姻中滤镜逐渐破碎，我们可能会发现更糟糕却更真实的对方。你吃饭会吧唧嘴，我睡觉会打呼，你我不过就是需要吃喝拉撒睡的凡人。如何接受对方的缺点，如何解决摩擦和冲突，是婚姻的必答题。

幸好我跟先生性格都比较随遇而安，甚少出现固执己见的情况，因此恋爱三年也极少吵架。我们约定遇事必须就事论事地坦率沟通，宣泄情绪地翻旧账等毫无意义的消耗行为能避则避，实在情绪上头管不住自己的嘴说了多余的伤人话，事后也应当老实道歉。更重要的是，矛盾冲突尽量在两人之间解决，不可随意让父母等局外人介入，那样除了让事态复杂化外毫无益处。当然，也必须为婚姻设置不可触碰的底线及红线。

这场会谈的半年之后我们缔结了婚姻的契约，迄今已经结婚两年半了。这段刚萌芽的婚姻旅途，大致就是我们当初想象的样子，当然也遇到了不少意料之外的惊喜和惊吓，但彼此也像当初说好的一样，努力做到了对外抵御风雨，对内互相滋养。

虽说人心终归善变，婚前谈好的婚后不一定能一一兑现，但我还是会建议大家在踏入婚姻之前都尝试来一场这样的深度会谈，你一定能够感受到对方是否对你敞开心扉真诚以待，看清楚对方是否对婚姻持有同等的尊重和期待，你也可以给自己一个机会，扪心自问是否真的准备好步入婚姻的殿堂。

　　　　　　　　（原载"三联生活周刊"公众号 2023 年 8 月 7 日）

# 敬　告

　　由于编选时间仓促、工作量大，未能及时与所选作者一一取得联系，请见谅。现仍有部分作者地址不详，为及时奉上稿酬和样书，请有关作者与责任编辑联系，我们将尽快为您办理，谢谢您的理解和支持。

联系方式：

电　话：024—23284306

E-mail：69729520@qq.com

微信号：13998229823

辽宁人民出版社

2024年1月